精神の生活

クリスティン・スモールウッド
佐藤直子 訳

書肆侃侃房

精神の生活＊もくじ

わたしの友人たちに

装丁　成原亜美（成原デザイン事務所）
装画　塩川いづみ

精神の生活

三月の終わり

セラピストが電話をかけてきたときドロシーは図書館で排便中だったので留守電のままにしておいた。セラピストが電話をかけてきたのは、目下のところ使用済み生理用品入れの上の壁にテープで貼られた学生向け保健サービスのチラシを読み直しているドロシーが、昨夜十一時に今日のセッションをキャンセルする留守電を入れたから。流産がそれほど大ごとだとか彼女がそのことで悲しみに打ちひしがれているというわけではなかった。ただ妊娠していたことをセラピストに伝えていなくて、彼女の内に秘める傾向についてセッションの時間をまるまる使うのが嫌だったのだ。セラピーの非対称な戦いにおいて、秘密はゲリラ戦術だ。ドロシーは物事を自分の内に秘めておこうと画策していたわけではないのだが。彼女は策略家のタイプではない。

流産から六日目で、彼女はまだ出血していた。最初の十時間のひっきりなしの大量出血ではなくて、今やそれはどろっと凝固したひも状のもつれで、中身はゼラチン質だった。妊娠がエンストを起こしても大抵の場合、介入の必要はない。身体はその失敗を自ずと吐き出す術を知っているから。たぶんそれが他の女性が語るトラウマ体験の原因なのだ。その驚きという要素が。いつ何どき起こるかわからない！　彼女の場合、身体はじっと持ちこたえていた。うやうやしく、彼女が予定を空けるのを待ちながら。その結果はトラウマ以下で、不都合以上の何かだった。彼女はそれがいつ起きたのか――いつ起こるのをやめたのか――はっきりわからず、ただしばらくのあいだ自分は妊娠し続けていて、身体は倉庫か配送センターみたいにその潜在能力を発揮するのに忙しいのだとぼんやり信じ続けていたのだ。何かが終わったときにそれが終わったことがわからないとは、なんて彼女らしいことか。行き詰まった妊娠、停止した進行から自分を解放することの方が、そもそも妊娠するよりも難しいとわかるとは、なんて彼女らしいことか。彼女の子宮が解放してくれなかった。子宮収縮が始まるのにさえサイトテックの坐薬が二錠必要だった。ミソプロストールがその商標名で、薬物による中絶のために処方されるのと同じ薬だ。でも彼女がそれをしたとき、子宮内容物の排出を自ら執り行って、それを終わらせたとき――それっていったい何？　生命が発育を止めたけれど、終わってはいない状態を何て呼ぶの？

　テストでストレスを受けた？　とチラシは質問していた。**絶望しないで。メールで言葉にしてみて。**片方の隅に悲しげな棒人間、もう片方の隅にニコニコ顔の棒人間。**自殺しろ**、と誰かが緑色のインクでニコニコ顔の上に書いていた。**ヘイトはやめて**、と他の誰かがその横に、注目されるのを恐れるかのように小さな字で書いていた。すると緑色のインクの手が戻ってきて濃いあご髭と粋なシルクハット姿のよだれを垂らしたペニスを描いていた。これらの学生の誰かを教えたことがあったかなとドロシーは思った。可能性はあった。

セラピストに嘘をつくつもりはなかった――もし言わないことが嘘のうちに入るとすればの話だが。ドロシーはそれほど長い期間妊娠してはいなかったが、もし自らの振る舞いについて非常に戦術的にならなければ、自分の身体と自分がそれに対して何をし、そこに何を入れるかは、公共の関心事になるだろうと理解するほどには十分長く妊娠していた。妊娠が身体を私的なものから公的なものへと変化させたのかもしれないし、あるいは妊娠がそもそもすでに公的なものだった身体の本質をあばいたのかもしれない。何であれ、それは彼女がセラピストと話し合いたいようなことだった。ただしそれについて話そうとしたとき、ドロシーがその前振りにしていた彼氏のログについての話を、セラピストがログは「キープしておくべき人ね」と言ってさえぎりさえしなければ。ドロシーは瞬時に悟ったのだ、いったん「キープする」という言葉が部屋のなかに持ち込まれてしまったからには、それを妊娠と結びつかないようにすること、キープするかキープしないかという言葉を用いて妊娠について明らかにすることはもはや不可能であると。実のところまだドロシーは保持について話す心の準備が、自分がそこに向かって否応なく突進中の未来の決断としてでさえも、できていないというのに。なので彼女は、言語的重層決定によって袋小路に追いつめられてしまい、それはそれでもし彼女が耐えることができたらおもしろいネタになっていただろうが、何も言わなかった。

セラピストはログのことを「キープしておくべき人」と呼んだことを謝った。

「あなたが誰をキープするかはあなた次第で、私じゃないわね」と彼女は言い、ドロシーの目をまじまじと見つめて、彼女に応じるよう求めてきたが、ドロシーは同意しなかった。このアメリカ的なＤＩＹ精神へのこだわりって何なの？　誰かが彼女にどうするべきか教えてくれるためにそもそもセラピーに通ってるんじゃないの？　専門家の知識とか、経験を積むのに費やされる年月って、もしそれが蓄えられたまま、缶詰みたいに貯蔵されていて、その間に大衆は飢えて無知な状態でよろけていたら、一体何の役に立つっていうの？　これらの意見を口に出したことは状況を悪化させただけだった。二人はセッションの残り時間をその分析に費やし、そして翌週ドロシーが再び訪れたとき、彼女は話を元に戻す道が見つけられず、すぐに妊娠を告白しなかったことを正当化できなかった。時間があいだに入って邪魔をしたのだ。罪のない遅延は虚偽になってしまった。なので彼女はそれを自分の内に秘めておいた。そしてその翌週も秘めておいた。そしてそのさらに翌週も秘めておいた。そうこうしているうちに彼女は妊娠を「失って」しまった――なくしてしまったのだ、キーホルダーみたいに――そしていま彼女はそれを永遠に内に秘めておこうと思った。話の始まりに戻るなんて考えただけで恐ろしい。今やもう彼女は話の終わりにいるのに。

マルティン・ルターは「九十五箇条の論題」をトイレの最中に思いついた。

ドロシーはどこでそれを読んだのか思い出せなかった。

彼女は拭いて、指の爪をチェックし、もう一度拭いた。彼女は後ろから前に拭いた。これは正しくないやり方だとわかってはいたが、生まれてこのかたずっとそうしてきたし、やめるのをあきらめた癖というものが人にはあるのだ。

そのトイレには自動洗浄装置がついていなかったので、ドロシーはもしそうしたければ何時間でも水をひっかけられずに座っていることができた。彼女は携帯電話を開いて写真を逆向きにスクロールしていった。彼女がすごく気に入っている、ログが彼の兄弟の犬と遊んでいる古い写真があるのだ。ログは安らいでいて、犬は口を大きく開けた喜びの表情をしていた。ログはそのころ馬鹿みたいな長髪にしていた。写真の犬はもう死んでしまった。その長い胴体全体に突如爆発的に腫瘍の増殖があらわれるという謎めいた病気がもとで死んだのだ。ドロシーはその犬を安楽死させる前日にさすってやったのを憶えていた。それは砂利が詰まった靴下を撫でているみたいだった。

ドロシーは水飲み器の隣にある広い女子トイレはあまり使用しなかった。そこには扉の下の部分に隙間が空いた個室が六つ並んでいて、一握りのトイレットペーパーとか人が求めるものなら何でも下から手渡してもらえそうだった。彼女が使用するのは批評理論の雑誌閲覧室の隣にある一人用トイレだ。そこのトイレは広くて――車椅子用に設計されていたが、誰もが使っていた――かすかに消毒液の匂いがした。彼女は前にかがんでカバンからペパーミントオイルの小さなボトルを取り出してくんくん嗅いだ。

トイレのドアのハンドルがガチャガチャと動いた。

「入ってます！」とドロシーは叫んだ。

もし彼女が医院での処置を選んでいたのなら、きれいに吸い取ってもらえただろう。でも彼女は自宅で出血することを望んだ。その方がより公式ではない感じがしたから。少しずつの血のしたたりがこれほど自尊心を傷つけるとは知らなかったのだ。ドロシーはそれが永遠に終わらないのではないかと恐れ始めていた。彼女が死ぬまで、いつ拭いても、ティッシュは血まみれで茶色に染まって戻ってくるのではないかと。彼女は血、膿瘍、切り傷、そういった類のものに関してあまり経験がなかった。骨折したことも縫合を必要としたこともなかった。一度彼女は嚢胞が破裂するのを見たことがあった。大学生の時だった。ルームメイトのアリッサの肘に柔らかい腫れ物ができてそれは数週間のうちに水で膨らませた風船のように膨張し、ある日の午後彼女が髪をポニーテールにしようと肘を曲げると一筋の白い紙吹雪が噴き出して、彼女の机の上にあった本や鉛筆やその他諸々、さらにデニムを履いた彼女の膝を泡状のスプレーで飾り立てたのだ。ドロシーは恐怖で部屋から一目散で逃げ出したが、アリッサは、身体から出てきた物質に魅せられて、写真を撮っていた。

アリッサは命に対して「自然な」接し方のできる人だった。ドロシーはこのことを友情関係の初期の段階、春のダンスパーティのどんちゃん騒ぎでふたりが抱擁状態へと陥った時に学んだ。その夜にドロシーがたしなんだラムベースのお酒は五杯程度だったはずだ。彼女とアリッサはキスをして身体をまさぐりあい、すぐにその名もトロッター館［速歩馬の意］という建物内部をドアのついた部屋を探して駆け回り、二匹のモグラのごとく閉じ込められて、人目につかない、穴に潜り込んだ感覚を追い求めた。教室はどこも鍵がかかっていたが、一階にある広々とした一人用のトイレは空いていた。

彼女の記憶の中でその床はひんやりときらめいていて目が眩むほど白く、洗面所のその他の部分も同様だった。壁、シンク、便器、照明、タイルを分かつと同時にくっつけているセメント材。それを表す言葉がある、「クリービング」だ、何かを結合しまた何かを切り離すという意味の。アリッサはズボンをぐいっと下ろしてもつれた毛を露わにし、中へ手を伸ばした。彼女は先端が乳首みたいに細くなった赤茶色のゴム性のカップを取り出した。それは確か、ドロシーは思い出した、キーパーと呼ばれていた。ヒッピーが使っていたものだ、ヴィーガンとか、そういう人たちが。酔っ払った熱狂状態でアリッサの手元はおぼつかなくて血をこぼした。それは滴るシロップのような痕跡を彼女の白い脚、さらには清潔なタイル張りの床の上へと残した。アリッサの反応は陽気なものだった。彼女はカップをシンクに放り込んで安物のシングル巻きのトイレットペーパーで血を拭い取り、そこら中にしみ跡を残し、そして謝りもせずに人差し指と中指を棒状にし、それをキーパーが入っていた場所で前後に突くやり方をドロシーに説明した。アリッサにこれをしているあいだ、ドロシーは惨めさとさみしさと疲労感でいっぱいだった。ドロシーはそんなに能動的になるのに慣れていなかった、性に関して言えば。彼女は柔らかくて暖かなベッドのようなものの上で横になり突くのは誰か他の人にしてもらう方を好んだ。

＊＊＊

ドアをノックする音は嫌がらせレベルに達していた。

「入ってます！」とドロシーはもう一度叫んだ。

足音がホールを退いていく間に、彼女は留守電を聞いた。セラピストは感じの良い電話の声をしていた。「お具合がよくないとのことお気の毒です」と彼女は言っていた。「ゆっくり休んでまた来週お会いしましょう」。言葉と言葉の間にはいかなる不信感も漂ってなかった。携帯をしまおうとすると、ログがメールで気分はどうとたずねてきた。「まだ出血してる」と彼女は返信した。トイレの水を流した。指の爪を丹念にチェックした。

今になって振り返ってみると、トロッター館のトイレは何てきれいだったんだろうとドロシーは驚嘆した。彼女自身の指がそこでは一番汚いものだった。飛び散った血のほかは、それだってそんなに量は多くなかったが――キーパーのカップは三十ミリしか容量がなく、ショット一杯より少なかった――便器のどこにもいかなる部分にも汚れとかこびりつきが一片もなかった。蓋にも便座にも縁にも底にもなかった。図書館の便器も同じように新品同様だった。寝そべってセラミック製の土台に顔を押しつけることだってできそうで、狭苦しいだろうけど嫌悪感はなさそうだった。それにひきかえドロシーの家の便器はいつも汚くて、彼女の髪の毛で覆われていた。ドロシーの髪の毛に磁石が通してあって便器はスチール製で磨きがかけられていて、互いに引きつけあっているのではないかと思える日もあった。髪の毛がいかに排水口を詰まらせてバスマットのへりに集まり、いかにその先端を彼女が集中してぐいと引っ張ると指先にたくさん引っかかり、どれだけ大量に来る日も来る日も抜け落ちていくかということを考えると、どうしてそもそも自分に毛が残っているのだろうと彼女は思った。

＊＊＊

トイレのドアの外には誰も待っていなかった。ドロシーが水飲み器に頭を突っ込むと、それはチューイングガムで塞がれていた。水が少し脇に跳ね飛んだので、彼女は濡れないように後退りした。他の人たちはガムのくっついた水桶から十分遠ざけてくれる仕事を有していた。そういう人たちには炭酸水メーカー、スナックの自販機、経費があった。かつては青色か緑色だったそのガムは今や具合が悪そうに色あせていた。水はぬるかった。トイレの蛇口から飲んだ方がマシだった。

　セラピーでは、もちろん、ドロシーが自分の内に秘めていることが他にもあった。聞くに聞けなかった質問とか、うまく言葉にすることができなかった疑念とか。もうかれこれ三年間も彼女たちは毎週火曜日に（年末年始と八月の三十一日間を除いて）セントラルパーク・ウェストにある風通しの悪い十五階の一室で会っていて、そこは木々の見下ろせる、ありきたりな装飾の部屋だった。アフリカのお面、オリエンタルなラグ、アフガン織りのソファ掛け、南米の縦笛といったような。ドロシーはセラピストの思いやりと女性らしさ、彼女の年齢を重ねてはいるけれどはりのある肌、まるですべてを見てきてあなたがそれをわざわざ自分で見る手間を省こうとするかのように、舌打ちをして手をもむその仕草に癒された。それでも、自分の心の健康を決まり文句の押し寄せに抗う努力をほとんどしない人に任せることは、ドロシーをますます不安にさせてもいた。問題が――解決策でさえも――ありふれていることと、その提示の仕方が月並みであることは話が別だ。

不安があまりにもひどくなるとき、ドロシーにはその場をしのぐ選択肢がいくつかあり、それらはたるんだ患者用のソファーからつかみ取れる距離に並べられていた。ストレスボール、数珠、撫でたりさわったりするための陶器の小さな像、叩いたり抱き締めたりするための様々なサイズのクッション、そして象のような灰色をした手編みのカバーに覆われた、永遠になくならないティッシュ箱。箱は常にぎっしり詰まっていた。セラピストは箱の減り具合に目を光らせているに違いない。細部にまで目が届く彼女の注意力をドロシーは尊敬していた。たっぷりさ、充満、準備の良さ、共感のわき出る物質的泉。すべて臨床上の価値が極めて高い。でも半分しか入っていないティッシュ箱をセラピストは一体どこに隠しているのだろう？　もしくはセッションの合間に新しいティッシュを古い箱に詰め込んでいるとか？　箱はどれくらい古くて、一番底の、考古学的最下層にあるティッシュはどれくらい古くて、もしドロシーがとりわけ涙もろいセッションのあいだに一番底までぜんぶ使い切ってしまったら、一体何が起きるの？

彼女はエレベーターを使って書庫へ降りた。セッションをすっぽかして申し訳ないとは思わなかったが、セラピストに会えないのはさみしかった。空いた時間に何をしようかなと彼女は考えた。つい最近ドロシーは二人目のセラピストにも通い始めて、一人目のセラピストについての疑念を打ち明けていた。これは一時的な状況に過ぎない。ドロシーは億万長者ではないのだ。

蛍光灯のブンブンいう音が、ドロシーがエレベーターから離れるにつれてボリュームを増していった。頭上の照明パネルのうちの一つがこの世から静かに姿を消すのを拒んでいた。苦悩に満ちた工業製品のうなり声はドロシーの頭の中へと押し寄せ、それは部屋から頭の内側へというよりむしろ頭の中から外側へと発せられているように思えるほどだった。金属製の椅子が床に擦れるギシギシいう音が彼女を飛び上がらせた。そこは凍えるほど寒く、まるで貯蔵施設のようで、実際そうだった。彼女はすでに鎖骨までボタンが留められた黒いコットンのカーディガンの上に羽織った、茶色いウールのカーディガンのボタンを留めた。彼女はノートパソコンを開き、スクリーン右上に灰色の長方形が現れて彼女に

アップデートあり

今すぐアップデートをインストールして再起動しますか？　夜間に行いますか？

と催促すると「あとで」を選択し、それから「明日再通知」を選択した。数ヶ月間毎日そうしてきたように——いや、ぜったい数年間だ。

彼女はファインダーを開き、今週の「アポカリプス・ライティング」授業の講義メモを見つけるま

で隠喩的なフォルダー名を次々とクリックしていった。ドロシーは非常勤講師――「パート」、もしくは「臨時」教員の一人――で、一学期に二コマか三コマかときには四コマの授業を、その授業料が彼女の年収の二倍はする私立大学の英文科と初年次ライティング・プログラムで教えていた。「アポカリプス・ライティング」に加え、今学期彼女は「アフェクトセオリー・ライティング」の授業と学科概論を二クラス教えていた。どの授業も前に教えたことがあったので、授業には必要最低限の努力のみを捧げ、本のサンプル章を書くことで契約を得て存在しない職を得ることができるようにしていた。どのくらいの時間を省けるかは問題ではなかった。全然はかどっていなかったから。今まで書いたサンプル章は全てボツにしなければならない。こんなにもたくさんのゴミを生み出すのは嫌だった。彼女の本のテーマ――女性の幽閉とゴシック小説――は、取り上げている小説の登場人物のうちの一人がおかれた状況に彼女自身のキャリアがますます似てくるにつれ、吐き気をもよおさせるものになっていた。彼女はとある週末にかつては荘厳だったお屋敷に付き添いとして訪れて最終的に壁紙の中に忍び寄る見えざる手によって死の餌食となる貧しい親族のようだった。

　昨年の秋、彼女の研究分野では六つの求人があった。今年の秋はゼロだった。雇用の天候は砂嵐状態にまで干上がってしまっていた。今の状況を続けることはできないとわかってはいたが、続けないこともまた彼女にはできなかった。自分が訓練を受けた仕事を求めることがそれほど多くを求めることには思えなかった頃を彼女はぼんやりと思い出した。今や欲求自体が過去のものだった。彼女は欲求のエピローグを生きていた。

彼女は書類をあちこちクリックし、改ページを挿入し、成績評価基準を昔の課題からコピペした。ドロシーはいつも評価基準を配布していた。その文言は定型的で、他の教員のデータを若干修正したものだった。レポートは問題提起をする以上のものでなければなりません、とそこには書いてあった。少なくとも暫定的な結論を示してください。自分が苦手とすることを学生に求めなければならないのは嫌だった。だがある一定の基準、彼女の気まぐれや印象外の権威を提示することができると、自分の判断を擁護しやすかった。一度ならずドロシーは、評価基準を指差してこの権威の前ではどうしようもないわねと肩をすくめてみせ、成績に不満な学生との面談を終わらせたことがあった。彼女は神が学期末にエクセルを開いて考え込む姿を想像するのが好きだった。「イナゴの大群」、Ｃ。「火事と洪水」、Ｂ＋。「食料供給の中断」は落第だが、来学期は見込みがあるかも。「疫病とウィルス」は授業への参加度を評価。「初子の皆殺し」の成績は、我が子を失った者が経験する絶望のみならず、初子の死をすっぽかされた家庭内でどれほどのパニックがまき起こるかについても触れているかどうかによる。もしドロシーに任せたとしたらすべての授業は合格／不合格だけだ。

彼女はグーグルで「津波」の画像検索をざっとして――写真つきのハンドアウトの方が学生の反応が良いのだ――凍てつくニューヨークの港で半分ひっくり返った自由の女神像のコンピューター画像をデスクトップにドラッグし、それからワード文書に貼りつけた。さて今度はテキスト読みだ。アポカリプス授業の学生にとって今週はヨハネの黙示録の週だった。ドロシーはリュックサックから欽定英訳聖書と新国際版聖書が二段組になったハードカバーを取り出し、ページを最後までパラパラとめくった。わたしはまた、新《あたら》しい天《てん》と新《あたら》しい地《ち》を見《み》た、と預言者は書いていた。最初《さいしょ》の天《てん》と最初《さいしょ》の地《ち》は去《さ》って行《い》き、もはや海《うみ》もなくなった。

海は、死と同様に、克服されるのだ。もし天地創造が海から陸を分かつことに関わっているならば、最終章で海を完全になくしてしまうことはある程度意味をなす。海とは、結局のところ、生命が始まる場所であり、海なくしてもう一度始まる可能性はないのだ。

次に彼女はぼろぼろのハンドアウトをカバンから取り出した。ジョナサン・エドワーズの説教、「怒れる神の御手の中にある罪人」だ。その豊かで轟くようなリズムとその断固たる情熱が彼女は好きだった。時が来れば彼らの足はすべるだろう。地獄とは生命の終わりに待ち受けている何かではなく、いついかなる時にもその深淵なる口を開き、お前を引き摺り込み、丸ごと貪り食う何かであると学生たちが学ぶことを願って、彼女はそれを課題図書にしていた。破滅の脅威は今ここにあるのだ。楽園の報いが、おそらくは、今ここにあるのと同様に。

定められた時がくれば、とエドワーズは言った、神はもはやこのようなすべりやすい場所の上に彼らをとどめてはおかないだろう。

自分はなんとかとどめられているとドロシーが感じるようになってからもうしばらく経っていた。自分たちの生きている時代が真に、世界史的に見て例外的なのかどうかは、彼女とログのあいだで継続中の議論だった。ログの立場は常にノーで、今の時代は悪いかもしれないが、例外的に悪い時代に生きているという幻想は、長くてつまらない歴史の中間期《ミドル》（混乱期《マドル》）ではなくその絶頂期、その最高点、その最もエキサイティングなフィナーレに生まれるすばらしい幸運に自分は恵まれたのだという終末論的幻想の別のバージョンに過ぎない、というのだった。ここ最近、自分は本当に何かの終わり、言葉にできないほどたくさんの何かの終わりを生きているのだという確信をドロシーは得ていた。だが終わりにしては、カイロスの、フランク・カーモードが書くところの「意味に満ちたある時点」の感触がなかった。むしろそれは身の毛のよだつクロノスの苦闘の時間、「やり過ごす」もしくは「待ち続ける」時間だった。終わりは何度も何度もやってきては終わらなかった。終わりは息切れしながら足を引きずってやってきた。世界を囲む四方の壁にはざらざらした細菌性の何か、生と死のあいだをさまよっている何か、ぽたぽた落ちて滴って洗い流される何かがはびこっていた。医師が使った言葉は「枯れた」だった。それは政府が救済する何か、中西部の穀物不作のような響きだった。携帯の辞書によれば「葉枯病」は植物の病気だった。でもドロシーは植物じゃなかった。それくらいは彼女だってわかっていた。

　彼女はパソコンの画面に戻って画像サイズをいじくった。自由の女神像が溺れているのか波の中でひょいひょい揺れているのかは判別がつきかねた。いずれの解釈も考えられないからあり得るへ、そして今や今後十年間のうちに起こりそう／起こるだろうにまで進化を遂げた、未来のシナリオの予測だった。「みな」がこのことを知っていて、その知識はかれらに重くのしかかり、そしてみなだいたい以前と同じように行動し続けていた。ドロシーが思うにそれは愚かさとか関心のなさの証拠ではなく、無力さと勇気の混ざり合った何かだった。彼女のセラピストはそれを否認と呼んだ。「失われた未来のために十分嘆き悲しむことが別の未来をつくりあげる前に必要です」と、彼女は最後にそれについて話し合ったときに言っていた。十分嘆き悲しむにはどのくらい時間がかかるのかとドロシーがたずねると、セラピストはやりすぎに思えるほど肩をすくめて見せた。まるで劇場のバルコニー席に向かって演じているみたいに。それから「一生かかる人もいます」と彼女は言い、そのあまりに無味乾燥な口調からドロシーは、彼女が嘆き悲しむ人生とは気高い行為だと言っているのか哀れな無駄だと言っているのか、その両方なのか、そのどちらでもないのか、わからなかった。

　空気は乾燥していて、彼女は指を左の鼻孔に挿入し、スクリュードライバー方式でそれを回転させ、鼻くそのかけらを取り出した。鼻の削りくずを親指と人差し指で丸めると、それは漆喰のようにボロボロと砕けた。ドロシーはそれを床に払い落とし、それが落ちたであろうと想像される場所の上で靴を滑らせた。足がかゆかった。彼女は手をズボンのなかに突っ込んで足をかき、もう片方の足でも同じ処置を繰り返した。

　彼女は携帯を取り出してeメールをチェックした。いつもの迷惑メールと学生からの締め切り延長のお願い。そしてこれだ。明日の授業に出られません、自分が一員になっているリーダーのいない環境保護団体が他大学のグループとアクションを起こすからです、という学生からの知らせ。その学生は「共に」という語で文章を締めくくっていた。「共に、ジェシーより」みたいに。ドロシーは返信しなかった。ジェシーと共にある気がしなかったから。ジェシーの主義主張には共感を覚えるいっぽうで、ジェシーは許される欠席回数の上限を超えるのに危険なほど近づいており、三分の一評点を差し引かれて成績づけされるだろうとも感じていた。

ドロシーはかつてeメールが好きだった。かつてはアイディアを試したり動画や音楽のリンクを交換したりするような、長くて意味のある、ときにスリリングなeメールのやりとりをしたものだった。eメールは彼女と彼女の知り合い、もしくは知り合いになりつつある人たちがペルソナを作り上げ、出来事を語り、人生を理解する方法だった。そのような人生のあり方は、ああもう、終わってしまったのだ。長文メールは彼女の仲間内で好まれる語りのモードではなくなってしまったし、あるいはもうお互いに言いたいことがそれほどなくなったのかもしれない。そしてeメールは、うわべだけのハグとキスで締めくくられてはいたものの、ビジネスライクになってしまった。何日もかけて下書きをして編集して考え抜かれたeメールを送ることが、彼女は知っていた、攻撃の一形態となることを。それは友人への無給労働、宿題の押しつけなのだ。彼女自身は宿題が好きだったが、だからといってそんなeメールが来るのを望むのは理不尽だった。把握しておかねばならないテレビ番組はあまりにもたくさんあるし、もし誰かが何をしているのか知りたければ、ソーシャルメディア上でたいていわかるのだ。それでも、ドロシーは良い知らせがそこに、大気中を漂いながら彼女のためだけに待っているのではないかと確認し、期待し、待ち望むのをやめなかった。

かゆみはふくらはぎの方にまで広がっていた。かゆみを引き起こしているのはちっちゃな天使たちの足だと想像すれば少しはマシになるかもしれない。

ちっちゃな天使たちは踊っているのかな？

天使たちの足はちっちゃいが、小さな熊手を履いてもいた。

天使たちは実は悪魔で死ぬまで彼女の皮膚の上でダンスし続けるのかもしれない。二人一組ではなく、ゆっくりとでもなく、乱痴気騒ぎの集団となって、ぎゅうぎゅう詰めのクラブのフロアで恍惚と腰をくねらせて、ヤクの狂乱状態で。彼女はタイムズのアプリを開き、ニュースの見出しをちらっと見て、閉じた。ドロシーの知り合いの多くが、子供は欲しくない、なぜなら子供たちのために存在する世界が当てにならないからだと言っていた。でもドロシーは、世界とはどんなものであれ単に子供たちがその中へ生まれ出る何かなのだと思っていた。少なくとも、そのようなことを彼女は理論的には考えていた。未来の子供たち、隠喩的な意味での子供たちのことを彼女が想像するとき、かれらは筏に乗って浮かんでいて、みなが捨てた秋ものコートで互いをくくりつけていた。なぜならもう秋がないからで、もう春がないのと同じように、ただもし厳しい冬がやってきたら、暖をとるために季節の変わり目用のコートをぜんぶ縫い合わせる必要があるだろうけれど。きっと彼女はもっとジェシーと共にあるべきなのだ。未来の子供たちは彼女が何をしたかたずねてくるだろう。かれらの笑い声は甲高くて栄養失調気味だろう。彼女のとった予防策について説明を求めてくるだろう。

「オンラインの嘆願書に署名したんでしょ？」とかれらは言うだろう。

「名前はタイプした」とドロシーははっきりさせた。

筏の子供たちはそのつぶらな目をむいた。「で次に自分はコンポストしたって言うんでしょ」とかれらは言った。

「そんなことない」とドロシーは、その可愛らしい頭頂部に向かって言った。（かれらは携帯を見ていて、そこでは彼女の知らない者にまつわる筏のスキャンダルが明かされていた）「匂いが嫌だもん」。

＊＊＊

彼女はテキストボックスの縮尺をいじくりまわした。角を引っ張って大きくしたり、それから小さくしたり。するとカリカリとものを書く音が聞こえたので、彼女は顔を上げた。テーブルの遠く向こう側でペンが、手入れをされた口ひげをして丸い金属フレームのメガネをかけたやや若い男性の手にくっついて、マーブル模様をした練習帳の罫線ページ上をすばやく動いていた。その若い男性もしくは年老いた少年はぐらつく本の山のうしろに半分隠れていたが、ドロシーは彼が襟のあるしわの寄ったシャツを着ていて、その鼻は、矢印のようにページの方を指差していたのだが、気取っていて非常に美しい形をしているのを見て取ることができた。彼の腰より下は見えなかったが、おそらく彼のブーツは質素倹約と使用感を示すのに十分なほどすり減っていて、けれど粗雑な扱いや貧しさを示すほどにはすり減っていないだろう。彼は額を擦るためにしばらく書くのをやめ、ドロシーは、驚いたことに、彼のジャケットの肘に当てがしてあるのを見た。彼は若い教授のおきまりのイメージそのもので、そのことは彼が、実際に、博士課程の院生で、実現できるまでそのフリをするという由緒正しき営みに従事する人であることを示唆していた。本の山の頂点にあるのはお馴染みのハケット版のカント『判断力批判』で、その大著は威厳ある風に見せつつもなおベリー色のマニキュアを思い起こさせた。それは積まれた本のなかでダントツに分厚くて塔の安定性を保つためには一番底に置かれるべきであったが、その学生はその本を早急に調べる必要があったのか、それを人に見せたい欲望があったのか、あるいはひょっとするとその本の存在が何かしらのインスピレーションを与えると思ったらしい。ただ目につく場所に置くだけで、その偉大さ（カバーによって具現化されているように）が浸透してきて彼をより高次の偉大さへと駆り立てるみたいに。ドロシーはその他の本のタイトルも判読しようと目を凝らしたが、背表紙の文字は読めなかったし色や字体も判別できなかった。その学生はドロシーの視線を感じたに違いない。なぜなら彼は目を上げたからで、ドロシーが目をそらそうとする前に二人の目は合い、ドロシーがよそよそしさや軽蔑、ひょっとしたらかすかな性的興味／戯れ、あるいは少なくとも好奇心／品定め／拒否を見出すことを期待した場所には、空虚しかなかった。その学生は彼女を通り越して向こう側を見つめていて、彼の口元はややゆるみ、あまりに柔らかくて無防備で卑猥なほどで、その間じゅう彼の手はずっとページの上を動いていた。それから、断固たる旺盛さをもって彼はペンを振り――それは万年筆だった――その私心はないが打ち込んだ眼差しを白紙ではないページへと戻した。彼はそれをのみのように握り、そのとぼしい全体重をかけてそのペン先にのしかかった。

その学生がやや自分の役割を演じており、知的労働の見た目を楽しんでいて、観客がいることに彼女が当初思った以上に気がついているのではとドロシーに疑わせ始めたのは、そのペンの、手際よく熟練した振り方だった。昔だったらドロシーは、そのショーはいくぶん彼女のためにこしらえられており、個人としての彼が個人としての彼女――どのような個性を彼が彼女の本、服装、見かけ、表情などから思い描いたにせよ――についてどう感じているかを何かしら意味していると思ったかもしれない。だが今や彼女は社会的交流のほとんどは機能と役割の問題だと理解するに至っていた。彼女はそこにいるが、同時に彼女はそこにいないのだ。親の愛する子であるとか、誰かの好みのタイプであるとか、世界の終わりを目撃するよう運命づけられた世代に生まれるとかいったことと同様、個人的なことではないのである。

カント主義者は、もし彼がそうならばの話だが、またノートの上にかがみこんで、頭をやや壁の方へと向けていた。彼の髪はとても短く、電気カミソリで整えられており、ドロシーは炎症を起こした赤いニキビがそれさえなければ柔らかく、幽霊のように白いその首元にあるのを見てとることができた。彼女は言いようのない愛情、彼をあやしてそのカミソリか環境中の有害物質か、はたまた彼自身の吹き出物ができやすい遺伝的傾向かがその肌をオイリーにして炎症を起こしてしまった部分にキスしたい願望が突然わき起こるのを感じた。昔だったらドロシーは彼が何を書いているのか知りたくてたまらなかっただろうし、その苦労して構築された議論をまた聞きで楽しみたいと思っただろう。しかし、彼の首の赤い発疹に集約された、そのあからさまな若さを目の当たりにした今となっては、彼女の唯一の衝動は、自分を守って！　手遅れになる前に！　と叫ぶことだけだった。悲しい気持ちで自分の画面に戻ると、それは暗くなっていた。目の片隅で彼女は学生が天井を見上げてペンであごを叩くのを見た。馬鹿げた仕草だ。

　彼女はスペースキーを叩いてコンピューターを起こし、文書をクラウド上に保存した。彼女の書庫の同志はペンがページ上を動くとき喜びを感じるのだろうか？　彼の知性が先人たちの知恵を統合し凌駕するとき自らの知性が海のように広がってゆく感覚に彼は浸るのだろうか？　彼はいまスピードを増してノートブックを満たしているようで、ペンが引っ掻き飛び回るのに合わせて急いでページをめくっていた。まるで言葉が逃げ去る前に書き留めるよう、内なる天使に強いられているかのように。ドロシーは彼のよどみのない書きっぷりもいつかは止まらざるを得ない、たとえ彼の思考が妨げられないまま継続してもノートの余白はいつか尽きてしまうから、と考えることで自分を慰めた。そして彼女が成功の一大パントマイムに関心を失いつつあったちょうどその時、その学生は椅子を後ろに引き、ツイル地のダッフルバッグに本を放り込み、立ち去った。まるでひどく遅れてしまった約束を突然思い出したかのように。彼は軽やかな足取りで早足に去っていったが、彼の右肩はカバンの重みでひどくずり下がっていたので、彼はドロシーに壊れた操り人形を思わせ、ぎらぎらした黄色い照明の下でその姿は孤独で絶望的だった。彼なしでは書庫は不気味で人気がなく、彼女は彼がいないのをさみしく思った。

一時間後、彼女は図書館の奥深くから這い出た。雨が激しく降っていて、彼女は片方の濡れた手で傘の壊れた骨を押さえ、歩行者たちが彼女の消費物の安っぽさによって串刺しにならないようにした。彼女はこれまでの人生で捨てた傘のような物の山を思い描こうとし、それをアメリカだけでも三億人の人口でかけ算し、ゴミの崇高の目眩がするような感触をかすかに得た。それは一般に流布されている崇高の概念そのものだった。激情と恐怖の感覚。

雨が突然止んだとき、彼女は地下鉄まであと一ブロックのところだった。傘の露を振り払おうと立ち止まると勧誘の人が霧の中から虹のように現れ、ビニール製のポンチョを脱ぎ捨てて歩道での熱意あふれるタンゴの最初のステップを踏み出すところだった。一人は金属フレームの丸メガネをかけて歯ブラシみたいな口ひげを蓄えた痩せっぽちで、もう一人は赤ら顔でクマみたいで、自分は信頼できますよと言わんばかりにお腹を突き出して歩いていた。

「環境問題について少しお時間いただけませんか」とヒゲが聞いてきた。彼の口調は矛盾の名人級で、その主要な効果とは自分はおのれのふるまいの馬鹿馬鹿しさに気がついており、ドロシーと同じように、日々アメリカで成功しようとただ頑張っているだけなんだということを示すことにあった。決して仮面を外さないウェイターとは違って、うまい勧誘員は状況のぎこちなさを前面に押し出して、自分たちの愛想の良さを無視してみろと言わんばかりの一時的な仲間意識を作り上げるのだった。

「もう寄付してます」とドロシーは嘘をついた。

「ありがとうございます！」とヒゲは感激して、ハイタッチしようと彼の手のひらを差し出した。「すばらしい一日を」

　彼女は空を、まるで非常に興味深い何かがそこにあるかのように見上げた――そうしたらあったのだ！　晴れた空の向こうに、雲があまりに早く消え去ったので犯罪現場からやましく逃げたかのように見える場所に――虹が！　本物の七色の神々しい光の波長が！　神は彼女が嘘をつくのを見てそれにいいねしたのだ！　神は天を分かち彼女への支持を微笑みかけたのだ！

　ヒゲの手をはげしく叩いて成功したハイタッチのはっきりとしたパチンという音を生み出す代わりに、ドロシーの手はだらっと彼の手と絡み合った。どちらの手の指もぜんぶ湿っていた。

「いいね、いいね」と彼は彼女を元気づけ、両手の拳を激しくパチパチと叩き合った。「次の機会に！」

　ドロシーは今しがたの交流をぬぐい去ろうとズボンで手を拭いた。いとも簡単に事が済んだことに彼女は悔しいのと同時に拍子抜けしてもいた。地下鉄の階段を降りるとき彼女は後ろを振り返った。ヒゲが自分の間違いに気づき、彼女が支払う義務があるものを取り立てようと地下まで彼女を追っかけてこないかと恐れつつ、そしてそれを少し望みつつ。

　地下鉄の線路では二匹のネズミが空になった食べきりサイズのポテトチップスの袋を巡って争っていた。勝者はボロボロになった塩のかけらをこっそり舐めようと袋を歯に挟んで逃げていった。筏の子供たちは彼女が勧誘員に対してしたことを冷酷にあざ笑うだろう。もっとひどければ、彼女がそれを後悔していることをあざ笑うだろう。「誰もあんたの一ヶ月十ドルなんて気にしてないよ」と、ぼろぼろの帆のあいだから太陽の光が差し込み、風雨にさらされたデッキの丸太にまだら模様を描くときかれらは言うだろう。「発電所に自分の身体を鎖でくくりつければよかったのに」

見渡す限り陸地は見えなかったので、一緒に帆走するあいだに——筏には帆がついていた。それは帆つき筏なのだ——彼女には自分の行為を正当化する時間があった。「疲労困憊の状態から緊急事態へとジグザグに行きつ戻りつしながら生きるのは疲れるって思ったの」と彼女は言った。「政治的な活動家にならないっていうごくふつうのプライバシーが欲しかった」。ネズミが視界に戻ってきた。違うネズミかもしれない。その得意げな笑みから、子供たちが政治に無関心な人生の可能性など認めていないことは明らかだった。「自己の境界を強化する必要があったの」とドロシーは言った。「それってデジタルメディアによって定期的に攻撃されちゃってもう穴だらけだけどね」。そのにやにや笑いから、子供たちが自己の完全性などとうの昔に見切りをつけていたことは明らかだった。海は、さっきまで穏やかだったのに、しだいに荒れ始めていて、子供たちは彼女に関心を失いつつあった。波が高まり年長の子供たちは年少者たちを安全のためにマストにくりつけていた。「集団行動が嫌いなの」とドロシーは言ってみた。「私の性格って協力して活動することにぜんぜん向いてない。活動全般にね」。帆の安全性を確保するのにそれほど忙しくない子供たちは、彼女の方を向いて軽蔑を込めて口をへの字に曲げ、ドロシーが政府を転覆するには自分の性格の悪さで悩み過ぎなせいで波立つ海を航海するはめに陥っている自分たちに、誰かの罪を許したり晴らしたりしている暇はないのだとはっきりさせた。「何をしても」ドロシーは言い訳がましく結論づけた。「後悔しちゃうの」。子供たちは自己憐憫には我慢ならなかった。かれらは自分たちの筏を指さして合唱で答えた。「我々は筏の上で生きている。我々の疲労は緊急事態と入れ替わったりしない。我々は百パーセント緊急事態を生きている」

「でもあなたたちは他のこと何も知らないじゃない」とドロシーは筏の子供たちに言った。一人の小さな女の子の髪の毛が風で顔にかかっていたが、その子の両手はマストにくくりつけられていたので頭をはげしく振って髪の毛を後ろに払いのけようとすることしかできなかった。ドロシーはその子を助けたかったが彼女が触れるのをその子は嫌がるだろうと思った。「それにひきかえ私は未来に期待するよう育てられたの。私の生活水準をあげるには、夢を追いかけるしかないってみんな言ってた」

「そんなこと誰も言ってない」と小さな女の子が塩で固まった髪の毛の背後から言った。

「夢ってなに？」と他の筏の子供が尋ねた。「未来ってなに？」

　かれらは岸に向かって漕いでいた。そして今ドロシーは自分の筏に乗っていて、どういうわけかその舳先には人魚がくっついていて、それは充電スタンドも兼ねていた。彼女は人魚に携帯を差し込んでeメールをチェックした。迷惑メール。領収書。資金提供のお願い。終末論的な空想の中でさえ、誰も彼女にeメールを送ってこなかった。eメールの時代は終わったのだ。

　電車が到着した。超満員で。彼女は最初立っていて、席が空くと真っ先に座った。ダウンコートを着た太った女性が隣の席に割り込んできた。最初は隙間を作ろうと身を硬くしていたドロシーだったが、いつの間にかダウンコートの肩にもたれてぼんやりリラックスしてしまい、枕の下にある肉づきの良い腕の抵抗を受けるまでそこに沈み込んでいった。ダウンコートの女性は肘で彼女を優しく、だが断固として遠ざけた。たとえコートとコートの接触が混雑した地下鉄内では避けられないとしても、知らない人に触れるのはマナーが悪い。自らの過ちは認めつつ、しかしそれ以下の空間を占めることはできずに、ドロシーは再び立ち上がって手すりに肩をもたせかけた。彼女はカバンの中からその日の朝にマンハッタン行きの列車内で読み始めたカフカの小説を取り出した。ドロシーはいつも地下鉄で読書をした。それは周囲の環境から自らを不在にする一番良い方法だった。人間の崇高さはゴミの崇高さよりもタチが悪い。地下鉄の一車両内の人混みのなかにぎゅっと圧縮された苦しみと喜びに対峙することはあなたを参らせる。それぞれの人がそれぞれの落胆を、悩みを、喜びを、愛を抱えていた。それぞれの人がそのようにしか生きられない人生を生きていた。頼みの綱はただどうにか隠れること、その脈打つよそよそしい存在の奏でる不協和音に対して自らを無感覚にすることだった。

　物語は犬によって語られていた。ドロシーが読み始めた箇所では、犬が犬的性質、すなわちその親密さへの欲望とそれにかけられた制限について説明していた。わたしたちはおたがいにぶつかり合う、と犬は言った、わたしたちはこのおし合いへし合いの状態を、存分にのさばりかえらせる、なにものもそうしたわたしたちをさえぎりとどめることはできないのだ、わたしたちの法律や制度は、わたしがいまだにおぼえているわずかなものも、またわたしがすっかり忘れてしまった数知れないものも、すべて、わたしたちが享《う》けることのできるいちばん大きな幸福、あの暖かい共同生活に対する憬れから生れたものだ。ところがこれとまったく反対の現象がある。ドロシーがダウンコートを着た女性を見下ろすと、女性は目を閉じていた。女性の頭はニューヨーク州都市交通局が公共サービスの一貫として地下鉄車内に貼っていた、ローストチキンについての詩の下の壁にだらりともたれかかっていた。その女性は当初思ったよりも歳を取っていて、その肌はくるみの殻みたいに皺が寄っていた。ドロシーは本に戻った。

　この可哀想な犬が求めるのはただ他の犬の近くにいて、彼らに挨拶し、彼らの脚のあいだの匂いを嗅ぐことだけだったのに、はっきりしないもしくは与えられない理由により、それらの行為は禁止されていた。何らかの出来事が起きて犬たちを互いに分け隔ててしまったのだ。みんなが一緒になることを望んでいるわたしたち……そうしたわたしたちがほんとうははなればなれになり、ときとしては隣りの犬にすら内容のわからないきわめて特色のある仕事を持ち……

　それはひとつの出来事のせいではないのかもしれない。単に歴史というだけかもしれない。あるときに何かが犬たちを一緒にさせ、そしてまた別のときに別の何かがかれらを引き裂いたのだ。あるいは離れ離れになることは気性と関係があるのかもしれない。語り手の犬はあまりに多くの疑問を持ち過ぎる、否定的なことにばかり注目する、辻褄の合わないことにイライラするのを自らに許すようなタイプの犬だった。引きこもり、交りを避け、発展の見込みは全然ないけれどもわたしにとってはなによりもたいせつな小さな研究に従事しながら……。この犬は超然とするべきだった。だが彼はあまりにも穴だらけで、それが彼の問題だった。彼は全てを吸収してしまうのだ。だから音楽犬たちが、そのすべての足踏みが歌に聞こえる一群が、彼に対してそれほどの力を持っているのだ。かれらは音楽で彼を無力にしてしまい、厳密には彼のものではない感覚に彼を浸らせてしまう。ドロシーはよく学生たちに説明しようとした。気持ちというものは、風邪と同じくらい伝染しやすい。それがどのくらいあなたの具合を悪くさせるか前もっては決してわからないのだ。

靴は山となり、読まれていない雑誌はテーブルの上に積まれ、ほこりは複数の表面上に確認され、誰も昨夜の皿洗いをしていなかった。ドロシーが二度と取り戻すことのできない人生の数分間が、トイレットペーパーでトイレの床に渦を巻き、その日の朝に彼女が見逃した髪の毛を集めて捨てることで過ぎ去っていった。冷蔵庫のドアを手で開けたまま、彼女は炭酸水をボトルから直接ごくごく飲み、冷蔵庫を閉め、そしてeメールをチェックした。何もなし。待っている時間は苦悶だった。特に自分が何を待っているのかわからない場合は。

彼女はカウチから起き上がり、十フィート歩き、ベッドに身を投げた。窓の方を見ると、暗闇を背景に不鮮明な人の姿が映っているのが見えた。携帯の銀行アプリを開いて収支をチェックした。明細をスクロールしながら、お決まりのパニックの波が、これまたお決まりの、自分の決断は悪かったなぜならどうでもいい決断だからだ、という無感覚を伴って押し寄せてくるのを感じた。前進することがないのだから、遅れをとらない理由もまたないのだ。彼女はベッドから起き上がって灰色のカーテンをぐいと引っ張って閉め、窓ガラスに映る自分の顔をぬぐい去った。部屋を出る途中で、彼女は自分の身体の真ん中部分をベッドとドレッサーの間の壁に立てかけられた鏡のなかにちらっと見た。芸術は現実に鏡をかざすという古い考えは、十八世紀に芸術の鏡は現実のある部分だけ、人々が真似るべき部分のみを映すべきという考えによって複雑化された。そして次にオスカー・ワイルド。芸術が映しだすものは、人生を観《み》る人間であって、人生そのものではない。

「よし！」とドロシーは、感嘆符を強調して声に出して言った。彼女は台所の流しの下から工具箱を取ってきてネジとハンマーを探した。変化は彼女のためになるだろう。彼女は鏡を壁に掛けた。水平方向に。後ろに下がってみてもはや首より下が見えないことを満足げに確認した。


　炭酸水のボトルを持ってカウチに戻った。カウチは優しく軋んだ。海に浮かぶボートみたいに。ドロシーは白くなった珊瑚礁について考えた。氷山とマイクロプラスチックについて考えた。筏の子供たちが視界に浮かんできたちょうどそのとき、鍵穴が回りログが部屋の中にいた。彼は彼女にオレンジを剥いてくれた。彼女は一本ずつ白い筋を巻き取って手のひらに集めた。果汁が歯をすすいでくれた。

「ねえ、」とログは言いながら、今ではお腹のあたりがピンと張るようになった古いＴシャツを着てベッドルームから出てきた。「鏡横向きに掛けた？」

　ゴミ箱の足元ペダルは壊れていたので、ドロシーは指を使って蓋を押し開け、もう片方の手をオレンジの筋がふわふわと落ちるまでゴミ袋の上でパタつかせた。レース、雪、羽毛枕、その他ここ何年も目にしていない柔らかいものについて思案しながら。何度目かわからないほど、台所のゴミ×十億を計算しながら。ゴミ埋立地は未来の巨大なゴキブリたちが宮殿として酒宴を催す古代遺跡となるだろう。彼女とログは本当にコンポストを始める必要があった。ただできあがる肥沃な土をいったい何に使ったら良いのか、ドロシーにはさっぱりわからなかった。下の玄関ホールにある共用テーブルに置いておくとか？　隣人たちならそれをどうしたらいいかわかるかな？

「なんで、」と彼女は言った。「人っていつもあなたが何かしたかどうかだけをたずねて、あなたが何でそれをしたのかは聞かないの？」

「〝人〟なんてここにはいないよ」とログは、あまりに感じよく、誰に聞かれても罪がないと思われたいかのように言った。「僕しかいないよ。君が一緒に住んでいる生身の人間」

怒りがあまりに突然こみ上げてきたのでドロシーは目をつむってそれを遮断した。彼女はセラピストが教えてくれたように息を大きく吐き出して数を数えた。その感情は過ぎ去った。

「とにかく」とログは言った。「今じゃ僕は頭しかないよ。服が似合っているかどうかだってわからない」

ドロシーは肩をすくめてみせた。葉枯病を発症して以来ふたりが交わした多くのやりとりと同じように、このやりとりもまた緊張感で膨れあがると同時にしぼんだ。ドロシーはログに失望してもいないし満足してもいなかった。彼が関わることのない時期に突入していたのだ。

彼女は郵便物の束をパラパラとめくり、ログがスパゲッティを皿によそうあいだにラグの上から携帯を取ってきて銀行の収支をまたチェックした。二人はスパゲッティをベッドの上で鬱な馬のアニメを観ながら食べた。ドロシーはその番組のテーマソングが好きで、それはエンドクレジットの時にかかるのだが、ウェブベースのストリーミングサービスは曲が終わる前に次のエピソードを自動的に始めてしまうので、ログが携帯を見ているあいだに彼女は二つ目のエピソードを一時停止し、メニュー画面に戻って今しがた見終わったエピソードを選択し、エンドクレジットまで早送りして、次のエピソードが始まらないよう素早くダブルクリックした。それは常軌を逸していた。結末を得るためにこれほどの努力を人がしなければならないというのは。

「世界の終わりで最初に死ぬ人になりたいって昔よく冗談言ってたよね？」とドロシーは、短くて心を打つ曲が終わってから言った。「メガネが壊れるだろうからって？」

「その話今しなきゃだめ？」とログはたずねた。汚れた皿を手に持って立ち上がりながら。

彼女はつきとめられない原因により痛む足の甲をさすり、台所へと彼について行った。昔はさ、と彼女は言った。第一波で死ぬこと——たとえば核兵器による大量殺戮で燃え尽きるとか——は納得がいったかもしれないけれど、現代の、今起きている移動式の自然災害では人は生き残って、身を隠して、移住することを当然望むよね。恐竜の死骸のまわりをすばやく走り回るちっちゃな齧歯類になりたいって。食べきりサイズのポテトチップスの袋を抱えたネズミになりたいって。

ログの頭は冷蔵庫の中だった。「今日なんか仕事したの？」と彼はたずねた。

「私の授業はこういう事についてなの」とドロシーは言った。「ひとつの突然で究極的な終わりがあらゆる場所で起こるんじゃなくて、たくさんの小さな終わりが違った場所で起こるの。世界は常に終わり続けているんだけど、それは限定的でごく近い範囲内でだけなの。それは私たちが育てられた核の恐怖とはちがうの」

「君の言う〝私たち〟って誰のこと？」とログがたずねた。「何年代に君は生まれたの？」

ログはビールをプシュッと開けてその音に顔をしかめた。ドロシーは彼を無視した。ログは物事を矮小化する人だった。そういう人たちは集団ヒステリーを抑えるという点に関しては役に立つけれど、かれらに話を脱線させないことは重要だ。何て奇妙で古くさい集団的経験だろう、と彼女は言った、みんな一緒に天国行きの一瞬で死ねるって考えるのって。今日ではまず他の人たちが、すごく遠くに住んでいる人もいるし実質上隣人だったりする人もいるけど、死ぬのをオンライン上で見なきゃならなくて、でその人たちのことを救うことはできないの。次は自分かもしれないのに。カルトの魅力だって理解できちゃうくらいだよ。問題の最初の兆候で自分の死を望む必要はもうないんだけれど、と彼女は半分硬いスパゲッティを洗ってない鍋の底からつまみ、考え深げにそれを噛みながら続けた、住める土地を探す必要はあるんだけれど、地理的戦略によって運命の圧倒的な力と企みから目をそらすことはできない。運命に身を任せることが鍵なの。

スパゲッティは歯ごたえがあってバリバリしてもいた。他にもないかのぞきこんで（でんぷんがちょこっとだけ指の爪先に引っかかった）、それも食べた。流しの水は出しっ放しで、ログは食洗機に向かって、少し笑みを浮かべながら、もうドロシーがコンタクトレンズをきらした途端に死のうとしなくてよかったよと話していた。それは最悪のサバイバル・シナリオがボードゲームの人気のテーマだった頃、何年ものあいだ彼女の解決策だったのだ。

「土石流のなか何マイルも引きずられるのって考えたことある？」とドロシーは、余ったパスタソースをしまうためにログが食器棚から取り出したタッパーに向かって、そこにソースを入れる素振りも見せずにたずねた。

「自然災害で死ぬ人たちは避難勧告に耳を貸さない人たちだよ」とログは、冷たい感じにではなく言った。

「私はそれがどんな感じか聞いてるの」とドロシーは言った。「誰がそういう目に遭って当然かじゃなくて」

「火事から逃げ出す車の中で生きたまま焼かれる人はどう？」ドロシーは畳み掛けた。「火があまりに早く広まっちゃって、警告される暇もないの」

ログの考える慰めとはドロシーが理屈をしぶしぶ聞き入れるまで同じことを何度も何度も言うことだった。「僕たちは火事多発地帯に住んでないし」と彼は言った。「それにもし避難するよう警告されたら、すぐに避難するし」

「マジな話」とドロシーは言った。「全て捨て去ることを余儀なくされたらすごく嬉しくなっちゃう」

ログは傷ついた目つきを彼女に投げかけた。「それはどうも」と彼は言った。

「あなたは違うよ」と彼女は言った。「ただ、ある日家に帰ってきたらアパートが丸ごと焼け落ちているのを想像してよ。どれだけ自由な気分になるかって」

「きみが片付けをしたいのなら」とログは言った。「話は別だ」

ドロシーは手を下に伸ばして空間を最大にするべく食洗機の中の皿を配置し直した。乾燥棚のなかではナイフが気をつけの姿勢で刃を上に突き出していた。どっちが自分のグラスか彼女がたずねるとログは思い出せなかったので、彼女は両方とも洗い場に入れて新しいグラスを食器棚から取り出し、それに流しから水を注いで飲んだ。彼女はカウチから携帯を取ってきた。インスタグラムが虹だらけだった。彼女はいいねする写真が尽きるまで写真にいいねした。髪の毛を指ですいて毛束を小さな塊に丸め、後で処理しようとポケットに押し込んだ。

「最後に携帯を消毒したのいつ？」と彼女は台所に向かって叫んだが、彼は虹について何か言っていた。

ログはカウチに座って自分の携帯を見た。ドロシーは彼の隣に座って自分の携帯を見た。

「ねえ、」とログは、ちらっと見上げて言った。「今日セラピー行ったの？」

ドロシーは首を振った。「キャンセルした」と彼女は言った。

「でも彼女は安い方じゃん」と彼は言い、ドロシーが笑わないので、真面目な声色で、それはもっと低くて慎重な声なのだが、大丈夫かとたずねた。ドロシーは肩をすくめた。

「彼女には関係ないし」と彼女は言った。

　ログの良いところは彼が他人のプライバシーを尊重する術を心得ているところだった。彼は他者の孤独を守るという理想を信じているのだ。彼は「きみの問題を彼女の問題にするためにお金を払ってるんじゃないか」とか、「そのことについて僕に話しなよ」とか、「それは僕の問題でもある」とさえ言わなかった。彼は珍しく気配りができる人で、あるいはただ他に用事があったのかもしれない。彼はドロシーの頭のてっぺんにキスするとベッドルームに向かった。ドロシーはカウチにとどまったままカフカの小説を取り出した。読み終える必要があった。何かを終わらせる必要が。読みながら彼女はメモを取り、きちんと注意を払っていることを確かめた。そのかわいそうな犬は答えを求めていたがそれを得ることができなかった。口には出せない何らかの要因が歌う犬たちに接触を禁じていたのだ。挨拶は犬の法律にとって根本的なことに思われたが。それにどうして犬たちは常に立ったまま性器を見せ続けるのか？　どうして自らの恥をさらすことをそれほど強いられているのか？　それは攻撃的行動なのかそれとも卑屈な行為なのか？　かれらは裸になりその裸体を大いばりでみせびらかしている、そうすることで共同体から追放され、犬としての地位を失い、それが意味するのは――

　突然ガシャンという音。

「くそ！」とログが声を上げた。

　彼は鏡を取り外していてそれが滑ってがたんと床に落ち、ひび割れたのだ。掃かねばならないガラスの破片はなかったが、今やどんな向きで掛けても、鏡はあなたをまっ二つに切り裂いた――まるでマジシャンがやってきて、人体切断のトリックで観客の目を眩まし、あなたを元に戻すのを忘れてしまったみたいに。

「新しいのを注文するよ」とドロシーは言った。

彼女は小説を脇に置いて携帯のブラウザをひらいた。彼女は同じ、もしくはだいたい同じような鏡を見つけてそれを買った。eメールをチェックして注文を確認しそれを既読にした。生産性が生産性を生むのだ。彼女はソファのクッションをふくらませて部屋の向こう側にとっ散らかっていたログの靴を片付けた。流しの下から紙袋を出して、テーブル二つと戸棚にまで広がったクレジットカードの申込書、雑誌、カタログ、そして議員からのお知らせをすべて回収した。二人の銀行口座明細書を、個人情報を守るために細かく引き裂いてから捨てた。ソファの下をペーパータオルで拭いて迷子になった髪の毛と埃を集めた。本の山を整えて家具の上にだらりと掛けてあったログのジャケットとベルトをハンガーにかけ終えると気分がずっと良くなった。

考え事をするにはもう遅い時間だった。ドロシーはナプキン（彼女は羽付きタイプをつけていた）を替えてマウスピースをすすいだ。それはどんなに温かいお湯ですすいでも、歯石の黄色っぽい色のままで永遠に黒い斑点がついていた。彼女はそれを歯の上にカチッとはめ（それは歯の表面に唾液を閉じ込め、歯軋りに関してどのような効果があったとしても衛生面に関しては問題があるように思われた）、唾をぐっと飲み込んだ。掛け布団の下に入り、きつくボール状に身体を丸め、ログが彼女の頭以外あえてどこにも触ろうとしないようにした。彼は猫を撫でるように彼女を撫で、「良い夢見てね」そして「シー」と言いながら彼女を寝かしつけた。四時間後、彼女は成功したレム睡眠により十分休息して目覚め、テーブルに着き、「ある犬の探求」を読み終えた。彼女はどうしてその犬が自由について語ることでその物語を終えたのか理解できなかった。いったい、彼女は思った、自由が何と関係あるの？　彼女は探求によって解放されたことなど一度もなかった。なんとみじめな、と彼女は思った、虚構の犬に嫉妬するなんて。彼女はベッドに戻った。今回は耳栓をつけて、ログの口から発せられる鼻詰まりの音を遮断するために。一時間後、おしっこをするために起きると、彼女はマウスピースをぽこんと外し、唾液でベタベタしたそれを、ベッドテーブルも兼ねているドレッサーの上に置いた。

　彼女の目はトイレのまぶしい光に順応するのに時間がかかった。拭いたとき、何か糸状のものがトイレットペーパーについてちょっと跳ね返った気がしたので、中に指を入れて引っ張ってみた。短くて弾力性のあるぬるぬるしたものが、第一関節にまきついて出てきた。指をこすり合わせてそれを便器に捨てると、それは海藻のように水の表面にとどまった。ナプキンについた血は宝石のように赤くてゼラチン質でやや薄く、その下の血は茶色くて枯葉のようだった。彼女は赤い部分に指をこすりつけてその指を舌の上においた。

　彼女は月経の血を味わったことは一度もなかったが、きっとそれと同じ味だろうと仮定せざるを得なかった。ただ、もちろん、妊娠期のホルモンが血にしみこんでいて味に影響を与えている可能性はあった。彼女はホルモンを、あるいは鮮度の低いホルモンを味わっているのかもしれない。それが科学的なのかそうでないのかわかるほど十分な知識がドロシーにはなかったが、いずれにせよ彼女はその味を何にたとえたらいいのか何も思いつかなかった。たとえるものがないと何が起きているのか理解することができなかったしそれを記憶することもできなかった。それについて誰かに伝えることもできなかった。

彼女は指にもっとつけようとまた拭いて、もう一度味わった。もしそのどろっとしたものをパンにつけるパテとして高級レストランで出されたら彼女は納得しただろう、大した努力もせずに、それは珍味だと。そしてきっと全部平らげて不快感も感じなかっただろう。たとえそれが彼女に料理として出され、それに対してお金を払う必要があるから食べていただけだったとしても。でもその血は、もしそれが血であるとすればだが、非常に粘り気があって彼女の舌はそれを適切に吸収できていないようだった。それは舌の表面を転がって、奇妙にも、喉の奥に残り続けた。それは子宮内膜なのか？　組織なのか？　そもそも組織とは何でできているのか？　何かが入っているのか、それとも隅から隅まで組織なのか？　彼女は水を流した。彼女はナプキンを小さなボール状に丸め、そのボールをきちんとトイレットペーパーにくるむとゴミ箱のなかに入っていた彼女の毛髪の下に埋めた。トイレの洗面台から水道水を両手ですくって飲んだが、その味はまだそこに、彼女の喉の奥に、金属みたいに残っていて、しばらく彼女を眠らせてくれなかった。

その翌日

翌朝携帯が振動したときドロシーはまだベッドの中にいた。彼女の親友、ギャビーだ。

ギャビー：よおおおおおお

文字や句読点の繰り返しが熱意と親密さを示すのに用いられるのは、ドロシーとギャビーのメールのやりとりでずっと続いている特徴だった。このような綴りのおかしさ、それは青春期の名残りのようなものであったが、それがないと二人とも心もとなく感じてしまい、しごくもっともな理由からだった。高い教育を受けた彼女たちの手にかかると、正しいスペリングは格式張った冷たさに、正しく配置されたピリオドは、ナイフになってしまうのだ。

ドロシー：やああああああ

ギャビー：5時からずっとパーティ中

言葉はドロシーのロック画面を背景にしたボックス内に現れ、その壁紙はピエール・ボナールの「ものを書く若い女」という絵画のスクリーンショットだった。一人の女性が赤いテーブルクロスにつっぷして走り書きをしており、白い紙切れがそこら中にちらばっていた。ドロシーはその女性が一心不乱に集中している、あるいはどたりと、見る者が決して読めない何かの上にへたり込んでいる様子が好きだった。ちらばった紙は芸術作品か愛する人への手紙を暗示していると聞いた事があった。彼女はその女性が食料品のリストを書いているか、税の申告を行っているのだと想像するのが好きだった。

　彼女がメッセージを指で押してログの誕生日を入力してロック解除すると、写真がチャット上にぱっと現れた。ギャビーの赤ちゃん、シャーマンが、ブラックフラッグのロンパースを着てスエードのスリッパを履いていた。シャーマンは鷲のような鼻と、頭蓋骨の立方体のなかに押しつぶされたような丸顔をしていた。その印象とは四角い皿の上に置かれた可愛くて昔懐かしいお椀のそれだった。今朝、彼のペタッとした黒髪はあらゆる方向に突き出していてパンクっぽい後光のようで、彼は恥ずかしそうに目をそらしていた。親友に子供ができるまでドロシーは赤ちゃんがチャラ男だとは知らなかった。

ドロシー：おお！！！！！！！！

ギャビーはこれを別の写真も送ってよというお誘いだと受け取った。ドロシーのシャーマンに対する溺愛はほぼ理論上のものだったが――彼女は赤ちゃんを赤ちゃんであるがゆえに愛し、かれらを、例えば、食べちゃいたいと思うようなタイプの女性ではない――彼女はその写真を本当に楽しんでいた。たとえそれが友人と連絡を保つための手段であったとしても。今度の写真では、シャーマンの目はぎゅっと閉じられ口は大きく開いていた。彼は泣いているのだ。幼児の大げさな表情において特に露わになるようなあらゆる絶望の根底にはどこかおかしみがあることをドロシーは見てとったが、写真を撮るためにすぐにあやしてやらないギャビーを密かに批判せずにはいられなかった。でもシャーマンは彼女が最初に携帯を掲げたときには泣いてなかったのかも？　彼女が携帯を掲げたから彼は泣き始めたのかも？　泣いている子供の写真を撮ることは倫理にもとるような気がしたが、どうしてなのかドロシーはうまく言えなかった。泣いている場合も笑っている場合も同様に、写真を撮る人は自分自身を被写体から遠ざけ、子供の気持ちに寄り添うことよりも記録することの方を選んでいるのだ。悲しみの場合にそうする方が喜びの場合にそうするよりもずっとひどく思えるのは、文化的に喜びが軽く扱われていることを示唆していた。

　ドロシーにこれら早朝の赤ちゃん写真を送ってくるからといって、ギャビーが残酷だとか思いやりに欠けるわけではなかった。ドロシーは妊娠について彼女に伝えていなかったし、どっちにしても、写真は気にならなかった。髪の毛と歯を生やし、本物の動物の皮でできたスリッパを履き、片方の手からもう片方の手へと物体を移動させる技に熟達することにたゆまず精を出すこの血肉を持つ生き物は、ドロシーの見る限り彼女のおかれた状況と何の関係もないのだ。ギャビーは彼女の考えに同意してくれただろう、もしドロシーが話していたならば。話すはずだったのだ、セラピストに話すはずだったのと同じくらいに。ただ話そうとしたとき、ギャビーは自分の誕生日について話し始めてしまい、それはその頃ちょうど過ぎたばかりだった。二人はギャビーのアパートのユニット式ソファに、向かい合って、靴下を履いた足先が触れそうなくらいの近さで座っていた。ギャビーは彼女への周囲の誤解から歳を取って抜け出すことの安堵感について説明しようとしていた。ルビコンを越えたんだ、と彼女は言った。

「シーザーみたいに」とドロシーは冗談を言った。

　ギャビーの目は潤み、二つの半熟卵みたいだった。彼女はその関連づけを好まなかった。「違う」と彼女は言い、足を引っ込めて正座した。「私は皇帝じゃない」

「わかってるよ」とドロシーは言った。「ただシーザーもほら――」

「私はジュリアスくそシーザーじゃない」とギャビーは言った。

「ごめん」とドロシーは言った。「きみが皇帝だなんて思ってないし、きみが自分のことを皇帝とか何とかだと思ってるなんて思ってないよ」

ギャビーはメガネを頭頂部に押し上げて目から涙をぬぐった。この脆さという性質は以前のギャビーにはなかったもので、ドロシーはそれをホルモンのせいだと思った。そのメガネは特大サイズのゴールドフレームのティアドロップ型で、薬局によくあるプラスチック製の回転ラックから購入されたものだった。それが伊達メガネか否かという問題はドロシーとログのあいだで議論の的だった。伊達メガネとは本当のところ何を意味するのかによるのだ。厳密に言うとそのメガネは視力の拡大を伴っていたが、それは本当に視覚障害のある人に対して侮辱と見なされるほどごくわずかだった。しかしより大きな問題は、ギャビーが薬局で買ったメガネをかけることをシックに見せてしまう類いの人だということだった。彼女には生まれつきの完璧なスタイルというものがあって、それはお金では部分的にしか説明がつかず母親になっても損なわれなかった。彼女はメガネフレームを顔の上に引っぱり戻すと、ルビコンについて何が言いたかったかというとつまり誰も何も彼女に期待しない場所へと彼女は渡ったということなのだと説明した。彼女はさまざまなキャリアを試したが（ロースクール、ジャーナリズム、劇作、ドキュメンタリー映画製作）、若き日の約束を叶えることはできなかった——それは彼女がおもしろいダメ人間だったせいではなく、その約束自体が大袈裟に言われすぎたせいだった。今回のこの、シャーマンを産んでから初めての誕生日ではとりわけ、彼女は痛切に、そして紛れもなく世間は彼女について諦めたと感じた。でもそれは失敗ではなかった。それは生成なのだ。

「みんな私は早熟だって思ってたけど」とギャビーは言った。「でも全然そうじゃなかったの。私は単に若かっただけ」

もうかれこれ十年間もギャビーのことを知っていたドロシーは、確かにギャビーは早熟だったが、同時に彼女は優柔不断で飽きっぽく、一生懸命頑張って精進する気もなかったと思った。だがギャビーの言ったことはドロシーがしばらくのあいだ言葉にできずにもがいていた何かを明確にしてくれた。

「私も同じように感じるよ」とドロシーは言った。「不採用になるたびに、自分の中の詐欺を働いている感覚が、自分ではいつもそうだとわかってた真実としてますます認められていくような気がするもん」

「私は仕事してるよ」と、週に十時間ほど父親の友人が書いた監視の歴史についての本をファクトチェックし、まだジュリアス・シーザーの件で完全にドロシーを許していないギャビーは言った。「つまりさ、きみだって仕事してるじゃん」

「私たちどっちも仕事してるよね」とドロシーは、これは大抵の人が言い張る必要のないことだと気づきつつ言った。

「赤ちゃん作った方がいいよ」とギャビーは言った。「必要とされるってどれだけほっとするか言い表せないくらい。シャーマンは私がいないと死んじゃうんだよ。自尊心にとって良いよ」

ドロシーは、この時点では何をキープして何を捨てるべきかどちらがいいのか決めていなかったので、ただ「だね」と言った。

　彼はだまされたような表情をしていた。その目は、新たに気づいた痛みにショックを受けていた。その腕は、上に伸ばされて、抱っこされようとしていた。

ドロシー：かわいそうなシャーミー。大丈夫⁉

ギャビー：うん大丈夫だよ……。ずっと言おうと思ってたんだけど、ダフネ・デュ・モーリアについての本書いてる人に会ったよ。

ドロシー：！！！！！！！

　何年も昔、ダフネ・デュ・モーリアについての一般向けの伝記を書こうという野心がドロシーにはあった。彼女の大好きな小説、『レベッカ』の著者だ。その頃ドロシーは最初の論文を発表したばかりで、それはデュ・モーリアと、モーリアは自分の小説『後継者』［*A Successora*］を剽窃したのだと訴えたカロリーナ・ナバッコについての論文だった。それはドロシーが今後超えることはおろか匹敵することすら叶わなさそうな初期の偉業だった。この成功の波に乗っているあいだ——それはその後の年月でとるに足らない、ゆえに屈辱的な何かに思えるようになっていった。特にそれに伴う達成感、「やったぞ」という感覚から——ドロシーは自分が傑出したキャリアを有するだろう、トップレベルの研究大学で教え、日刊誌で書評されるような一般の読者向けの本を書く学者になるだろうと夢想していた。そんな野心はとうの昔に捨てていて、それを思い出すことは彼女を苦悶で縮み上がらせたが、ギャビーは、新しい恋が長続きすると信じて何度でも恋に落ちる人みたいに熱狂的に、ややばかみたいに自分のキャリアを次々と変えていったにもかかわらず、ドロシーにはこの理想を守らせようとするのだった。ドロシーはやり始めたことをやり通せるのだという考えにギャビーはのめりこんでいた。十年ものあいだ学問の世界にいることが人にどんな害をもたらすのかギャビーには知る由もないのだが、もし知っていたら、ドロシーはそもそも彼女と仲良くなろうとは思わなかっただろう。

ドロシー：大丈夫、超ファンでいられるだけで光栄だよ。

ギャビー：どっちにしろ彼女ばかっぽかったよ。

ギャビー：私が会った女性ね、ＤＤＭじゃなくて。

ドロシー：うんうん。

ドロシー：他には？

ドロシー：おーい？

ギャビーは忙しいのか、興味を失ったのか、それとも彼女は発作を起こしてシャーマンは腕を広げて泣いていて部屋には彼に乳をやる人も彼の写真を撮る人も彼がベッドから転げ落ちてドロシーが思い描かないようにしている事故に遭うのを防ぐ人もいないのか。しかし時すでに遅し、彼女は見てしまった、砕けた頭蓋骨を、動かない身体を。ドロシーは目がハートの絵文字を送信してニュースの見出しを親指でスクロールした。彼女はベッドの端までごろごろと転がってカーテンを引っ張った。空は白の厚塗り絵の具だった。それは注がれたばかりで濡れたように見え、足跡を残せそうなほどだった。彼女は下着を引っぱり下げて新しい血がついているかどうか見た。ついてなかった。重力は朝の仕事にまだ取りかかっていないようだった。

彼女はギャビーに話さなかったことを後悔してはいなかったが、でもそれは自分が遠く離れてしまったような、自分は海に流されていて、ギャビーは岸に戻っているみたいな気分にさせた。話に対する制御を失わずに打ち明け話の親密さを得る何らかの方法がありさえすれば。それは最悪だった。話の小さな断片がそこら中にぜんぶ撒き散らされてしまうことは。ログが起きて二人はそれぞれ自分の携帯を見ながらコーヒーを飲んだ。彼が出かけたあと、シャワーを浴びてズボンを履き、その日に教えるシルヴァン・トムキンスの論文に目を通すと、もう二人目のセラピストとのセッションを受けに町へ出る時間だった。

ドロシーが再度確認しようとたずねるたびに、そしてそれはしょっちゅうだったのだが、ログは強く言い張った。アパートとか老後のために二人が貯蓄できていたかもしれないお金を彼女がセラピーに使うのは一向に構わないと。「そもそも」、と彼は言うのだった。「僕たちほんとに貯金なんてするかな？　テイクアウトとか軽率な行為にただ浪費するだけだと思うよ」。この「軽率な行為」という言い方はログの特徴で、彼には自分とドロシーの最悪の性質を冗談に変える困った才能があるのだ。世の中には、と彼は、その声に人間の悪徳に関するあいまいな知識をほのめかしつつつけ加えた、もっとひどくて金のかかる癖がある人もいるよ。ドロシーは二人目のセラピストへの支払いは自分の給料から出すとまで申し出たのだが、それは二人の財政的なシナリオ全体の徹底的な見直しを要することになっただろう。ログはいつも、自分の労働が、それはプロジェクト管理とソフトウェア会社に関わるものだったが、ドロシーのそれよりも高いレートで報酬を支払われているのは単なる歴史の偶然にすぎず、この報酬はそれぞれの人間的価値――この言い方は経済的なものに対する文化的な偏見を露呈していたが――と何ら固有の関係性を持たないので、自分の給料を再分配しないことは意味をなさず、それだって「富」とも呼べるほどのものではないし、どっちにしたってニューヨークの基準に照らせば大したことないし、ただドロシーの給料を少なく見せてはいたけれど、とにかく要点はふたりの財源は全部一緒くたの、「共同口座」になっていて、それは別々の口座を維持する既婚の友人たちよりも二人を見方によってはもっと結婚した状態にしている、と言うのだった。ただこの点に関してログはゆずらなかった。小銭をいちいち数えてレシートを提出し合うような関係が彼は嫌なのだ。ドロシーも嫌だった。

ドロシーの二人目のセラピストはダウンタウンのビルの七階にある一続きになった部屋の内部に診療所を構えていた。その待合室は不動産業者の事務所も兼ねていた。そこのブローカーはドロシーがこれまでアパートを借りてきたがさつな詐欺師よりも慇懃なやり手だった。彼はくるぶしまでのピタッとスリムなスーツを着ていて、美容室みたいな匂いがした。一度ドロシーは地下鉄から診療所まで、まるまる一ブロックほど、彼の跡をつけたことがあった。その日は活動家たちが歩道をさえぎっていて、タールサンドの事業に資金調達している隣のビルの銀行に抗議していた。「職につけよ」とそのブローカーはデモ隊を押しのけながら怒鳴った。ブローカーの軽蔑はドロシーにとって予想の範囲内だったが、そのむき出しの憎しみ、いかに彼がそれを隠す必要がないと思っているか、それは驚きだった。

今日彼はイヤホンをしてデスクに座り、荒々しく呼吸をしながら、瞑想の音声ガイドと思しきものを聞いていた。ドロシーの前のテーブルにはぼろぼろになった『サイコロジー・トゥデイ』が一冊置かれていた。**あなたの心の奥底にある秘密―あなたが隠していること、あなた自身にさえも。**冷水器がゲップした。ドロシーは携帯を引っぱり出した。ツイッター上では、アレクサンドラが個人的なニュースをシェアしていた。

アレクサンドラはドロシーのかつての大学院仲間の一人で、ノースウェスタン大学で専任職を得ていた。「友人たち（そして敵たち、はは）、私の本がオックスフォードに採用された！」と彼女はツイートしていた。ドロシーは返信欄にざっと目を通した。会話に割り込んでくる名前のほとんどは彼女にとって知っているか見覚えのあるものばかりだった――東海岸か西海岸の有名大学に散らばった若い教授たちとソーシャルメディアの力を利用することを覚えた野心ある院生が少し、そしてドロシーとアレクサンドラのかつての指導教員、ジュディス・ロビンソン。ほとんど全員が「おめでとう」かシャンパンの絵文字にとどめていて、数人がその本の内容をたずねていた。ジュディスは返信していた。「期待通りよ」

　自分はジュディスに気に入られているとドロシーが思っていた頃からずいぶん時は経っていたが、アレクサンドラが公の場でこのように言われるのを目撃するのはやはり堪えた。ドロシーがあまりに大きく息を吐いたので、ブローカーは目を開いて彼女の方を睨みつけた。「すいません」と彼女は言い、それからそう言ったのを後悔した。彼は目を閉じて、彼の両手の人差し指と親指は互いの方へと吸い寄せられるかのように漂っていった。

　博論指導教員には、親と同じように、えこひいきがある。大学院の最初の三、四年間、自分はジュディスのお気に入りだとドロシーは思い込んでいた。なぜならジュディスはものすごく多くの仕事をドロシーに任せてきたから。本をアルファベット順に並べることから論文の脚注づけ、さらには留守番に至るまで。彼女はドロシーに学科内のゴシップを内々に明かし、一度などは他大の教授とドロシーをお膳立てしたほどだ（それはうまくいかなかった。その教授の離婚はジュディスがドロシーに信じさせたほどキッパリしたものではなかったのだ）。ドロシーはジュディスの注目は自分の研究に対する関心の表れだと思い込んでいた。しかしある日のオフィスアワーにドロシーはたまたま立ち聞きしてしまったのだ。ひびの入ったドアの外で待ちながら（ドアにひびが入ったままにしておくことの言い訳は常にジュディスは新鮮な空気を必要としているからというものだったが、ジュディスが一人の人間に対して言うことは何であれ学科全体に聞かれる価値があると信じていたのは広く知られていた）、彼女の最愛の指導教員、知の巨人、新分野を開拓した女性が、アレクサンドラが論文の草稿で構築していた議論は「重要だ」と声を大にして言うのを。

「重要だ」はドロシーの書いたものに関して誰も一度も使ったことのない言葉だった。「賢い」とか「聡明だ」とか「有望だ」は耳にしたことがあったが、それは壊されるおそれをその中に含む言葉だ。デュ・モーリアの論文を発表した時でさえ、それが二十一世紀の文学研究の目的だと誰しもが認める「パラダイムを変える」とか「分野を定義づける」論文だとは誰も思わなかった。代わりにそれは、「非常に良い」、「妥当性がある」、さらにある読者の言葉では——ドロシーは未だにそれは誉め言葉のつもりだったのか確信が持てないのだが——「スタイリッシュ」だった。「重要だ」ではない。

アレクサンドラが聖別に浴し、誇りをもってぽつりぽつりと話すあいだ、ドロシーはピエール・ブルデューの『ディスタンクシオン』の一節に夢中になりすぎていて盗み聞きなどしていないふりをしていたが、だが一方で、二人がすべてを彼女に聞かせたがっているときそれはまず盗み聞きとは呼べないだろう。彼女は本を、それはたいそう巨大で重かったが、高々と顔のあたりまで持ち上げ、没頭しているさまと同時にゆとりを示せればと願った。ブルデューの重要なテキストに夢中になりすぎるあまり研究室から誰かしらが出てくることに気がつかない一方で、彼女は夢中になる必要などないのだ。彼女は混乱したりもがいたりなどしていないのだから。その反対に、彼女の興味にはたまたま学校で一番人気の愛すべき幼なじみとの素晴らしい会話を楽しんでいる人の軽妙さとさわやかさがあるのだ。夢中にはなっているけどやすやすとだ。だってすごく好きなだけだから！　ふだんドロシーは本にぎこちなく下線を引き、余白をまごついた星印やクエスチョンマークで埋め、ほんのわずかな理解でさえ得るためにあとで読み返すべき箇所を示していたが、その日彼女は軽々しく小さなチェックマークを発することを自らの手に強いた。それらはぶっきらぼうな同意の、テキストを素早く読んで最も重要なポイントを直観的に理解する彼女の能力の浮き浮きとした証拠だった。あまりにわかりやすくて何の注釈の必要もなくて、ただ癖なだけだったが——癖、ハビトゥス、ほほう！　あるいはもしかしたら彼女はこの本をすでにあまりに何度も読んでいたので、これらのチェックマークは超何気ないご挨拶かリマインダー、極度に慣れ親しんだ領域のおおざっぱな読み返しのように見えたかもしれない。チェック！　アレクサンドラがジュディスの研究室から出てくるのを待つ間、ドロシーの手は次から次へと陽気なチェックマークを放っていった——チェック！——そうすることで自分がチェックのカオス、余白を埋めるうすのろな同意の意味不明な大合唱を生み出していることに気づきながら。その時アレクサンドラが肩を叩いたのでドロシーは飛び上がり、ブルデューの有名な図のひとつに黒鉛の線を放ちながらシャーペンの先をページ全体に引きずってしまった。

「うわ」とアレクサンドラは言った。「破いちゃったね」

彼女はじっと覗き込んだ。「わー、このページほんと好きなんだね」と彼女はつけ加えた。

ドロシーは歯を見せずに微笑むとカバンのなかに本を押し込んだ。

「先生がお待ちよ」とアレクサンドラは言った。

ジュディスは、その金髪の髪の毛は頭のてっぺんで王冠かねじったパンのように巻かれ、その口元はお決まりの固い赤の口紅で切り込みを入れられ、手を振ってドロシーを招き入れた。ドロシーが立ち上がったとき、アレクサンドラはドアを押さえる仕草を見せたが、ドアはすでに開いていた。このドア押さえの行為を、見知らぬ人なら、もしその人がそれに気づいたとすればの話だが、気まぐれな礼儀正しさと評するであろうが、ドロシーはアレクサンドラのドアそれ自体、すなわち彼女自身、すなわちアレクサンドラに注意を向けるやり口だと解釈した。なぜならアレクサンドラの研究はドアについてだったから。具体的には、ヴィクトリア朝小説におけるドアの機能についてだ。実際のところ、アレクサンドラはジュディスの近くに数秒でも余計に長く留まり、聖別の誉れを十分に味わうためにドアを押さえていたのだろうが、ことによるとドアを押さえるという丁重な行為は無意識の謝罪、ジュディスの祝福を受けたことを埋め合わせようとする試みで、それはアレクサンドラが言われるまでもなくわかっていたであろうが、ドロシーに対する攻撃だった。しかし当時ドロシーは、アレクサンドラがドアを押さえているというよりはむしろそれを指差しており、そのドアのパワーをあなどるなかれとドロシーに強いているように感じた。見よ、学問よ！　市場価値の高い、分野を定義づける研究論文の敷居をまたぐのだ！

アレクサンドラがドアを研究する学生（教員の卵）だと最初に知って以来、彼女にはドアの意味について何らかの理論があるのだろうとドロシーは思っていた。しかし『ディスタンクシオン』事件の数週間後、研究会でジュディスが褒めていたのと同じ論文をアレクサンドラが発表したとき、ドロシーはアレクサンドラが本当に関心を持っているのだと気がついた――ドアに。誰がそれを作ったのか。どんな木材で。人気のデザイン。ドア対屏風。などなど。

その会はいつになく盛況だった。アレクサンドラが学科の期待の星だったからか、人々は出席することで良い印象をジュディスに与えたいと思ったからか。ドロシーは未だに思い出さずにいられない。アレクサンドラがそのテーマ――ドア――について講釈するあいだジュディスが穏やかにうなずき微笑んでいたのを。ドアが何についてなのかではなく――ただドアがあるということ。その事実。そのむき出しの存在。ドアとの関連でドアノブについての言及があるかないか。ドアは押し戸か引き戸か。どの作家がドアについて言及し、誰がドアの存在を当然のことと見做して何も言わずそれを通り過ぎ、ゆえにより深くより不埒な何かをわざわざドアを家財目録に含む者よりも明らかにしているか。何でしょう、アレクサンドラは仲間の学生たちに教師らしい声で問うた、ドアの政治学とは。どのような権力構造をそれは示しているのでしょう？

アレクサンドラは、これは認めざるを得なかったが、その夜格別に美しかった。部屋にいる人々から注視されて彼女は花開いていた。話しかけると花を咲かせる植物みたいに。彼女がセミナー室のドアを指さそうと腕をぱっと広げてワインをこぼしたとき、ワインは一滴たりとも彼女のブラウスに飛び散らなかった。それはシルク製で、小さな時計模様が描かれており、ドロシーにボードレールと彼の所有していた針のない時計について考えさせた。その文字盤に彼はこう書き記したのだ。汝が思っているよりも遅い。

「このドアを例にとりましょう」とアレクサンドラが言うと、修士の学生がさっと現れてこぼれたワインをナプキンで拭き取った。「この部屋に出たり入ったりするたびに私たちはこのドアを使いますが、それについて考えたりなどしません。でもこのドアには歴史があり、それが私のプロジェクトなんです。歴史を救い出すことが」

　あらゆる出来事は歴史の中で起こるのであり、歴史を救い出したら、いったいそれをどうしたらいいのか？　どこか別の場所に入れるとか？　時がみずからの荒廃を免れ得る安全な場所などあるのか？　会がお開きになるころ、ジュディスはプラスチックのカップを掲げてアレクサンドラのために乾杯の音頭をとり、彼女はそれに、ドロシーが仰天したことには、赤面で応えたのだった。赤面とは決して偽装できない類いの何かだ。それは血液が顔の表面へと不随意にどっと流れることだが、それでもなおこの赤面はジュディスの寵愛を得て仲間の嫉妬心を和らげるようあまりに完璧に調整されていたので、ドロシーは身を傾けて友人のマイカにアレクサンドラは赤面の練習をしたに違いない、役者が自在に泣けるみたいに、と囁かずにはいられなかった。ドロシーのほうを見て笑い死なないよう気をつけつつ、マイカは「うまくやれよ、ねえちゃん」とアレクサンドラのハンドアウトの上に書き、すぐに鉛筆を取り出してそれを消した。彼はこれらすべてをアレクサンドラから一度も目をそらすことなく頭を動かしたりもせずにやってのけた。その年のうちにマイカは大学院主任からセクハラを受けて退学した。しばらく私立高校で教えたのち、彼はマイナーなヴィクトリア朝詩人の性生活についてのパイロット番組をテレビ局に売った。最後にドロシーが聞いた話では、シルバーレイクに住んでいるとのことだった。かれら三人は大学院生にありうる三つの道を代表していた。勝つ者、去る者、そしてそれが何であれドロシーがしていることをする者。

期待通りよ、期待通りよ。彼女はジュディスのツイートを何度も読み返したがその期待は決して彼女には向けられないのだった。その研究会以来ドロシーは成長した。彼女はもはやアレクサンドラが赤面の練習をしたのかどうかなど考えなかった。それどころか、もはやそれを不快にさえ思わなくなっていた。アレクサンドラがいかにシステムを自分にとって有利なように利用し、退廃的なたそがれ時にあるこの職業のなかで自分の居場所を作る術を見出したかを、彼女は賞賛する気にすらなっていた。アレクサンドラが時代に非常にうまく適応し、必要なタスクを期限を守って遂行する能力に非常に長けているのは、彼女の落ち度なのか？　今ドロシーがドアについて考えるとき、その包摂したり排除する力、その敷居としての重要性、それが内部を外部へ、そして内部を他の内部へとつなげるさまについて言えることが山ほどあるとわかった。ドアがなければ角部屋の社長室もない。窓からひょいと飛び込んだり飛び出たりすることはなんら特別ではなくなる。しかし窓というのはまるきり別のテーマだ。窓は透明性、景色、視点と関係する。ドアは不透明性、盗み聞き、覗き見と関係する。そしてもちろん重要なのはそれがどれほど固く、誰に対して閉ざされているかだ。

　しかしアレクサンドラは目の前でドアをぴしゃりと閉められたことは一度もないのだった。彼女は今や本を出版するのだし、その鉄の握力ではしごを一段また一段と登り続けていくのだが、それにひきかえドロシーはといえば、待合室に座り、働きもせず、書きもせず、もう七日間も出血し続けていて、ブローカーは血の匂いに気づくかな、それともただ彼女の失敗の匂いを嗅ぎつけるだけかな、などと思案しているのだった。

　ドアが開いて前の患者さん、髪型と服装と姿勢がドロシーに似た女性が、その頭を身体の残りの部分よりもわずかに早く未来に到着する灯台か信号の灯りのように前に突き出しながら、こそこそ出てきた。ドロシーは立ち上がって彼女のいた位置につこうとしたが、セラピストが、彼女はドアそのものから立ち現れたように見えたが、指を立てて「あと一分」と言い、またドアを閉めてしまった。ドロシーは座った。彼女は天井を見た。携帯の待ち受け画面を見た。ボナールの若い女性はまだうずくまって、書いていた。あるいはテーブルに頭を打ちつけていたのかもしれない。

　ドアが再び開いた。「どうぞ」とセラピストは、巨大なグレーのショールに身を包んで言った。このセラピストはいつもこのショールを羽織っていた。彼女はいつもひどく寒いのだ。すごく小柄なせいかもしれない――ほんの一筋の人間なのだ、ほんとに。彼女は十八世紀の肖像画のふっくらとエアブラシをかけた頬と眠そうだが不安にさせるほど鋭い目をしていたが、もし彼女を油絵にして暖炉の上に掛けるならば、手に輪っかを持たせるか木馬に乗せたくなっただろう。子供みたいに。それくらい彼女は小さいのだ。彼女の低い背丈はドロシーに愛情のこもった、かばいたくなる気持ちを抱かせるのと同時に、セラピストが小柄で控えめな別種の女性で、ドロシーのぶざまでそこら中にこぼれて溢れかえっている問題を重大な意味において何一つ理解できないようにも感じさせるのだった。

ドロシーと同様に、二人目のセラピストは博士号を持っていた。ドロシーはセラピストがその知識を、一部の女性をエレガントで自由気ままな感じに見せ、その他の女性を、ドロシーもそこに入るのだが、浮浪者か孤児のように見せるあのゆるくてだぼっとしたワンピースのように、何気なくまとっているさまを賞賛していた。ドロシーがアレクサンドラについて文句を言うのに耳を傾けるセラピストの姿には、ある種の気品さえ漂っていた——頭をわずかに上に向け、脚を鶴のように組んで。ドロシーがアレクサンドラの話に時間を使ったことを詫びたときはなおいっそうそうだった。セラピストは注意を向けて一時停止しているように見えた。あたかもセラピストは肖像画のために座っていて、耳を傾ける、とか、耳を傾ける子供、といったモチーフの絵を描く芸術家に向けてポーズをとっているようですらあった。

「私のもうひとりのセラピストについて話し合うはずでしたよね」とドロシーは言った。それこそが二人目のセラピストに通う主たる目的なのだ。なぜ二人目のセラピストを求めるのかについて話すことが。「でもこれはついさっき起きたことなんです」

二人目のセラピストは手を振った——見下す感じにでも王のようにでもなく、部屋の中を漂う何らかの罪悪感が彼女にくっつく前にぴしゃりと払いのけているみたいに。

「あなたが話を持ち出されたので伺いますが」と彼女は言った。「昨日もう一人のセラピストさんは何て？」

この話になるのをドロシーはずっと恐れていた。「キャンセルしなきゃならなかったんです」と彼女は言った。「私その……偏頭痛がして」。偏頭痛はもっともらしかった。ドロシーみたいな人間は偏頭痛持ちなのだ。二人目のセラピストは彼女をじっと見つめた。「興味深い症状ですね」とだけ彼女は言った。

ドロシーはうなずいた。部屋の中は暑かった。ショールを羽織るには暑すぎる。

「こんなこと永遠には続けられないってあなたもおわかりになっていると思います」とセラピストは言った。彼女の声は誘惑的だった、罠みたいに。それから彼女は前屈みになって座っていたクッションを調整し、上半身を揺すって半インチほど余計に背丈を得た。「二人のセラピスト、」と彼女は言った。「あまりおすすめしませんね。でもあなたのしていることの真相に迫れば、もうここに来る必要もなくなります」

それは悲しい世界の見方だった——何かを理解した途端にそれとおさらばできるなんて。きっとそれがカフカの犬が言うところの自由の意味なのだろう。

「でも話さなきゃならないことがあるの」とセラピストは言い、ドロシーの目の中に驚きをとらえると、手を上げた。

「私のことよ」と彼女は言った。「あなたは問題ないわ」

セラピストは笑った。ドロシーは表情を整えようとした。彼女のセラピストたちがするような微笑みを浮かべようとした。是認でも否認でもなく単に関係性を示す、あの口をすぼめたかすかな微笑み。私たちは今セラピーをしている、というのがその微笑みの究極的な意味で、そして私はセラピストと告げていた。その微笑みは優しくて包容力があるように見えたが、実のところ気違いじみていた。自分の人間性を抑圧し、真の自己を決して明かさないよう訓練を受けた者だけがそれをうまくやれた。

「私のポッドキャスト」と二人目のセラピストが言うのをドロシーは聞き、それから「制作会社」、それから「録音」、それから「プレミア」と言うのが聞こえた。

「すみません」とドロシーは、ぬかるんだ頭で言った。「もう一度言っていただけます？」

しばらく前から、とセラピストは説明した、ポッドキャストをしている。ポッドキャストでは心理学の歴史について語り、また開業してからの年月に聞いたお話――決して患者の守秘義務に違反しないよう、周到に隠して変えてある――を聞かせている。ドロシーはいきなり顔面パンチをくらったように感じた。彼女のセラピストがポッドキャストをしている？　どうしてこのことを今まで知らなかったの？　他の患者たちは知っているの？　それからさらなる疑問。彼女有名なの？　大物なの？　一人目のセラピストは二人目のセラピストのポッドキャストを聴いているの？　それともアマチュアのポッドキャストなの、ログの友達がやっているみたいな？　このセラピストは人間についての根本的に不真面目な冗談かなんかなの、それともドロシーの手の届かない存在？

　だんだん思うようになったの、とセラピストは喋っていた、個人セラピーの高額さゆえに、無料で公に尽くす倫理的な義務が自分にはあると。

「そうでないとこの仕事はただ支払う余裕がある人を助けるだけになってしまいますから」と彼女は、身体をぬくぬくと《スナッグリー》——こぢんまりと《スマッグリー》だっけ？——ショールに包み込みながら言った。それは今ドロシーが見たところ、実はブランケットかもしれない。

　もちろんある意味においては——現実とか物質的な可能世界といった、事実に即した意味においては——ドロシーにはセラピー代を払う余裕があった。彼女はきちんと支払いをし、不渡りを起こしたことはなかった。しかしまた別の、より深くてより生々しい意味、何をすべきで何がのぞましく何が正しいのかという意味、彼女に貯金やセイフティネットがないことや不安定な雇用状態という現在進行形のドラマを含む意味においては、彼女にはセラピー代を払う余裕など断じてなかった。セラピストはこのことを理解していないの？　これってセラピスト二人に通っているというテーマに関してかれらが扱うべき問題のひとつじゃないの？　もしどうしようもないほど誤解されているのなら、どうやって助けてもらえるの？　彼女はセラピストが話し続けられるよううなずいてみせたが、うなずき終わる前にうなずいたことをもはや後悔していた。彼女の安全性、彼女の状況、彼女の人生に関するセラピストの見当違いにいくぶん加担してしまったのではないかと恐れて。

　今では、セラピストは言った、ポッドキャストは軌道に乗っている。エージェントが彼女と組ませたポッドキャスト会社は今シーズンを本物の患者との録音セッションで構成するよう要求している。歴史への需要は、ドロシーは苦々しく思った、覗き見への需要には到底かなわないのだ。「リアリティー」はあらゆる文化的形態に浸透していた。

「エージェント」という言葉が彼女の耳に届いた。彼女のセラピストにはエージェントがいるのだ。

「ご質問がおありでしょう」とセラピストは言った。「何でも聞いてね」

ドロシーは窓の外を見ようと首を回したが、この診察室には窓がないのだった。窓があるべき所には抽象画がかけられていて、白い線と原色の斑点しかなかった。この絵が好きかどうかドロシーはずっと決めかねていた。本物のアートなのかホテルアートなのかもわからなかった。セラピストには本物のアートを買う余裕があるはずだが、もしかしたらホテルアートがお好みなのかもしれない。ドロシーはセラピストの絵が彼女に批評的心もとなさ、そして言うまでもなくねたみを――彼女はポスターはたくさん持っていたが本物の絵画は持っていなかった――作動させたことに腹が立った。またその絵が窓があるべき場所に掛けられており、そのため外の景色を眺める休息／逃避や、部屋の外の生活感を与えてくれる壁の穴ではなく、美学的疑問へと自分が再び引き戻されてしまうことに腹が立った。

「たくさんお金が入るんですか？」とドロシーはたずねた。「つまりその、ポッドキャストで」

「多少は」とセラピストは答えた。一瞬のためらい。「いくらか言いましょうか？」

ドロシーはセラピストの率直さに感服したが、しかし同時にそれはおもねりで、セラピストは彼女の財政的不安につけこむことで、この一連の会話が行き着く先だとお互いにわかっている質問から彼女の気をそらしているようにも感じた。すなわち、セラピストはドロシーにポッドキャストのゲストになってほしいのか否かという質問である。答えに際して――それは、後にも先にも「いいえ」でしかありえないのだが――ドロシーは目の奥がキリキリうずくのを感じた。まぬけなにやにやがどうしようもなく彼女の顔中に広がった。気恥ずかしさと拒否の滑稽なそぶりが。彼女は馬鹿みたいに黙って座り悩んでいた。

「ほとんどのエピソードはもうすでに録音してあるんです」と言い訳のように感じられる何かを申し出ながらセラピストは言い、それから新たなやり方でその口をすぼめた。「出たかったですか？」と彼女はたずねた。

「出たいかどうか聞かれたくはあったかと思います」とドロシーは壁に向かって言った。

こんな率直な物言いに際して、ドロシーの一人目のセラピストならばドロシーを抱きしめて頑張ったねと言いたい気持ちを抑えつつ、興奮して身を乗り出しただろう。二人目のセラピストは完全にじっとしたままだった。彼女のためらいは何か言いたいことがもっとあるのだが言うべきかどうかわからないということを示していて、それから彼女はとりあえず先に進んで言っちゃおうと決めたらしい。

「あなたが共感を呼ばないというわけではないの」と彼女は言った。「だけど」――それから彼女が病状と特権とオーディエンスと共感しやすさについて何か説明するあいだ、ドロシーは何回何人くらいの他の患者とセラピストはこの会話をしたのだろうと思った。どのくらいの時間を彼女、ドロシーはそのポッドキャストを聴くのにこれから無駄にしなければならないのだろう、二度と読み返したくない本を読める時間ってどのくらいだろうと考えていた。いまや二人でドロシーの真の問題についてではなくこれについて話し合わなければならなくなったことに対して、ドロシーは怒りが爆発するのを感じた。セラピストはこれを食い物にしているんだとわかった。これがセラピーの金もうけの方法なのだ。セラピーについて話すこと、農場にいる二匹の豚みたいに転移で転げまわることが。

　ドロシーは口元を隠すために鼻をこすりちらっと時計を見た。思ったよりも遅かった。もうほとんど帰る時間だった。

「念のために言うけど、ドロシー、私はあなたに共感できる」とセラピストは言った。「でもリスナーは……」

　このことについてログに話したら、彼は怒るに決まっているとドロシーにはわかっていた。彼はセラピストを完全に不適切だと思うだろう。ドロシーにもう二度と行かない方がいいと言うだろう。侮辱されるために高い金を支払うべきじゃないと言うだろう。でもドロシーは侮辱されてはいなかった。彼女はありがたく感じていた。

「わかります」とドロシーは、セラピストがいつだって最後の言葉は彼女に言わせることに気づいて言った。「私だって自分が共感を呼ぶとは思ってませんから」

　授業の開始時間ちょうどに着こうとどんなに頑張っても、ドロシーはいつも早すぎた。彼女が時間をつぶせる場所はどこにもなかった。講師室の利用は可能だった。ふぞろいのペーパーバック、見捨てられた三穴バインダー、そして誰かのフレームに入ったヴァン・ゴッホのひまわりのポスターから構成されるみじめな物置小屋に、たった週二時間だけなら。建物の外のベンチに座るのはうろつく人か浮浪者みたいな気分にさせた。トイレで時間を潰すのもありだが、そこでは共用の手洗い場で学生に遭遇して上機嫌を強いられたり、または、あってはならないことだが、学生の誰かがおしっこかより悪いものをする音を聞いたり、または、反対に、自分の存在が誰かがおしっこかより悪いものをするのを妨げていることを知ってしまったりするリスクを冒すことになった。残された選択肢はただひとつ、教室で時間をつぶすことだ。さえぎられるにはあまりにも高尚に授業準備にたずさわっている人のように見せるか、狩猟場に身を潜めるハンターか家具のごとく、ものすごくじっとしてその場に消え入ってしまうかして。

　教室はモダンな、やや広めの四角形で木材を嫌う何者かによって備品を取りつけられていた。プラスチックっぽい机つきの椅子がホワイトボードと黒板消し（フェルトペンはいつだってなかった）を中心に配置されていた。ドロシーがプリントをごちゃごちゃとめくって強調線の引かれた一節をその意味を理解せずに凝視するあいだに学生たちがやってきて、大声で喋ったり必死になって授業開始前の最後の数分を携帯で楽しんでいた。今日はダニエルという名前の、手首の内側にグレイハウンドのタトゥーを入れ、凛として人を見下すような態度の赤毛の学生が、シルヴァン・トムキンスの恥‐恥辱と軽蔑‐嫌悪感の概念について発表する日だった。ドロシーはダニエルが嫌いで少し彼女を恐れてもいた。ダニエルはいつも熱心に授業に参加し、よくドロシーが話し終わる前に手を上げるのだが、彼女のディスカッションへの貢献は必ずや話の腰を折るものだった。彼女はドロシーの課す読み物のほとんどを「ばかばかしい」と思い、その言葉を実際にあざける口調ではないが、ひどくいらいらした不信感と憐れみを込めて言った。ドロシーはこれまでにも課題図書を心もとなさから困惑からかはたまた自身の困惑に対する心もとなさから却下するような、自分が理解できないものを嫌う多くの学生に会ってきたが、ダニエルは違った。彼女は鋭くて敵意があるのだ。彼女は著者の議論を完璧によく理解した上で、ただかれらを可哀想に思うのだ。著作を生み出すのにそれほど多くの人生を無駄にしたことを。ダニエルは物事を有用か無用かのカテゴリーに分けることに容赦なかった。そしてドロシーのまるごと無用な存在が、それは芸術の無用さという輝かしいレベルにまでのぼりつめることもできず、おぞましき無益性で落ちぶれているのだが、ダニエルによって却下されるいっぽうで、ドロシーはいやいやながらもダニエルが有用性への情熱を追求するその確固たる思いを賞賛してしまうのだった。偉そうで、傲慢で、自信に満ちた若者——ドロシーはそれに驚嘆した。それは彼女に氷山の写真を見た時の感じを抱かせた。それはいつか溶けてしまう——今も溶けつつある——だけどああ！　全盛期には光り輝いていたのだ。

「恥-恥辱」と「軽蔑-嫌悪感」はダニエルが口にすると、知らない言葉のように聞こえて、詩みたいだった。ダニエルは人間なのだから、もちろん恥、恥辱、軽蔑、嫌悪感、そしてそれらのあらゆる組み合わせを経験したことがあるに違いないのだが、しかし彼女は自分の話している内容について何の個人的関わりも持っていないようだった。トムキンスの言葉を彼女は道案内とかレシピで人が用いるような、知識を授ける口調で読み上げた。「恐怖は生と死に言及し、苦悩は世界を涙の谷にするが、人間の心に最も深く突き刺さるのは恥である」

教室の後ろの方から咳払いが聞こえた。ドロシーは、誰かが「ｍａｎ」を普遍的主体として扱うことに異を唱えようとしているのだと踏んで、いかに我々は過去を大目に見てやる必要があるかについてスピーチを準備し始めた――過去を許すわけではないが、しかし学ぶべき概念があるときに、授業時間をまるまる費やしてすでに悪いとわかっていることを裁くわけにはいかず、もちろん概念はその文脈から切り離せる、あるいは少なくとも救い出すことができるという彼女の信念が次の世代にとって時代遅れであるのは重々承知だが、しかし――「すみません」とライダーが恥ずかしそうに言った。

「気管の変なところに入っちゃって」

ライダーの机の上にはペットボトルの水やコーヒーやその他いかなる飲み物もなかったので、ドロシーは何が気管に入ってしまったのかわからなかったが、尋問するのは自分の仕事ではないと思った。このような瞬間をいかなる学生とであれ満足のいく結論に導くのは不可能であったが、ことライダーとなると、ドロシーはいつも余計に悪い予感がして、言いがかりと批判のもつれ合いを警戒するのだった。ライダーは失顔症で、その事実をドロシーは学期の初回授業の後に知った。彼女が書類を整理しているふりをしていると彼が彼女の机にやってきて、彼を覚えていなかったことを責めたのだ。「ぼく先生の学科概論に秋学期いました」とその日ライダーは言った。「きっとぼくのこと覚えていませんよね。ぼく失顔症ですから」

実際ドロシーはライダーを覚えていなかったが、それと彼が失顔症であることに何の関係があるのかわからなかった。失顔症であることがライダーを社交の場で引っ込み思案にさせ、自分に注意が向けられないようにしてしまい、なので失顔症は、彼に他人の顔を忘れさせてしまうのだが、他人にとって彼自身をも忘れやすくさせてしまう、ということでない限り。彼女はすぐに彼を覚えていないことを認めるべきだったのだが、代わりに彼を知っているふりをしてしまって、会話はライダーが学科で教えている別のドロシーと自分を勘違いしているのだとドロシーが気づくのに十分な情報を彼がもらすまで続いてしまった。ライダーが取っていたのは彼女の学科概論だったのだ。今ではドロシーはライダーを慎重に扱っていた。自分の嘘が、彼女はそれを気配りだと正当化していたのだが、あばかれるのではと不安で。もし彼が一対一で彼女と対峙してくれるのならそれほどひどくはないだろうが、彼女はネット上でもしくは授業中に見せしめにされるのをひどく恐れていた。それは彼女が恐怖する光景だった。まさに自分がそれに値するとわかっていたから。


「すみません」とライダーがまた言った。

「続けてもいいですか？」とダニエルがたずねた。教室中をにらみつけながら。

「続けましょう」とドロシーは言った。

ときおりドロシーから確認のうなずきを得るために原稿から目を上げつつ、ダニエルは、トムキンスによると恥は肯定的もしくは興味深い経験がさえぎられたときに起こります、と説明した。突然チーンという、携帯のメール着信音がして、ライダーがサイレントモードにしようとごそごそしていた。

「またしてもすみません」と彼は言い、何人かの学生が笑った。

　ダニエルは最後のセンテンスを繰り返した。恥は肯定的な経験によって引き起されるのです、と彼女は言った。それは何らかの楽しみや喜びが正反対のものに変わり、受け入れがたくなり、共有されなくなることと関係します。今やもうダニエルは指示を出してはいなかった。今や彼女は、外国で熱波によりお年寄りが何名か亡くなったというニュースを伝えるニュースキャスターのような口調だった――同情する風ではあるが、感情を欠いたような。彼女は傍観者であり、その局所的な悲劇によって根源的には心を動かされないのだ。円形に並べられた机のあちこちにドロシーは退屈や困惑の表情、そして見せかけの興奮を示す、すばやくてつっかえつっかえするうなずきのようなものを認めた。しだいに彼女は、このような学部生たちにシルヴァン・トムキンスを読むことを求めたのは良い考えだったのだろうかと疑念を持ち始めた。間違ったタイミングで人に本を与えることによるダメージは計り知れない。その本を好きになることを妨げてしまったり、あるいは――こっちの方が悪いかもしれないが――その本を過剰に、あるいは馬鹿みたいに好きにならせてしまったりする。間違った本を正しいタイミングで、正しい本を間違ったタイミングで、間違った本を間違ったタイミングで読んだせいで、人はその人生を何年も無駄にするかもしれないのだ。教えることにはものすごい責任が伴う。

ドロシーはそれが嫌だった。

ダニエルが着席した。

「すばらしい！」とドロシーは言った。

その後のディスカッションはドロシーが想像していたよりもうまくいった。ライダーはもう咳をしなかったし、ドロシーは自分が喋っているあいだ誰もメールをチェックしていなかったと信じることを自らに許してしまいそうなほどだった。授業の終盤、誰かが「恥知らず」の意味を取り上げた。ある種の「恥知らずな」振る舞いや打ち明け話は、その人が自らの行為を楽しんでいる／自らを是認していることを示すのか、それとも単に強迫感にとらわれているのか。どの程度まで恥は社会にとって良いのか、などなど。「どうして人は最悪の自分をさらけ出すのでしょう？」とドロシーは学生に問うた。「死にたいのでしょうか、それとも死を免れたいのでしょうか？」

学生たちはぽかんと彼女を見つめた。時計がかれらを解散させた。

「つまり、〝恥知らず〟というのは〝恥ずべき〟の反対なのでしょうか？」とドロシーは後退していくかれらの頭に向かって叫んだ。

授業後のトイレで、彼女は強調し損ねたポイント、言うべきだったことについて振り返った。そのとき思いついていればの話だが。ナプキンには茶色っぽい指紋のように見える染みがついていた。彼女はナプキンを剝がしてその鉄っぽいにおいを嗅いだ。それからナプキンをくるくるとまるめ、空の銀色の容器に捨て、新しいもののシール部分を剝がし、コットンのパンツにきちんと粘着するようしわを押し伸ばした。銀色の容器の中を覗くと使用済みのナプキンが少し広がっているのが見えた。次に容器を使用する人を思って彼女は胸が痛んだ。携帯のカメラを開いて髪の毛をチェックし、トイレに人がいなくなるまで待ってから鍵を開け、五分遅れでアポカリプスに到着した。誰も気にしていないようだった。学生たちはエドワーズの天罰による水位上昇と炎の熱さの気象学的な描写に興奮していた。ジェシーは――妙なことに彼女は出席していた。抗議活動はキャンセルされたか延期されたに違いない――それを「驚くほど妥当性がある」と評した。ドロシーは地獄というのは常に熱いものなのだと伝えようとしたが、かれらは聞いておらず、こうして授業がまた一日終わった。

　帰りの電車で、ぼろきれを着た男性が彼の人生の悲しいストーリーを叫ぼうと地下鉄の車両内に入ってきた。彼の首はほくろで覆われてしみだらけだった。彼のぼろ服はその昔紺色のスーツだったもので――ズボンに入った深い裂け目は毛深くてか細い脚を露わにしていた――そのもじゃもじゃ髭は都会の雪のように色あせていた。彼は自らの運命をストールみたいにぐいと巻きつけていた。

　ドロシーは「老水夫の歌」を明日の概論授業のために読んでいたが、たとえ海についての詩を読んでいなくても、なお彼女はそのぼろ服の男性を悲劇的な難破船の、脱水状態で、日焼けして、こっぱみじんになった救命ボートの最後の破片にしがみつく餓死レベル四分の三の船長と見なしたであろう。彼は地下鉄の車両内をよろめきながら進み、乗客の一人一人を指差して自分の借金を列挙していた。野球帽を後ろ向きに被った男性には、「離婚裁判」。乳児を抱っこした女性には、「養育費」。印刷された地図を調べる老夫婦には、「二〇一五年三月十五日にメソジスト病院でうつされたブドウ球菌」。この最後の項目は疑わしいほどに具体的だとドロシーは思ったが、たとえその日付は水夫がリアルさを狙ったものだったとしても、彼がブドウ球菌をうつされたことが一度もないということにはならない。たぶん真実なのだろう。日付には奇妙でふぞろいなところがある。どんな時をあなたが記憶するかは決して前もってはわからないのだが、それでもいくつかの時はあなたの記憶に残るのだ。

　乳児を抱っこした女性はそっと彼女の夫の肘をつつき、彼は上半身を過度に鍛えすぎたハンサムな男性だった。村で生活していたなら肉屋だっただろう。彼は財布を覗き込んでからそれをしまった。二十ドル札しかない、と彼は口の動きで妻に伝えた。努力はしたのよ、と言わんばかりに彼女は肩をすくめてみせた。

　水夫はもうとっくに最悪のサバイバル・シナリオを生きていた。彼の極度の貧窮状態はドロシーの快適な不安定さ、彼女の病状と特権に対する戒めだった。車両内全体で人々は彼から目を背けていた。彼が弁明の余地のない運命の気まぐれをさらけ出していたから。そしてある程度はみな出来事のほんのちょっとした残酷な展開のみが自分たちと彼を分け隔てていることをわかっており、自分たちがそうであったかもしれない何かを見ることに耐えられないか、あるいは自分自身の憐れみのなさを直視するのに耐えられなかったから。彼を見ることはできないが彼は見せつけてくる。彼に話しかけることはないが彼は話しかけてくるのだ。

　水夫はぎょっとするような靴を履いていた。それはパタパタと裂けていて、ワニかパペット人形の口みたいに開いたり閉じたりするのだ。彼は車両の端まで脚をひきずりながら歩いていくと振り返った。まるで集団に向かって一席ぶつために演壇へとたどり着いたかのように（かれらは集団ではなかったが、そんな風に話しかけられるとそうなってしまうのだ。それが、ドロシーは思った、演説者の力なのだと）。映画の脚本を書いた、と彼は告げた、しかし友人が彼のアイディアを盗んで百万ドル稼いだ。小説を書いた。9・11の前日にとあるイスラエル人と話したおかげでその日はアップタウンにいるべきだと知っていた。彼の登場以前、コウルリッジの言葉は読経のようで遠く感じられ、思考することなくただ歌詞を繰り返す賛美歌のようだった。それが今やドロシーはその恐ろしさ、おぞましさを感じた。結婚式のゲストがおかれた状況の真の意味がわかった。話を聞かざるをえない、という言葉で詩人が言わんとすることが。彼女の月並みな愚鈍さと、十九世紀の日常の関心事に疎いことだけが、何度読んでも彼女をその詩から遠ざけていたわけではないのだ。知性の限界と歴史的な隔たりだけがその詩を彼女が真に愛するのを妨げていたわけではないのだ。彼女が水夫じゃないからではないのだ。それは誰も老水夫の言うことを聞きたくないからなのだ。抵抗が、彼女は高まる興奮のなか理解した、何らかの真の美的体験から彼女を妨げているのではない。抵抗こそが美的体験なのだ。ドロシーはこの詩のだめな読者ではなく、この詩の共同体の一員なのだ。彼女は理想の読者なのだ！赤ちゃんを連れた女性が彼女の質素倹約な伴侶を追って車両の反対端へと、頭上のポールを手で交互につかんで雲梯にぶら下がるみたいに移動して行くのを彼女は目で追った。通路のあちこちではヘッドフォンがポケットやカバンから姿を現し、以前にはむき出しだった耳を次々とふさいでいった。コウルリッジのゲストの恐怖、逃げ出したいという思いは、手を握りしめ合うように伝わっていった。

水夫に一ドル札を手渡す際、彼女は彼の狂気じみて白濁した目を見据えることを自らに強いた。それから次の停車駅に到着すると、彼女は本に親指をはさみ、電車から降り、一目散に隣の車両へと移動した。彼女が振り向くと水夫は目の前にいた。彼は電車内の連結部を通り抜けてきたのであり、それはドロシーが絶対しなかったことで、なぜなら彼女は死ぬほど怖かったからである。

　彼女は閉まったドアに身を押しつけて、実際よりも小さくなろうとした。水夫は彼女の近くにもたれかかり彼女の肩越しに一ドル札を要求してきた。彼女が財布からそれを探し出すあいだ彼は落ち着き払って待っていた。彼女のせわしない頭の中である考えがするすると結ばれた――この男性は私の首にまきつくアホウドリなんだ――だが、彼女にはわかっていた、この言葉には何の意味もなくて、ただ詩からほどけ出てきただけなのだと。アルファベットの大文字がどなり声を上げて彼女の指の下から伸びてきた。わしはアホウドリを射たのだ。そして、何の前触れもなく、ドロシーはリチャードのことを思った。彼のことはもう何年も思い出していなかったが、リチャードはいつも彼女にアホウドリを思わせたからである。傷つき、よたよたと歩き、決然としていて、白い肌と、黄色い髪をしていた。アホウドリの固く、曲がったくちばしみたいに。

　リチャードはドロシーが小学六年生の時のクラスメイトだった。アルビノであることに加えて彼は目が不自由で肥満であることが法的に認められていた。当時首もとに十字架をかけていたドロシーは、ささやかながらもリチャードに親切にしようと努めていた。例えば、彼が鉛筆削りに向かう途中で身体をかすめても彼女は決して鼻をつまんだりしなかった。しかし他の子たちからは彼は悪意をもってからかわれていた。ある日リチャードが休みのとき、教員たちは全校生徒を体育館に集め、リチャードの弱視を模擬体験する厚紙でできた眼鏡を手渡し、障害物コースを指差して、「あそこを走ってみなさい」と言った。そこには発泡スチロール製の階段や、マットでできた迷路、そしてぶらさがり縄があった。最後の挑戦は体育の先生がソフトボールを投げて生徒にキャッチするよう求めるものだった。授業の終わり頃には何人かの女の子は泣いていて鼻血を出している子もいた。ドロシーは、けがをしなかったという点では、けっこううまくできたが、それは彼女がゆっくりとやってずっとリチャードを思い描いていたからだった。彼女は彼がするように動こうとした。ハアハアと、重い優雅さをもって。

いじめはそのあとさらにひどくなった。ドロシーは鳥好きの子供だったので、何度か海鳥の絵で飾られた匿名の励ましの手紙をリチャードのロッカーに詰め込んだが、教員の一人が彼女を見つけ、やめるよう言った。そのうちリチャードは学校に来なくなってしまった。彼が特別支援学校に転校したのか、家族が彼とは関係のない理由で――転勤とか、祖父が亡くなりもっと大きな家を相続したとか――引っ越したのか、ドロシーにはわからなかった。遺産相続だったらいいなと彼女は思っていた。

長らく彼女はリチャードの将来を案じていた。どんな仕事に彼は向いているのかな？　机に向かう姿は居心地悪そうだけれど、重機の操作はきっとさせてもらえないだろうな。大人として自立した生活を送れるようになるのかな、それとも彼の母親が面倒を見なければならないのかな？　ドロシーは定年を迎える年になったリチャードが、子供部屋に住み、母親の作る食事を食べている姿を想像した。壁の模様はフットボールかなそれとも列車かな？　彼は巣立ったりしないのかな？　彼女は十二歳だったが、ませた十二歳だった。彼女はリチャードの母親のことを思った。ドロシーの頭の中でリチャードの母親は不幸せで、けれど自らの不幸せさを人生そのものよりも愛するリチャードを守るために秘密にしていた。ドロシーは我が子を激しく愛し、愛でがんじがらめになれる母親の能力にいつも恐れを抱いていた。彼女はリチャードが自分の子であるというイメージに取り憑かれ、それは彼女を怖がらせた。こんなことを彼女は誰にも話さなかったが神は知っていた。神は彼女がリチャードのような子を求めていないということを知っていた。神は彼女がリチャードを求めていないと知っていて、知っているが故に、必ずや彼女にリチャードをお与えになるのだ。愛についての教訓を教えるために。子ども部屋の暗がりに身を横たえ、プラスチック製の色あせた緑色の星が貼られた天井を見つめながら、彼女はみじめにも認めた。自分の魂は、きっと豊かになるのであろう、あわれみ深い人生の祝福を得るであろう、と。愛が彼女のもとに訪れるのだ。でも彼女はそれが欲しくなかった。教訓を学びたくもなかった。たとえそれが神に祝福された、豊かな魂を得ることを意味していたとしても。

ドロシーは、積極的には、信じていなかった。神が意図的に彼女の子孫の遺伝子構造に介入するなんて。

宗教的感情を持たない人だけが「信じる」みたいな言葉を使うのだ。

ドロシーは地球が丸いとか水は濡れているとか「信じる」以上に、神がこのようなことをするだろうと「信じる」必要はなかった。彼女の人生における事実は、すべての人生がそうであるように、様々な法則に支配されていた。彼女が法則を作ったわけではないのだ。

信仰心を持たずに育った人はよく不公平な神を信じることができないと言う。だがドロシーは不公平さの証拠をあらゆる所に見いだした。

あの頃の状況を振り返ってみて、ドロシーは自分がリチャードに対して真に感情移入してはいなかったこと、友達でも何でもなかったことに気がついた。リチャードの他の人との違いに取り憑かれていたのだと気がついた。彼女は彼のことを一人の人間として見ていなかったのだ。彼女が実際に彼に話しかけたことはなかった。手紙にも自分の名前をサインしなかった。彼女はリチャードを可哀想に思い、そして彼を恐れていたのだ。奇怪ですらなく、ただ大きくて、友達のいない学習と衛生面に問題を抱えた子であった彼は、彼女の未熟な頭の中で身体が生じさせうる限りの奇怪さ、規範からのあらゆる逸脱、いかに子供というものがそれほど完全に母親のコントロール外にあり、いかに未来が過去によって封じ込められ得ないかを表していた。自分の母親はどんな叶わなかった夢を自分に抱いていたのだろうかと彼女は思った。自分がどんな人になることを彼女の母親は選んだのだろうか、もし選択肢を与えられていたのなら。

水夫は車両の中央へとそのぎょっとするような、大きく口の開いた靴でよろよろ歩いていくと、その悲しい身の上話をもう一度最初から語り始めた。彼は映画の脚本を書いた。小説を書いた。まったく、この頭のおかしい物乞いでさえ本を書き上げている！　ドロシーは手元の詩に目をやった。彼女はコウルリッジが好きではなかった。彼は超自然的で、大げさだった。彼女は読んだ。このように悩ます悪霊から、神よ、老水夫を助けたまえ――

なぜお前はそんな凄い目付きをしているのだ。――わしの大弓で、
わしはアホウドリを射たのだ。

　彼女は水夫のように、自分の恥の物語を嫌がる耳に向かって無理やり聞かせたくはなかったが、身の上話をすることによってのみ水夫は彼の恥から解放されるということは否定できなかった。しかし水夫になること――他人の注意を引きつけておくこと――は悲劇とぞっとするようなカリスマ性の何らかの組み合わせ、純然たるスキルを必要とし、それは彼女に欠けていた。彼女は幻視してしまった。水夫の打ち上げられた大弓と、リチャードの、タフに見せようというむなしい試みから彼がいつも着ていた革ジャンに包まれた、大きな、柔らかい身体が、地面に転げ落ちて衝撃で優しくはずむ恐ろしい光景を。彼女は次の駅で電車を降りてホームで待った。この心を乱すイメージを頭から振り払おうとして、失敗しながら。

五日後

　出血が続いて十二日目に彼女は再び産婦人科を訪れた。受付係はドロシーが葉枯病を持ち込んだ際に示したのと同じあたりさわりのない無関心さで彼女に挨拶した。しかし前回の予約時には愛想のないいかめしさのように思われたものに今回ドロシーは考え抜かれた中立性を見い出した。受付係は彼女の状況を知っているといういかなるそぶりも示さなかった。これは無知ではない、気配りだ、そしてそれ以上の何か——サバイバルスキルだ。一人の患者の葉枯病《ブライト》に関心を持つことは全ての人の窮状《プライト》に関心を持つことになる。それは際限がないのだ。

　ログは仕事だった。ドロシーは冷水器の横に腰掛けて隣の椅子にバッグを置き『レベッカ』を開いた。それは気晴らしの再読だったが、ドロシーは出来事の展開を覚えてなかったので、はらはらする楽しみもまたそこにはあった。彼女の記憶力に関する問題は授業では不都合なことで、貴重な時間が自分の課した本の読み返しに常に奪われてしまうのだが、プラス面としては、学生の新鮮な興奮となじみやすくしてくれた。それは今を生きるという感覚に彼女を最も近づけた――前に生きた瞬間をもう一度生き直すということは。

医院はツーフロアに分かれていて、ドロシーがページ上で読んでいた箇所を探していると階下から痩せた女性がやって来て、階段の一番上にある柵を開けようと手間取っていた。出産間近の女性がよちよち歩きの自分の子供にじっとしているようさとすとその若い女性のほうへ手助けに向かった。その痩せた女性はドロシーの興味をそそった。彼女は白をまとっており、浜辺で貝殻を拾う人かカルト宗教のメンバーのようで、髪の毛は春先の羊のように刈り込まれていた。彼女は妊娠初期かもしれないし、子宮頸がん検診の予約日なのかもしれないし、あのやっかいな尿路感染症の犠牲者かもしれないし、子宮頸がんのステージ一か二を患っているのかもしれない。内側で何が起きているのかなど外側からは知る由もないのだ。病気は無症状なこともある。非常に具合の悪い人が偽りのすこやかさ――赤い唇、しっとりした頬――で輝くことだってある。これが「見た目」のすべてだ。生と死、胎児の生存能力と非生存能力は、闇にかくれて持続していた。途中で濃度を増すには時間がかかるのだ。もっとも座席を必要としているときには、席を譲ってくださいと頼めない。そしていったんある見た目を示しはじめると、あなたは見た目そのものになるのだ。

白をまとった女性はドロシーの向かいに座ってせっせと青いクリップボードの上の書式に記入していた。彼女の身には何でも起こりえていたが、あれほどの白を着ている人はおそらく絶え間なく出血してはいないだろうし、さもなくば自分の使っている生理用品の質に極度に自信があるかだ。先生は遅れていた、いつものごとく。ドロシーは『レベッカ』を半ページほど読んだ。この本では誰にも子供がいないのは奇妙だった。それが分身の意味なのかもしれない。個人を複製することで、分身は子孫の繁殖を妨げるのだ。

プリテンダーズの曲が終わって「セカンド・ハンド・ニュース」〔フリートウッド・マックの曲〕の元気一杯な出だしのコードが、音速の馬が体を傾けながらコースの曲がり角に入るみたいに速さを増していた。これまでに世界中で録音されたすべての曲のリストから、誰かがこの曲をここで、この環境でかけることを選んだのだ。というかむしろ、誰かがこの音楽のような音楽を選んだのだ。ジャンルをセレクトして、あとはコンピューター任せ。この経験は、現代世界における多くのことと同じように、最低限の人間の意図／働きかけによってキュレーションされていた。彼女が感じていた気分――幸福感とエネルギーの増加、新奇でもありなじみもある元気いっぱいなムード――は選曲の要因として考慮されてはいるが同時にシャッフルの偶然でもあるのだ。どっちのほうがより悪いだろう、沈黙の画一性と騒音の画一性と？　自分のデバイスに委ねられるのは、喜びを強制されることよりもいいのか悪いのか？

光はやさしくて隅々にまで広がっていた。作りつけの照明の中に電球があるとしてもそれは曇りガラスで見えなかった。おでこの広い髪にメッシュを入れた看護師が受付エリアに踊りながら入ってきた。彼女は引き出しを開け、何かを取り出し、踊りながら去っていった。彼女は自分で持ち場を選んだか、ラッキーだったのだ――あんなにも自分の置かれた環境とマッチしているなんて。彼女は居場所を見つけたのだ！　ドロシーは彼女がそれを決して失わないよう願った。大きな丸い目をした蛍光ピンクの牛がウォーホルのスタジオの廃棄品みたいに壁紙から無言でモーと鳴いた。もしかしたら本物のウォーホルの図案かも？　牛のモチーフはウケを狙っているのかどうかドロシーにはわからなかったが、それでもなおそれは不適切な気がした。妊娠している人ってもうすでに牛みたいな気分じゃない？　あるいは牛を見るとお乳のことを考えるはずってことなのかも。それって粉ミルクを使用している人とか、そもそも妊娠してない人にとって不快じゃない？

　母クジラは一日に二百リットルもお乳を出す。ギャビーは初めて授乳するときにそんなトリビアをメールしてきた。奇しくも、ドロシーが動物の乳房について知っている知識はそれだけではなかった。ゾウアザラシは一ヶ月間子守りをしたら、あとは子供が自力でやっていくのに任せるということも彼女は知っていた。一人ではやっていけない子もいる。そういう子は浜辺をぶらぶらして養ってくれる他の母親を見つけてその母親が去るとまた別の母親を見つけてそれを誰も養ってくれなくなるまで繰り返して飢え死にしてしまうのだ。彼女はそのことを去年カリフォルニア北部の海岸線を車で北上した際、ログが行くと言いはった海洋生物病院で知ったのだ。

　海洋生物病院はひどかった。それはアザラシの刑務所のようだった。ドロシーはどうしてそれが存在する必要があるのか、ログがなぜそこに行きたがったのか理解できなかった。どうして当局はアザラシを浜辺で死なせてやらないの？　と彼女はセメント製の見晴らし台に立って金属製の檻を見下ろしながら言った。絶滅を危惧されてもいないようだし。

「きみは残酷だよ」というのがログの返答だった。そのあとで、サウサリートの冷たい灰色の砂浜に座ってビールを飲みながら彼は言い足した。「それにきみは世論ってものがまるでわかってない。散歩に出たときに死んだアザラシの赤ちゃんが山積みになっているのを人は見たくないんだよ」

ログは誤解していた。ドロシーが残酷だとかメディアの報道に疎いとか非営利団体を運営するプレッシャーを想像できないわけではなかった。彼女はただあらゆる人やあらゆるものを救出しうるとは信じていなかったのだ。死を忌避することには、彼女は言った、どこか神経症的なところがあると。ログは死を避けることと必要のない苦しみを和らげることには違いがあると反論した。

「でもどうして母アザラシを退けたりするの？」とドロシーはたずねた。「母親が一番良くわかっているものじゃない？」

ドロシーはプラスチック製の椅子の上でもぞもぞと身体を動かした。彼女は肩、それから首をさすった。猫背をやめなければ。気をつけないと身体が半分に折れ曲がり、よぼよぼの首を横にねじって歩道の亀裂を避けながら歩く水平姿勢の老齢の都市生活者になってしまう。彼女は疲れていると言えた。だが、凝り固まって苦痛に満ちた筋肉の硬いこぶに指を押し当てるときに出くわすその抵抗感にほれぼれしつつも恐れを抱きながら、彼女は普通に元気な状態がどんな感じだったのか忘れてしまったことを認めざるを得なかった。自分は疲れているのか？ 人はどんな調子であるべきなのか？ もしかしたらみんなこんな風に——歪んで痛くて、なまったように——感じているのかもしれない。これが標準なのかもしれない。彼女には何が妥当で、何を妥当に期待することができ、ゆえに何が、標準に達しないのかがわからなかった。最後に彼女が真に覚醒した気分になったのは流産した日の翌朝だった。血の大洪水と暗く深い酸素たっぷりの睡眠ののち、途方もない夜明けの高揚感がやってきたのだ——身体的そして精神的エネルギーの大爆発が。彼女はベッドから飛び起きた！　あれほど気分が良かったことは人生で未だかつて記憶にない！　腐敗物は洗い流されそれと共に不安感も消えた。彼女は復活したのだ。

　その朝、彼女がまだひどく出血していて吸収性最大の生理用ナプキンをつけていたとき、ログは一日休みを取って二人でグッゲンハイム美術館へ話題になっていたヒルマ・アフ・クリントの回顧展を観に行ったのだった。ログは彼女にベッドで休んでいてほしかったのだが彼女は行くと言い張った。頭のてっぺんが取り外されたのだ。外出しなければ。美術館で彼女は喋りたいことが山ほどあって、話のテンポを調整できなかった。彼女は群衆を物珍しそうに眺める人のように絵画を見て回ったが、主に彼女がしたかったのはいかに気分がいいかについて話すことだった。いかに自分が、再び、開放時間に生きているか。開放時間、それは何ものにも代えがたい。人々はこの時間をそれが何であるか知らずに、それに名前があることも知らずに生きている。彼女は別の時間にタイムトラベルしてお話を聞かせるために戻ってきたのだ。

「僕らは銃弾をかわしたんだね」とログは、壁のキャプションを見つめたまま言った。「君はほんとうに赤ちゃんが欲しくなかったみたいに聞こえるよ」

「ひどい」とドロシーは言った。「そんなこと言ってない」

ログは声に出して読み上げた。スウェーデンの神秘主義者であるアフ・クリントは、才能ある製図家で科学的描画によって収入を得ていた。彼女は馬の外科手術に関する本の挿絵を共同で手がけた。彼は写実的な犬の絵を指差した。ドロシーはその犬の飢えた様子を言葉にできないほど感動的だと思った。その犬を描いたのと同じ女性が、彼女独自の抽象的な記号言語をも同時に発明したことは実にみごとだった。二人はアフ・クリントが建設されることのなかった寺院のために描いた一連の巨大な油絵の前で立ち止まった。すべてがまるく、くねくねして、花だった。オレンジと青の円がほんの少しだけ重なり合い、黄色い合流点はわずかばかりの相互理解の縁を示していた。

「どう思う？」とドロシーは言った、「彼女は自分の人生を未完だと感じていたのかな？　自分の作品が思った通りに見てもらえなかったから？」

開放時間っていうのはね、と彼女はつけ加えた、生殖の時間とは対照的な時間なの。生殖の時間は、と彼女は、アーチ状の開口部の向こうへとログを追いかけながら言った、待つ時間だったと。二本目の線が出るのを待つ時間、産婦人科の予約を待つ時間、それから経過観察の予約を待つ時間、それからサイトテックが効くのを待つ時間、それから二錠目のサイトテックが効くのを待つ時間。一錠目は効かなかったのだ。彼女は二度やる必要があった。錠剤を第二関節いっぱいまで、膣管の奥深くまで押し込んで膣内の壁に吸収されるようにする必要があった。待つ時間は座る時間、横になる時間、また起き上がって座る時間だった。何時間も。それは携帯をチェックしながらテレビを見る時間、一人でいる時間、ログにメールしながら、ログは仕事だったから——

「できるだけ早く帰宅したよ」とログは言った。「わざと遅れたんじゃないってわかってるでしょ」

公正を期していうならば、彼はおそろしい腹部の痙攣が始まる前に帰宅していた。それは内側にあるきつくてぎっしり詰まった何かが少しだけ裂け、それからたくさん裂けるみたいに感じられ、まるでドロシーが地震帯で彼女のマントル内の地殻プレートが互いにギシリギシリとこすれ合っているようだった。彼女はあんかと痛み止め、横向きに寝ること、うめき声をあげることでどうにかした。大声で、怪我をした動物みたいに、うち捨てられたアザラシみたいに。痛みは他のことを考える必要性を効果的に取り払い、痛みそのものへの心理的抵抗を取り払い、痛みそれ自体を最優先させた。そういう意味では気が休まるところがあった。下すべき決断は何もなかったから。痛みは自分の立ち位置をはっきりさせてくれた。痛みがどのくらい続くのか彼女にはわからなかったが、始まったときはほっとした。始まりはまた終わりがあることも意味していたから。彼女は決してそれを陣痛とは呼びたくなかった——何て恥ずかしいことか、それをそうだと言い張るなんて。何て失礼なことか——でも内心わかっていた、厳密には、それがそうであるということを。でもいったいそれを何と呼んだらいいのか？　痛みの何のカテゴリーにそれは属していて、もしそれにカテゴリーがないのなら、それはそもそも存在するのか？　この痛みを十段階でランクづけして、とログは言っていた。心配そうに。ドロシーはただ彼を見つめた、何で？　みたいに。

血だらけだった。医師は彼女にそれは「大量」になるだろう、生理用ナプキンから「にじむ」だろうと言っていたが、それらはただの言葉、文字と音素の組み合わせ、賠償責任補償にすぎなかった。

あまりに血だらけだったので、それはどこか彼女自身の身体のなか以外のどこからか出てきているに違いなく、とはいえ他にどこから生ずるというのか？　それからもっと出てきた。血はナプキンの裏のビニール地にまでにじみ出て、巨大な赤い地図になってたわんでいた。それは鈍い金属的なにおいがした。そのにおいは大きくて、洞窟みたいだった。そのにおいの中に住めそうだった。ログはドロシーが女性だからこんなやり方で苦しまなきゃならないなんて不公平だと何度も口にしたが、ドロシーはどうしてこんなやり方で苦しみたくないのか理解できなかった。このやり方はすべてを包含していた。別のやり方などあるのか？　ドロシーは何度も何度も生理用ナプキンを替え、それらを巨大な巻物へと丸め上げてゴミ箱の中に積み上げ、そして眠りに落ちた。疲れ果てて、夢も見ず、無防備に。

ログはどこで寝ていたんだろう？　ベッドで？

「そうだよ」と彼は、ブラックスワンから目をそらして彼女を見つめて言った。「君の真横で」

　一度か二度ログは会話を生きて帰れたというドロシーの完全に狂気じみた喜びから絵画へとそらそうとした――それら幾何学的な抽象画のピンクとオレンジとその他の色はドロシーが美術館で見たことのあるものだったが、アクセントとして散らばっていただけで、これほどのボリュームと密度で、これほど大量のピンクが、こんなに密接して描かれているのは見たことがなく――だがドロシーは特にそれらの絵画について語りたかったわけではなくて、別の日に一人で見に来ればよかったと思っていたのだった。

　一つの作品について、彼は「なんてフェミニスト的なんだ」と言い、その時代遅れな発言はドロシーを極めて怒らせた。

「私たちは自分たちの時代に生きる必要があるよ」とだけがやっと彼女が言えたことだった。

普段ドロシーはわざわざ時間をかけてアート作品を見なかった。何かを見に行くときは、いつもすぐに見終わってしまう。特に顔に関わる作品だったり、キャンバスがごちゃごちゃとものでいっぱいだったりするときは。これらの絵画は違っていた。それらの作品はほとんどの部分が空っぽで、だけどもっと目を凝らせばもっと多くのものが見えてきそうだった。あるいはもっと深くその中に入り込めそうな気がしたのかもしれない、入り口か、ひょっとすると幻覚剤の感覚みたいに。それは精神のドアに向かって突進するような感覚だと彼女は前に読んだことがあった。それはドロシーとログがガソリンスタンドを見下ろすサルサ・ダンス教室でアヤフアスカを服用したときのようだったが、シャーマンは参加者の多さに怖じ気づいてしまって故意に一服分を水で薄めたので、ドロシーは夕飯に食べたものを律儀にピンク色のプラスチックのバケツに吐き出して、精神が空間内を急速に突進するという、以前読んだところによると幻覚剤と関連するとおぼしき感覚を得たにもかかわらず、精神のドアに辿り着いたときそれには鍵がかけられていて、どうにも開かなかったのだ。ヒルマ・アフ・クリントの絵画は刺激的かついらいらさせる弱いアヤフアスカみたいだった。ドロシーは期待を込めてそこに向かって突進したのだが、それらの絵画は彼女を追い払いこそしなかったものの彼女をどこにもいざなわず、絵画自体が変化したり他の場所へ向かったりすることもないのだった。どちらかというとそれらの絵画はそのまんまだった。それらについて論文を書くことはできなさそうだった。彼女はそれらの絵画について思考することができなかった。ただその近辺で思考することしかできなかった。

　ドロシーはログにアヤフアスカの話題を持ち出さなかった。それは今でも彼を怒らせたから。彼は未だに金を返してもらいたがっていた。「ドラッグに関する消費者クレームができる事務局があったら、してるね」というのがこの体験に関する彼の最初で最後の見解だった。

　美術館では、ログがまたもやそれらの絵画はなんて女性的なんだ、なんて「女」なんだと言った。ドロシーはうなずきはしたものの彼が間違っていることを知っていた。それらの絵画ははるかかなたの宇宙空間、線や角錐や結晶体はあるが身体や血は存在しない場所から届いた、冷たくて、精密で、性別のないメッセージなのだ。螺旋状のスロープを二人で登りながらドロシーはなんだかんだ高みに到達しつつある感覚を得た。一枚の絵画の中でではなく、全絵画の集合体の中で。彼女は自らの身体を置き去りにして、天国か超越的な天体へと近づきつつあった。ここは空気が薄かった。彼女は身体から離脱していく喜びを感じつつも、美術館の一番高い地点から期待してもいた。一番底で自分の身体と再結合する際に喜びを感じることを。階下に降りて建物から出る頃には、しかしながら、彼女は気づかぬうちに自分の身体にこっそり戻ってしまっていて、二人が昼食に立ち寄るとドロシーはテーブルの上にあるすべてのパンと、自分の皿の上にあるすべての食べ物を平らげ、不快なほどに満腹になると、もう食べるものがなくて悲しくなった。


　ドロシーのポケットがチーンと鳴った。彼女は本が閉じるままにしてジャケットから携帯を探り出した。ギャビーがパニック発作を起こしていた、もしくは起こしているかもしれないと思っていた。大脳皮質におけるいかなるプロセスも作動させずに――選択したり、熟慮したり、思考したりせずに――ドロシーの親指はスクリーン上に跳ね飛んだ。

ドロシー：どんな症状なの？

ギャビー：……

ドロシー：大丈夫？

ギャビー：頭おかしくなりそう。

　ドロシーはなぜギャビーがこれらのことを電話ではなくメールしてくるのかよくわからなかった。折り返し電話するべきなのか？　それとも電話は強引で、リスクを高めてしまうかもしれないし、そもそもギャビーが会話を始めた媒体を尊重するべきなのではないか？　しかしまた一方で、ギャビーはメールすることを選んでなんかいなかったのかもしれない――彼女の指は、おそらく、ドロシーの指と同じくらい自動化されているのだ。

ギャビー：もう結婚生活だめかも。

ギャビー：彼、シャーマンの抱っこの仕方が間違ってるし。

ドロシー：間違ってるってどんな風に

ギャビー：シャーマンが嫌がってるってただわかるの！　私母親だから

ギャビー：わかるの！

ギャビー：私すっっっっごい泣いてる

ドロシー：大丈夫、大丈夫だよ

ギャビー：私過呼吸になってる気がする。

ギャビー：過呼吸ってどんな感じ？

ドロシー：すごく早く息することじゃない？

ギャビーの言葉は平穏で牛のようにのっそりとした待合室の空間内へ、予約を入れる必要性を重んじない人のごとく侵入、というか無頓着に乱入して来た。ドロシーは世界と世界の狭間へと落っこちるような、より正確に言うならば、複数の次元にわたって分割され征服される不愉快な感覚を覚えた。ギャビーはよその場所にいて、マイルで言うとそれほど遠くはないが彼女のもとへ向かうには最低四十分はかかるだろう。しかし空間というものは、自転車と鉄道の発明によって二世紀前に収縮し始めたのだが、過去十年間で完全に跡形もなく消し去られてしまった。もはやそれは後知恵ですらなく、ぼんやりとした文化的記憶、キャンプファイヤーを囲んで語られるおとぎ話だった。メールの心理的効果というのは他地域の、しかし非常に局所的な気象パターンを持ち込むことにあり、まるで突然雹がドロシーの頭上で降り始め、他の患者たちは太陽の光に目をぱちくりさせているみたいだった。だが一方でそれらの言葉はドロシーの膝に置かれた本の上で光る、彼女自身の携帯から生じているのであり、もしかするとそれらの言葉はドロシー自身から生じていて——悪天候はドロシー自身から発生していて——彼女が侵入者であるといえるのかもしれなかった。しかしそのことはどうやってそれが起こるのを防いだらいいのか、ますますわからなくさせるだけだった。

ドロシー：落ち着いて！！！！

ドロシー：ごめん、そんなの助けにならないよね。

ドロシー：気持ちを落ち着けなきゃなんないときいつもどうしてる？　瞑想できる？　数を数えるのは？　私のセラピストは数を数えなさいって言うよ。

ギャビー：赤ちゃんを抱きしめるけど

ドロシー：セラピストの一人は数を数えなさいって言うの。もう一人のほうは効き目があるならやりなさいって。効き目あるかな

ギャビー：……

ドロシー：瞑想についての記事読んだよ。送ったほうがいい？　はい／いいえ？

ギャビー：……

ギャビー：……

ギャビー：赤ちゃんはベビーシッターに預けてるんだ

ドロシー：赤ちゃんの写真見れる？　写真送ってよ、そしたら一緒に見れる！

ギャビー：……

ギャビー：……

ギャビー：決めらんないよ、おかしくなりそう、どのやつが一番いいやちなの？？？

ドロシー：いいよいいよ、気にしないで、全部見てるだけでいいから。

ドロシー：私に送んなくていいから。

ギャビー：見たくないの？？

ドロシー：もちろん見たいよ、ただ決められなさを取り除こうとしてるだけ。

ドロシー：おーい？　大丈夫？　ザナックスかなんかある？

ギャビー：抗鬱剤の世話になんかならない

ドロシー：そんなつもりで言ったんじゃないよ。

ドロシー：ザナックス持ってる人だれか知ってる？

ドロシー：おかしいよね、ザナックス持ってる人を知らないわけないよね？

ドロシー：一度ザナックス飲んだことあるけど、すごく効果あったよ？？？？？？

ギャビー：もう大丈夫

ドロシー：ほんとに？

ギャビー：スターリン

ギャビー：……

ギャビー：自動修正機能のクワ《ダッキング》

ギャビー：クワ《ダッキング》自動修正機能［携帯がfuckingをduckingに自動修正している］

ギャビー：［ムンクの「叫び」の絵文字］携帯が「スターリン」を「スターリン」に自動修正した

ギャビー：もうやだ何これ

ギャビー：「スターリン」じゃなくて「マジで《シリアスリー》」

看護師がドロシーの名前と名字を呼び、それはやり過ぎでたぶん違法で、ひょっとすると医療保険法違反でさえあるように感じられ、ドロシーはさよならも言わずに携帯をバッグへ放り込んだ。看護師は彼女を廊下にある体重計へと案内し、そこでドロシーはすばやく靴を脱いで実際よりも重く測られるインチキをされないようにした。冷え冷えとした、小さな診察室で彼女は血圧測定の加圧帯を巻かれ、それはぎゅっと締めつけてから疲れてため息をついた。看護師が——髪にメッシュを入れた受付エリアに踊りながらやって来た人ではなくて、ずんぐり無愛想な彼女の同僚の、みかげ石ほどに硬い顔をした人——ぞんざいに加圧帯を壁のハンドルへと戻すと、そこでそれは再び奇妙で人工的なギャラリーの展示物の様相を取り戻し、それから看護師はドロシーに服を脱いで待つように告げた。

紫色のガウンが彼女の太ももの上にかすかに触れた。彼女の足のうぶ毛が戦いに備える動物のように逆立った。初回の予約時にはひとつの円が画面上にあって、脈打っていた。アメーバみたいに。ログはそこにいた。彼はどこか彼女の後方に立っていて、その間に医師はジェルのついた杖を中に押し込んだ。かれらは震える円が月のない暗闇にぼんやりしみをつけていくのを黙って見つめた。それは不気味で神聖な感じがした。かれらは原始の創世、沸き立つ沼での化学反応、細胞分裂の黒魔術を目撃していたのだ。ドロシーはそれがどんな見た目であるべきなのか知らなかったので何か問題があるとは思っていなかった。必ずしも問題がないと思っていたわけでもなかった。彼女は物事を問題があるとかないとかいうふうに考えていなかったのだ。数学の方程式を眺めているみたいだった。それは真実を示しているのだが詳細はわからないのだ。生命がこのように始まるのはもっともらしいように思われた。暗闇ですばやく脈打つ円として。

それから医師は杖を引き抜いてドロシーに身体を拭き取るナプキンを手渡した。自分の中に礼儀作法をわきまえずに入ってきたファルス型のカメラとヤった感じはしなかったが、そんな感じがしなくもなかった。画面は暗くなった。経過を見守る必要がありますね、と医師は言った。また一週間後に来てください。

「今のは我々が見るはずのものではなかったのですか？」とログが聞いた。

医師は首を振った。彼女ははっきりわからないのだった。卵子が枯れてしまったのかもしれないし検査のタイミングが悪かったのかもしれない。タイミングが悪かったのなら何も問題はないが、ただ発達に関して言えば、思っていたよりも一週間遅れている。それがあの形、もしくは形のなさの理由だろう。何週間ものあいだドロシーはさまざまな検査をやきもきしながら待っていた。遺伝学的検査、染色体検査、異常と正常をめぐる一連の論理的な泥沼を。しかし検査するべきものなど何もないかもしれないのだった。

彼女の尿は妊娠を示していた。採血結果もそれに一致していた。正しい化学物質は押し寄せていたのだ。ドロシーはこの化学的楽観主義を尊重すべきなのかその愚かさを咎めるべきなのかわからなかった。人がそもそも妊娠するには、幾通りかの方法があるらしかった。厳密な意味での妊娠はホルモンの分泌と生物圏の発達および口、手足、前頭葉、耳、そして生殖器といった質量を獲得する生命体の個体発生を伴う。赤ちゃんは際立って大きな額や、ちっちゃな手を成長させる。しかし発達することを選ばない有機体のために身体が濃度を増して環境を整えることはあり得るのだ。妊娠状態が進展せずに身体が妊娠することはあり得るのだ。

　彼女は吐き気のする週をもう一週間、炭酸水とライムをささやき声で注文しながら過ごした。翌週の超音波検査で、胎児に進展は見られなかった。そこには頭部も、胎児の頭蓋骨もなく、あの同じアメーバみたいな円しかなかった。それは偽りの呼吸でのたうっていた。ドロシーは一週間分歳を取ったのだが卵子は同じ歳のままだった。「サークル・オブ・ライフ」、とドロシーは思い、その曲が一日中頭から離れなかった。

「それを取り出す必要があります」と医師は言った。それ、と。

「超音波検査を受ける前に私に何が起きていたかもしれないのでしょうか？」とドロシーはたずねた。前技術的な時を自分はどのように過ごしていた可能性があるのか彼女はいつも知りたがった。彼女は体内で弱っていく胎児によって毒されながらパンを、殉教者っぽく、自分が死んだのちに貧困のなかを生き抜く五人の他の子供たちを育てるために焼く自分の姿を想像した。医師はおそらく彼女はある時点で大量出血していた可能性があり、それは危険だったかもしれないが必ずしも致命的ではなかっただろう、ただあまり長く待たない方がいい、まだ大量に出血するかもしれないからと言った。

「ここでの処置を望む女性もいます」と医師は言った。

「もし自宅でしたら、ちっちゃい手とか足が出てくるのを見ることになるのでしょうか？」とドロシーはたずねた。

医師はいいえと言った。「覚えていますか?」と彼女はやさしくつけ加えた。「それはただの組織ですよ」

なのでそれが、ある意味、問題のすべてだったのだ。手と足がないことが。

いま彼女は経過観察のために再び訪れていた。約束された通り、いかなる四肢も、いかなる類いの「部位」も、排出されなかった。ドロシーは金属製の足載せをおおう栗色の靴下に足を突っ込んだり出したりした。これってフリース素材で、将来的な海洋汚染物質かな? でそれって問題? 誰にとって? 彼女が片足を上げてもう片方の足の上で組むと、椅子の上に敷かれた紙が足にくっついてちぎれた。私って湿り過ぎなのかな、それとも紙は常に皮膚にくっつくものなの? そこに長く座っていればいるほど、彼女はますますそうとは知らずに社会学の調査に参加している者のような気分になってきた。彼女は医療承諾書を十分注意深く読まなかった。何て書いてあったのかな? 服を着て立ち去るべきなの? 部屋には時計がなかった。彼女が思っていたよりも遅かった。この待ち時間でいったい何が試されているのか——忍耐力か、それとも早めに手を引いて自分は見捨てられた、とか神は死んだ、とか認めるべきタイミングでもあるのか? 彼女は診察台から飛び降り、あんまり前屈みになったらローブは彼女を覆いきれないだろうと誰もいないのに意識して、役立たずなコットンのローブを胸に押し当てつつしゃがみ込んでいると、ドアが開いた。ドロシーはまだ携帯が探し出せていなかったのでそれを落とす必要もなかった。

「こんにちは」と彼女は言った。

「こんにちは」と医師は言った。

　ドロシーの主治医はひまわりみたいな、丸くてぱっと花開いた顔をしていて、音楽的な声の持ち主だった。ドロシーはこれまでにかかったどの医者よりも彼女を信頼していた。彼女はギャビーの担当医でもあった。ギャビーは大学院生用の医療保険でドロシーが見てもらっていた医者たち――学生歯科医とか、学生専門医までいた――に恐れおののいていた。一度などは、ドロシーにしては珍しい乱交期にかかった六週間の長きにわたる尿路感染症の激痛のただ中で、学外で利用可能な泌尿器科医はドロシーに足を広げるよう命じ、何で生計を立てているのかをたずね、それから、返事も待たずに、カテーテルを挿入したのだった。「カップにおしっこしてもらうより早いし」とその説明として彼は言った。「それに面倒くさくないしね」。一度の放尿はさらなる放尿を抑えづらくさせ、生温くてべちゃべちゃとした涙がドロシーの頬をつたい、鼻水も出てきて、彼女の尿はもはや彼女の意志によっては制御されず、袋の中へと流れ出し、その間に医者は彼女を叱っていた。「性交の後に排尿しないの？」と彼は問い、彼が「性交」と言ったときのその言い方をドロシーは決して忘れないだろう。それはすごく卑猥でそっけない言い方だったのだ。正直なところ答えはいいえで、彼女は性交のあとで排尿するためにベッドから飛び出したことはなく、それよりか他の人間によって抱かれる感じを楽しんでいたのであり、その代償がこれだった。燃えるような痛みと屈辱。女性なら救いの手を差し伸べてくれるだろうと踏んで、彼女は看護師の目の中に同情を求めたが、看護師はただ眉をひそめただけで、袋が有罪を示すほどに黄色い液体でいっぱいになると、それを大きく威圧的なジップ音で閉めた。そこの待合室では何も音楽をかけていなかった。

超音波装置がブーン、ヒューといって息を吹き返した。産婦人科医は立ち上がることなく照明へと手を伸ばした。一度座ったら彼女は絶対に立ち上がらないのだ。彼女はすべての作業を車輪のついた背もたれのないスツールに陣取って行い、それはおおよそ赤ちゃんを取り出す高さに彼女を保っていた。下のほうでコロコロ動き回るのはきまりが悪そうに思えたが、彼女のすべての動作にはどこか威厳と流れるようなところがあった。

またもや、これまでの通院時に毎回したのと同じように、彼女はゆっくりそしてしっかりとジェルのついた杖をドロシーの身体のくぼみに押し込んだ。ドロシーは歯を食いしばらないようにしたが、結局してしまった。彼女は少し息を吐き、もっと空間を作ろうとした。モニター上ではもつれた海草の束に似た影がガサガサ動いていた。それらは血の塊ではなかったが子宮内膜の厚みであり、組織の束であり、なだめて外につれ出す必要がなおあった。それらはぐずぐずと居残っ《リンガリング》ていて――仮病を使っ《マリンガリング》てさえいた。

「大丈夫そうですね」と医師はその高い、音楽的な声で言った。「もし心配なようでしたらもう一度検査に来られてもいいですが、大丈夫なはずです」

「出血は十日間しか続かないとおっしゃいましたよね」とドロシーは言った。ひょうきんな感じで言おうとしたのに、それは怒りっぽく、ひねりがきいたというよりかは責めるような、心配そうな声で発せられてしまった。

「それは平均値です」と医師は、えらそうにではなく事実のみを伝えるような、非難めいたところの一切ない、すべてを許し、なんでも受け入れる口調で言った。それは母の声だった——ドロシーの母ではなく、誰かの母の、もしくは誰かの概念としての母の声だった。それは彼女のセラピストの声だった。一人目のほうの。二人目のほうじゃなくて。二人目のセラピストは何でも受け入れたりしない。

「十日間より長く続くこともあります」と医師はつけ加えた。

医師だって他の人と同じように、ドロシー自身と同じように、人間なのだ。壊れたものをぜんぶ直すことはできないのだ。彼女の声とその心配なさげな包容力はドロシーに、平均値の個人との関係性は謎めいていてバランスがとれていることを示した。平均十日間の出血に達するには誰かがより長く出血しなければならない。平均値を超えることによって、ドロシーの生はそれと密接につながっていた。平均よりも長く出血することでドロシーは他の人がより短く出血することを可能にしていたのだ。

看護師のデスクのほうから話し声が部屋の中へと漏れてきた。誰がこの週末に何をし、誰が「サンプルを残す」必要があるか。どっと笑い声。診察室の中では照明が目にきつかった。額縁に入れられた壁の複製画では、ブルーのチュニックを着た大柄の妊娠した女性がジャガイモ型をした自分の頭を今まさに首から引っこ抜かんばかりに抱えていた。彼女のシャツの真ん中には穴が開いていて紫色の胎児を露わにしていた。胎児は頭を上にして漂っていた。逆子の状態で。かわいそうな直立姿勢の赤ちゃん、頭のない女性から生まれるなんて！

「医院での処置を受けた方が良かったんでしょうか？」ドロシーはたずねた。「吸引を？」

「もしまたこのようなことが起こるのであればそれをお勧めしますね」と医師は言い、ドロシーは彼女が「もし」を発音するときのその繊細さに驚嘆した。そこには起こりうるという暗示も、かすかな予兆も、咎めも一切なかった。どこで人はすげなくて中立的な発言をこんな風に話すやり方を学ぶのだろう？「あなたは出血しやすい人なんですよ」


ある意味そこには何もなかった。ほんの少しの雪。わずかなほこり、くらいだ。しっかり掃き出す必要がある子宮内のほこり。

しかしそれを空っぽと呼ぶのは適切ではないだろう。空っぽというのはしみ一つなく硬質で最終的な何かを示す。画面上はブラックホールのように見えたが、ドロシーはその密度がスポンジ状であることくらい十分わかっていた。そこは柔らかくて、ものが詰まっているのだ。

画面上のその形、その影は、まぎれもなくドロシーのものだった。杖は他でもない彼女の中に入っていて、音波が彼女の内部壁以外で跳ねまわっている可能性はないのだ。そのくせその映像は遠くに感じられ、杖は彼女からというよりむしろ深宇宙か深海から信号を受信するラジオのようだった。これほど深い内部を持つには彼女は浅すぎた。彼女は自分が他の現実を見る観察者であるような、鏡を見ているのではなく扉をのぞき込んでいるか古い絵本のページを眺めている気がした。それは読み解くのが難しかった。それは現在地を確認することができない地図か中世の写本のようで、いったいそれが自分と何の関係があるのか他の誰かに説明してもらう必要があった。それは『魔の山』の彼女が大好きなシーン、ハンス・カストルプがレントゲン写真を撮られる場面とは似ても似つかなかった。

ハンス・カストルプは見ることを覚悟していなければならなかったもの、しかし、ほんとうは人間が見ることをゆるされていないもの、彼自身もそれを見ることがあろうとは夢にも考えなかったもの、彼自身の塚穴の姿を、のぞいたのであった。死後の分解作用を、光線の力によって生前に見てしまったのであった。現在つけている肉が分解され、消滅し、もうろうと霧散し、その霧のなかに右手が—精緻《せいち》な骨骼が、薬指の根もとの関節に祖父の形見の紋章入りの指輪を黒々とゆるやかに浮かせていた。人体をかざるためにつくられたこの世の非情物の一つである指輪は、肉が分解すると自由になり、さらにほかの肉体へ移り、しばらくその肉体をかざるのであった。ハンス・カストルプは、話に聞いたティーナッペル家の遠いむかしに死んだ婦人の透視し予見する目で彼自身の体の見なれた部分を見たのであって、生まれて初めて彼は自分がいつか死ぬ日のあることを理解した。そして彼は、音楽をきくときにいつもする顔つき、ずいぶん間《ま》のぬけた眠そうな敬虔な顔つきをして、口をなかばひらき、頭を横へかしげていた。

出るのを渋っている少量の血の筋があるほかは空っぽな画面上の子宮に目をやりながら、ドロシーは自分が自らの死、あるいは自らの死の予兆を見ている気はせず、むしろ差し押さえられた物件、放棄されたか立ち退きを命じられた不動産のようなものを見ている気がした。誰か、犯罪者か異常者のような人が急いで立ち去って、きちんと後片付けをしなかったのだ。それは黄色いテープで囲われ、監視カメラで撮られた犯罪番組のエピソード用の犯行現場だった。もちろん、ハンス・カストルプは骨を見ていたのであり、たぶんそれが彼の気分の厳粛さ、悟りの具体性、未来の自分と会っているという彼の感覚を説明づけるのだろう。彼が対峙したのはその、彼の、人間の形が持つまさに構造であり、他でもない手――差し伸ばされ、巧みに操り、能動的で、外的で、書いたり運転したり建てたり祈ったり食事を与えたりする体の一部分――なのだ。手。ドロシーが見つめているのはスポンジ状の内部、使用されなかった部屋、ペーパーカンパニーの倉庫、洞窟かほら穴だった。学部時代に受けた教育で彼女は洞窟の壁に映し出された影は決して信用できないこと、それは肉体の、知の実体を欠いていることを知っていた。もし子宮が墓穴であるならばそれはまたがらくたの入った引き出しでもあった。なんて奇妙なことだろう、これら今見ている自分の画像と、彼女がその成長の徴候を目撃し、自ら厚紙に貼りさらにボール紙で補強した胎児の画像が、共に音によって描かれているとは。音は何らかの抵抗、密集するもののあいだの何らかの境界にぶつかり、画像となって跳ね返ってくるのだ。それは顔を持つ反響音だった。ハンス・カストルプはこのような共感覚のパラドックスを考慮に入れる必要はなかった。

　超音波写真、すなわち聴覚画像のプラカードをかれらが掲げる間、思春期前だった彼女はシュプレヒコールをあげていて、彼女のはつらつとした声は周りの大人たちのお祭り騒ぎに溶け込んでいた。

「それは子供で、選択じゃない」ドロシーは中絶する権利を声高に擁護するのと同じ女性たちがどうして冷蔵庫とかソーシャルメディアを胎児の写真で飾りつけることができるのか、理解できたためしがなかった。他の人たちはいつ命が人間となり、それは人間なのかどうかを宣言する力がよりゆるぎないに違いなかった。もしあなたがそれを望むなら、それは赤ちゃんであってあなたはそれを友達にeメールしてまわることができる。もしあなたがそれを望まないなら、それを見るよう求められるのは暴力行為だ。ドロシーは基本的にはこの立場に賛成していたしこの立場をとる権利を人は有すると信じていたが、自分でその立場をとる意志を奮い立たせることはできなかった。それは一貫性がないわけでも自信過剰というわけでもなかった。そして女性たちが妊娠を迎えるときのあの喜びはどうだろう？　あれってむきになって言い過ぎ？　みんなそれを基本的には気持ち悪いと思わないのだろうか、パラサイトがあなたの中に潜り込んで、静かにあなたの具合を悪くしているあいだに魂とか人間としての法的身分の取得に取りかかるのって？　それらの生き物のうちのひとつが成長できなかったことに対する喪失感とはどのようなもので、その反応としてどのような感情を持つことが適切なのだろう？

　それは彼女に畏敬の念をいだかせた。医師のこの技術に対する近しさのみならず、プローブと画面を操作する彼女の何気ないやり方は。医師はこの機械の流儀に関する深い知識を有しており、熟練の慣れた手つきでそれを扱った。彼女は動きを一時停止し、聴覚を視覚に変える自らの力に過度に感銘を受けている様子はなかった。儀式を統括する司祭とは違って、全能者の足下で彼女はなんら深い敬意もためらいもないようだった。

「プリントアウトが欲しいです」とドロシーは自分が言うのを聞いた。「写真が」

医師は彼女の方へあまりに早く振り向きすぎて、その花弁のついた顔に現れた驚きを隠しきれなかった。

「通常そういうことはしませんが」と彼女は言った、「こういう状況では」

ドロシーは彼女をがっかりさせるのは嫌だったが、それでも屈するわけにはいかなかった。

「自分のエコー写真をもらうこれが最後のチャンスかもしれないんです」と彼女は言った。「保険の問題でしょうか？　いくらかかりますか？」

医師は悲しそうに見えた。まるでドロシーにはもっと多くを期待していたかのように――この状況が含む規範が何であれ、それに則って行動することを彼女に期待していたかのように。がっかりはするが悲嘆には暮れず、興味は持つが病的にではなく。自分の状況を医療的出来事として理解して、お土産を求めるようなことはせず。

しかしそれ以上何も言わずに――費用とか、保険適用とか、分別とか、正しい振る舞いについては何も言わずに――彼女はボタンをいくつか叩いてコンピューターは画質の粗い暗い写真を一枚ペロッと吐き出した。

「ありがとうございます」とドロシーは言った。

杖が滑り出てドロシーはリラックスした。医師はライトをパチンとつけてドロシーは尻を椅子の端へと滑らせた。彼女は強制的に横になった姿勢から上体を起こした。

「何かご質問があったら電話してください」と医師は言い、ドアを閉めた。

一人になって、ドロシーは光沢のある四角い紙をしげしげと眺めた。一時停止されて、それは動画のもつ神秘性を欠いていた。痕跡は死んだ画素、ただそれだけだった。彼女は透明のべたつくものを膣からできるだけ拭き取ってティッシュのかたまりを蓋のないゴミ箱に投げ捨てた。よくよく考えて、彼女は指でそれを拾い上げて医療廃棄物用のゴミ箱に詰め込んだ。彼女は服を着て素早く部屋を後にしたが、紫色のコットンのガウンを畳むことは忘れなかった。待合室でドロシーは彼女を祝福したくてたまらなさそうにしている他の患者たちの視線を感じた。通りに出た彼女は群衆と合流し、そこでは彼女の目に入った一人一人と彼女の目に入らなかったすべての人々、上のビルの中を小走りでいく人々や地下の列車内に潜り込んでいる人々が、みなかつて育っていた——育てられていた——母の胎内で。これらすべての人々、その一人一人が、脈打つ円として始まりそれは、数日内で、手足を、そしてその後、意思を芽生えさせたのだった。かれらはみなふくらむ母のシャーレ内にいてみなそこから出てきた。そうすることで、みながその母に痛みを引き起こした。みながその母を出血させた。母を殺しかけた者もいる。それでもかれらは今ここにいて、困惑した装いで歩き回り、前触れもなく上がったり下がったりする気温に合わせてどんな格好をしたらいいのかわからないまま、高尚で見返りのない職業に従事しており、これら緊急帝王切開で生まれた大人たち、これら子宮から脱出した者たち、これら妊娠高血圧腎症を与えた者たち、そのほとんどが、すべてを考えてみると、驚くほどに自律して、可動性、言語、そしてどの感覚が自分の体内から発生しどれが外部の領域であるかを知覚する能力を獲得していたのだった。

　ドロシーが早産で母親の子宮から引き離されたとき、麻酔医がそれはもう大量の鎮静剤を母親に打ったので、母と娘は半日後まで出会えなかった。母親が鎮静状態だった数時間、誰が自分を抱いていたのかドロシーは知らなかった。たぶん看護師だろう。誰も抱いていなかったかもしれない。その頃新生児を抱くことはそれほど重要だと思われてはいなかったのだ。

「ちゃんと前見て歩けよ、ばばあ」と舗道に寝そべった二本の足にくっついた頭が言った。ドロシーは謝って通りの障害物を避けることに注意を向け直した。片方の手をバッグに入れたまま、彼女の潤んだ体内の証拠がドル紙幣と太古のＡＴＭの明細票に挟まれてしわくちゃになっている革の財布をぎゅっと握りしめながら。

　その日の夜、ドロシーはきれい目の黒のスラックスを履いて母親とレイチェルと共に水中パペット・ショーを観るべくダウンタウンへと向かった。もしドロシーの母親以外の誰かが彼女を水中パペット・ショーに誘ったのなら、冗談だと思っただろう。ある意味そうだった。お誘い自体ではなく、その誘い方が。「娘ふたりと一緒に文化的な夜を過ごしたいの」と彼女の母親は電話で言った。「娘ふたり」、それが冗談だった。

レイチェルは彼女の母親の弟子、または代理の娘、または友人だった。彼女を何て呼んだらいいのかドロシーはいまいちわからなかった。心の中でさえも。レイチェルは高校三年生だった。実の両親はいたが、実家ではレイチェルの彼氏をめぐって一悶着あって、その彼氏というのが二十三歳の地元のコミュニティー・カレッジに通う学生で、さらにいろいろ札付きで、ドロシーの母親は、近所で同じ品種のテリア犬を早朝に散歩していたことからレイチェルと知り合って、彼女の師匠、代理の親、もしくは腹心の友になったのだ。彼女はレイチェルを映画館や、ショッピングモールに連れていった。ふたりは電話で話してもいた。もしドロシーが十代の頃に大人の男性に恋心を抱いていたら、彼女の母親はそれほど寛大には到底なっていなかっただろう。年齢もしくは距離が彼女をまるくしたのであり、ドロシーは母親の成長を尊重するべきなのだろうとわかってはいたものの、自分には与えられなかったくつろいだ寛容さのようなものをレイチェルが受け取っていたことに嫉妬を感じずにはいられなかった。一人目のセラピストは、彼女の母親がレイチェルを好きなのはそれがドロシーに対して自分がどんな母親であったかを書き直す方法であるのみならず、自分の母親としての時間を引き延ばす手段でもあるからだと理論づけた。ドロシーが成長して泳ぎ去って行くことが自分自身の老いを意味するともし彼女の母親が感じていたとしても、レイチェルにはそのように感じる必要がない。ドロシーは歳を重ねてミスを犯してある種の人間へと成長しており、それは彼女が別種の人間にはならなかったことを意味するのだが、レイチェルは若くて彼女の最も重大なミスはまだ彼女の先にある。レイチェルが歳を取ったら、ドロシーの母親は新しいレイチェル、すなわち、さらに新しいドロシーを手に入れることができるのだ。

理論としてはそれはもっともらしくドロシーに聞こえたが、代理のサイクルは永遠に続けられるということもまたそれは示唆していた。人がペットを利用するように。子供が常に変化し、変化を要求し、その身体が年月の流れを記す時計であるのに対し、ペットの所有は時を止め、同じルーティーンのなかに永遠に留まることを人に許す。ペットは飼い馴らされるや否や、学ぶべきことをすべて学び終え、完全なる静止状態に入るのである。かくして、ドロシーは推論した、ペットが亡くなる時のトラウマだ――飼い主は交友を失うだけでなく、時そのものが裂けるかぱっくり口を開けるのだ。

ドロシーは自分の思考の向かう先が嫌だった――ペットが亡くなることの方が人間の子供の死よりも破壊的だとほんとうに自分は思っているのか？――しかし要点はつまり、彼女は考えた、レイチェルは彼女の母親のペットであり、母親を実存的に回帰させたということである。誰しもが時間の直線性を否定する術を心得ている。男性は妻を捨ててより若い女性に走る。女性は弟子を得るのだ。何かが終わりつつなどないと自分を騙したいのなら、ただ出かけていってほぼ同じことを最初からまた始めればいい。これは傷つく、もちろん、取って替わられるとか取り替え可能だという感じ、一人の娘では母親には足りなかったのだという感覚は。彼女の母親がそんな見方をしているわけではない。彼女の母親は繰り返し自分がどれだけ彼女を愛し、彼女がどのような人間であろうが何をしようが愛するだろうと彼女に言ったが、そのような保証はほとんど役に立たなかった。愛とは、ドロシーは信じていた、人は本来的にすばらしく価値があり、いかなる犯罪も欠点も愚かさもその人の本質的な魅力、好もしさ、そして価値を減ずることはできないという意味において無条件であるべきであり、ただその人固有の魅力に依るという限りにおいてのみ条件付きであるべきだと。親に関する問題はかれらが差し出す愛が、もちろんそれは必要ではあるが、究極的には同語反復的だということである。親は自分の子供を愛するなぜならそれは自分の子供だからだ。誰を授かろうとも親はその子を愛しただろう。それはつまりあなたが誰であるかは関係ないということだ。ドロシーの母親はかつて言った。母であることの目的とは、自分の子供に他人をいかに愛するかを教えること、自分のもとを去る正しい道を示すことだと。それは気高く聞こえたが、とはいえレイチェルの存在は、母というのは気高さだけに頼っては生きていけないということを示していた。

　赤いビロードのカウチに押し込められて係の人が階下へと案内してくれるのを待つ三人の女性たちと彼女たちのちっちゃなエスプレッソの紙コップ。「あなたが今日どうしていたか聞いてたのよね？」と彼女の母親が言った。「生産的な一日を過ごせた？」

　ドロシーの母親はドロシーにがっかりしていないとあまりに何度も言うのでドロシーは母親が自分にものすごくがっかりしているか、あるいは少なくとも深く相反する感情を有しており、否認を通してでしかそれを表現できないのだと思うより他なかった。彼女の母親はドロシーがゴミ収集員であったとしても同じように彼女を愛しただろうとあまりに何度も言うのでドロシーは母親がその職業に就くことのほうを自分に求めていた、もしくは学問の世界と公衆衛生は、母親の頭の中で、どういうわけか同等なのだと結論づけるより他なかった。ああ、清掃作業員がゴミを処分し、必要不可欠で価値ある市民としての役割を果たすいっぽうで、ドロシーがすることといえばただゴミを一つの山からまた別の山へと移動させることだけなのだった。

「あと、」と彼女の母親が言った。「歯に何か挟まっているわよ」

ドロシーは間違った場所を二箇所ほじって正しい場所を無駄に掘り返した挙げ句、携帯を取り出して鏡として使用した。

「取れた」と彼女の母親とレイチェルは同時に言い、そして笑った。

血はものすごくゆっくりと彼女の膣から出ていたので、それは半乾きになるまで彼女が気づくような何かではなかったので、実際のところこの時点ではほんのちょっとしか血は出ていなくて彼女はナプキンの上にそれを感じることさえなかったので、自分が出血しているとわかるのはただトイレットペーパーで拭くと血がつくからだけだったので——これらすべての理由からそれは嘘ではなかった。彼女の母親が奇妙な、照明に半分照らされた心配顔で彼女を見つめて、気分はどうとたずねたとき、ドロシーが腰から下の存在を何も認知していなかったのは。

「肩が痛い」と彼女は正直に言った。「あと手首も。コンピューターのせいで」

「指先がチクチクする？」と彼女の母親はたずねた。「携帯使うと私そうなるのよね」

「どっちかって言うとあま皮のところがズキズキする感じ」とドロシーは言った。「でもこの指だけ」

ドロシーは右手を上げて薬指の側面をさすった。

「少しズキズキして押してみると、痛いの」とドロシーは実演してみせながら言った。「あと、前腕の辺りに電撃痛が走る」

ダブル・ベースを弾いていて反復性ストレス損傷に詳しいレイチェルは、ドロシーに怪我をしているのかとたずねた。

「二十一世紀っていう怪我なの」とドロシーは言い、彼女の母親は目をむいた。

「それって冗談？」とレイチェルがたずね、ちょうど開場時間になった。


その日の早くにドロシーは彼女の母親の助言を聞き入れて、ショーの後の舞台裏ツアーについて調べておいた。それはオプションだったが正気の人間ならば見逃すはずのものではなく、公演の非公式なエピローグとしての役割を果たしていた。「パペット」は抽象概念であり、キャラクターではなく、布製のリボンやその他手芸店で入手可能なスカーフやポンポンのようなアイテムでできていた。ツアーでは、観客は人形遣いがウェットスーツを着用しており、非常に強靭でアクロバティックであること、何人かはワイヤーやケーブルで吊るされたまま作業をし、実のところ水槽タンクの上を飛びまわり、水中に道具を沈めたり滑らせたりしていることを発見するだろう（その他の者は高い壇上からタンクへと手を伸ばしていた）。このショーは、ある若くて大胆な第三世代の人形遣いの発案で数十年前に初演され――これはリベンジなのだ――彼はその後より伝統的な物語形式の人形劇で名高いキャリアを築いた。解説プログラムのなかで彼は自らをカンディンスキーになぞらえていた。このショーには、その同じ解説によると、プロットがない。それは純粋な色と光、動く絵画かキャンバスのようなもので、ベルリオーズの「幻想交響曲」の生伴奏に合わせて上演され、それはショーのタイトルでもあった――「幻想交響曲」。

レイチェルは、そのとき判明したところによると、最近まさにこのベルリオーズの曲、「幻想交響曲」を彼女がダブル・ベースを弾く青年交響楽団で習い、早熟にも新聞の美術欄に目を通したのか、オーケストラの指導者にアドバイスされたのか、どういうわけかでこの上演を知ったのだった。遅まきのチケット保持者たちが彼女たちの背後の席へとぞろぞろ入ってくる間に、ドロシーが最後に会った時よりも数インチ背が伸び、ドロシーがその商品名を推測することさえできない製品で顔にハイライトとシャドウを巧みの技で入れたレイチェルは、彼女のお気に入りは第四楽章で、そこで芸術家は、交響曲を通して彼は恋愛探求のようなものをしているのだが、アヘンを吸った夢の中で自らの処刑を目撃するのだと説明した。

「それって致命的打撃ですよね」とレイチェルは言い、ドロシーは彼女が誰か他の人の言葉を引用しているのだと確信した。

彼女はこれもまた確信した。レイチェルは、教養を捏造しようとするその試みと、顔を輝かせるその巧みの技にもかかわらず、若過ぎて自分が言っていることの恐ろしさが何もわかっておらず、彼女にとって「致命的打撃」とは空っぽな、きらきら輝く語彙の断片でしかなく、空中を飛び回るそれを胼胝《たこ》のできた指でつかんで彼女のペルソナに飾りとしてふりかけてやれそうなほどであり、いっぽうのドロシーはと言えば、自らの処刑を目撃したことこそないものの、その他諸々の失敗、現実生活のツイステッド・メタル的大惨事に見舞われているのだ。ドロシーは選択が、取り返しのつかなさの緑青をますます身につけながら、間違いであったことが明らかになる年齢に達していた。レイチェルにとって、人生の悲劇はまだ時期尚早で、期待感を抱かせるところがあった。それはロマンチックなのだ。彼女は未来に目を向け、はなばなしい愛や死のクライマックスに向かって爆走していた。レイチェルには瑣末で、お役所的で、日常的な現在時制というものがわからないのだ。ドロシーは彼女の母親がレイチェルを養子にするのも、レイチェルが母親を養子にするのも構わなかったし、レイチェルがくっついてくるのもレイチェルにくっついていくことさえも、どっちでもいいけど、構わなかったが、レイチェルがベルリオーズについてベラベラ話し、「アヘン」と言うとき、まるでそれが今シーズンのスキャンダルであるかのように声を落とすのを聞くこと、これは手に余った。姉妹として言っても。

　年配の夫婦と、その十代の息子、そして彼の買い物袋がドロシーの一団の真後ろに腰を落ち着けた。上着を脱いで買い物袋をどこに置くかで一悶着したあげく——少年はそれ専用の椅子を求めたが、父親は床に置けと言い張り、最終的に母親が自分の膝の上に乗せることを承諾した——かれらはどこでディナーを食べるか、最終電車は何時に駅を出発するかについて議論を開始した。

「あら、彼アヘンを吸ったんだわ」とその女性は言い、プログラムのページをめくっていたに違いなかった。

「彼は夢を見たんですよ」とレイチェルが振り向いて言った。「自分が処刑されるのを見たんです」

「そうなの！」とそのもうひとりの母親が言った。

「あなたの娘さん？」とそのもうひとりの母親は言った。「とても賢いですね」

「ふたりとも私の子です」とドロシーの母親が言った。

「どうして私が本物の娘だって言わないの？」とドロシーはささやいた。

「ドロシー！」と彼女の母親は舌打ちした。「知らない人に私たちの事情を知られる必要ないの」と彼女は優しくつけ加え、今回ばかりはドロシーも同意した。

＊＊＊

「水中パペット・ショー」は通常ドロシーが参加するような類いのものではなかった。なぜなら、最前列に座りながら、魔法にかけられて感覚受容が高められた状態で彼女は内心認めたのであるが、彼女は気取り屋で、さらに悪いことに——新しい経験に対して恐怖心を抱き根本的に心を閉ざしていたからだった。美学的問題に関しては彼女はペリシテ人であり、ブルジョワ的な物語慣習の奴隷だった。キャラクターは重要で、出来事もまた然りと彼女は信じていた。細長いリボンや紙切れをじっと目で追いながら、ドロシーは「幻想交響曲」が何らかのクライマックスへと盛り上がりを見せ、劇的効果を増し、狂乱状態とか振り付け、色彩、質感の乱痴気騒ぎとか何とかに達するものだとばかり思い込んでいた自分を激しく責めた。彼女が盛り上がりを意識的に楽しみにしていたわけではない。ただ彼女は盛り上がりの欠如、期待感の満たされなさを経験した。音楽が少なくとも一度は、レイチェルがそうなると説明した通りに、クライマックスへと達したのに対し、視覚的パフォーマンスのほうはむしろ、キラキラやアラベスク柄のハンカチでまばゆく輝いて、一幕また一幕と、夢見心地の静止状態を呈していった。メロディーが盛り上がったり退いたりしつつ、レイチェルによると、魔女のダンスでクライマックスに達するという物語を語るなか、ファブリックは音楽の拍子を真似たリズミカルなうねりとともに、渦を巻いてはひょいと現れ、消えてはまき散らされるのだが、その全体的な効果といえば刺激的であると同時になだめるようで、決して根本的に激しさを増すことはないのだった。それは上昇しては降下するのだが、その絶頂と谷底は圧縮された範囲内に留まっていた。行き着く先などないのだ、とドロシーはある時点で気がつき、このひらめきとともにショーが突然幕を閉じることを半ば期待したのだが、ショーはその後も続いた。この作品はそれに関する彼女の理解とは何の関係もないのであり、というかむしろ、彼女の考えは好き勝手に去来するのだ。まさにこの飾り立てられた海草の切れ端が——何でできているんだっけ？　画用紙？　防水画用紙？——現れては消えていくのと同じように。これはずっと続く現在に観客を浸す、進展のないアート、イメージの連なりなのだ。ドロシーが前に起こったことを覚えているかとか、次に起こることに心の準備ができているかなどどうでもいいのだ。だって準備するべきものなんて何もないのだから。このパフォーマンスは驚きを何も含んでいないというわけではないが、ただその体験はひっきりなしの驚きの連続で、それを彼女は中断としてではなく目まぐるしい変容として体験したのだった。

　彼女は明晰夢のなかにいる気がした。そこで彼女は意のままにパペットを操っていた。パペットは彼女がまさに望む通りのことをした。あるいはひょっとするとパペットのすることは何であれ今まで知らなかった欲望に対する答えであって、その欲望は成就した瞬間にのみ姿を現すようなものだったのかもしれない。彼女はすっかり満たされて同時に眠りに落ちた。彼女は背筋をシャンと伸ばした。寝っこけるのは行儀が悪いからではなく——それどころか、このような幻想的作品に対するそれは最大の褒め言葉のように彼女には思えた——レイチェルに自分が退屈していると思われたくなかったからだ。エゴが倦怠感と戦っていた。倦怠感、それは表面的には退屈さと似ていたが実際は完全なる充足感、至福の証拠でさえあるのだ。

　ピアニストの奏でる調べの合間に後ろに座る少年の呼吸音が聞こえてきた。彼の呼吸はいびきへと変わり——それは優しくて、窒息するような音で、マスク越しに息を吸い込んでいるみたいだった。

＊＊＊

　ピアニストは電気ショックによって縮れたような髪型をしていた。彼は代理のピアニストだった。

本物のピアニストは病気だった。

もちろん、この男も本物だった。見ればわかる。彼の腕は音符を地面から掘り起こすみたいに上下に激しく動いているじゃないか。

生命を宿して水気を含んだスクリーンセーバーによって鎮静化され／催眠術をかけられながら、今ふと彼女は奇妙だなと思った。膣から血が出るその動きを表現する動詞を知りもしないなんて。流れるではない。排水するでもない。わき出るでもないししみ出るでもない。それは古い家のペンキが時おりぺらっと剝がれ落ちるみたいだった。それは彼女から剝がれていた。もしくはポタポタ落ちていた、何日もクソ何日も逆さにした後でもなかなか瓶の中から垂れてこようとしない頑固なシロップみたいに。

鮮やかな黄色のカーテンが水の中でプリーツをつけて蛇腹式に折り畳まれては広げられ、うなり声、もしくは肺呼吸音をまねていた。あるいはそれは何もまねてなどいなくて、ただそのもの、沈思黙考なのだ——プリーツについての。ドロシーは布が濡れてもプリーツが残るとは知らなかった。あんまり濡れたらたぶんだめ？　彼女はどうやって布にプリーツをつけるのか、どうやったら取れるのか、取れてしまったらどうやってアイロンをかけて元に戻すのかわからなかった。ドロシーはごく基本的な家事すらこなせないことで自分のあら探しをするのを拒否していた。彼女はフェミニズムの達成物だった。服からボタンが取れたら、お金を払ってドライクリーニング店で縫い直してもらう。でももしこれが勝利だとしたら、どうして敗北のように感じるの？

でも待てよ、とドロシーは思った。失敗ってなに？　成功ってなに？　リボンは冷たい水槽のなかで渦を巻いていた。人生とは何かが解決したり明らかになって幕を閉じる物語ではない。それはこのパペット・ショーのようだ――ゆるやかに、延々と続く浮き沈みの連続で、まやかしの超越的瞬間を含んでいるが最終的には何にも至らず、エピファニーもなく、もしくはエピファニーがあり過ぎでそれらはぜんぶ一緒くたになって忘れ去られてしまうのだ。それは紙でできた花のように、膨らんでは縮みながら息をしているのかもしれない。それはただ暇つぶしのためにする何かかもしれない。

　ついにパペット・ショーは終わった。始まりと同様にファンファーレもなく。でもとにかく終わった。この瞬間、そしてこの瞬間においてのみ、それは慣習に屈した。それは終わりの世界共通言語を話したのだ。幕が降り、照明がついたのである。ひとつの世界が退いて他の世界に道を譲った。舞台裏ツアーに参加する列で待ちながら、ドロシーは言った、二倍の長さでも見れただろうし、逆に言えば、半分の長さでも満足しただろうと。レイチェルは上演中ずっと心を奪われっぱなしだったと主張し、ただ後ろの列から聞こえてくるいびきで気が散ったことも認めた。ドロシーの母親は生き生きと目覚めていた。最終楽章のあいだじゅう密かに仮眠をとっていたのだ。

「感じはつかめたわよ」と彼女は言った。「何も見逃した気はしないわ」

　その夜トイレットペーパーには鮮やかな赤い血がついた。ログは茶色い再生紙トイレットペーパーを買い始めていて、ドロシーはそれが世界をより良くするとは心底信じていなかったものの、少なくともより悪くはしないだろうし、なので血痕は秋みたいに見えた。葉脈の目立つ、鮮やかな一枚の木の葉のように。彼女は木なのか？　それとも彼女の身体はランダムに血の塊を吐き出すスロットマシーンなのか？　それは製品の仕様であり、故障ではなかった。彼女は指をずっと奥まで入れてから引っぱり出してみた。何もついてない。彼女はそのにおいを嗅いだ。彼女はベッドルームへとズボンを履かずに歩いて行ってファンをつけた。彼女はバッグと財布のなかをくまなく探して朝方もらった写真を引っぱり出し、ランプの黄色い明かりのなかでそれを子細に眺めた。どこかしばらく横になれる場所があればいいのにと彼女は思った。ほんのちょっとでいいから、もう一度それに戻る前に。

数週間後

何の前触れもなく、うす気味悪いホテルのバスルームで、トイレットペーパーは大きな茶色い塊を差し戻してきた。ケーブルテレビ局のニュース番組がテレビからわめき声をあげていた。トイレの中からだとコメンテーターたちの声は招かれた客というよりかは無理やり連れてこられた参加者のように聞こえた。出血が止まってから少なくとも三週間は経っていたが、今やその停止は中断と呼ばねばならず、最後の出血はもはや最後ではなく、今までのところ最後というだけだった。でもそれは本当に出血なのか？　組織対血の問題はさておくとして、たとえ彼女がいかなる分泌にも「出血」という語を使用していたとしても、この出血はどちらかというと郵送中に紛失した配達物のようで、星の光か、過去からの失われたメッセージのようだった。ドロシーのズボンは膝の下で束になっていた。彼女の中の教授魂は、これまで「軽い」とか「重い」、「不正出血」といった語に限定されていた月経を表す彼女の語彙が広がっていくことを喜んでいた。またもや写真は現実の歪曲であることが証明されたのだ。この塊は超音波検査図が予測したものとはまるで違っていた。それは凝固していて、つる状にではなかった。彼女はインターネット検索してみようかと思ったが、恐怖心を抱かせる的外れな情報しか返ってこないのはわかっていたし、どっちにしろ、医師は心配することはないと言っていたのだ。彼女は指でその塊を引き剝がそうとしてみた。それは樹脂のようで、べたべたと凝結していて、彼女は明らかに一つのものでありたがっているなにかを無理やり引き離そうとすることに罪悪感をちくりと感じた。

昨日の飛行機では全員が飲み騒いでいて、まるでラスベガスのコマーシャルに出演しているかのようで、ドロシーもまたそれに出ているのだった。やや気難しくてお固い、楽しもうよと言いくるめられる必要があるけれど、街とそのあらゆる魅力が彼女を虜にする頃には二度と家に帰りたくなくなってしまう友人役で。フライト時間を使って仕事を終わらせる計画だったので、周囲の人たちがスピリッツのミニボトルを飲み干すあいだ、ドロシーは耳栓をして大いに注釈のつけられた『世の習い』［*The Way of the World*］をひらいた。このテキストに戻ることを彼女は、普段連絡を取り合っていない古い友人と久しぶりに会う者のように心待ちにしていた。こじつけの感激がためらいと混ざり合い、あなたに会えてすごく嬉しいという主張が、むしろ会いたくなかったというお互いに分かち合われた確信と戦いながら。ページをひらくと、本はほぼ瞬時に語り始めた。

我を見よ！　と本が言った。

え？　とドロシーは言いながら、いかに『ミドルマーチ』が「ヨーロッパ教養小説の主要なテーマである失敗、をあえて扱う」唯一の十九世紀イギリス小説であるかについて書かれた文章に下線を引いた。

私はスタンダールの全作品をフランス語で読んだ、とその本はノンシャランと告げた。ドロシーはうなずいて、「客観的な歴史的要請」と「小説的語りにとって重要な」という、どちらもすでにイタリック体になっている語句に下線を引くという無駄な作業へと進んだ。形式的矛盾の有する内的論理を私は理解している、と本は、後ろの列のおしゃべりに対して声を張ってつけ加えた。ところで君の研究は何であったか？

私の専門分野とは違うし、とドロシーは言い始めたが、本は彼女にかぶせてきた。

君よりすぐれた知性の持ち主、とそれは言った、より深刻で、より総合的な知性を有し、より高い記憶力を有し、より外国語に熟達したものたち——ついでながらかれらは実際に政治的関与もしており、それというのは無駄な逆張りやあきらめとしてあらわれる君自身の残念なシニシズム、集団嫌い、実存的損傷に関わるさまざまな理由から、君ができずにいることだが——がこのローム質の分野を耕し、掘り起こしてきたのだ。

ローム質？　とドロシーは言った。

それは肥沃という意味だ、とその本は言った。

知ってる、とドロシーは言い、ぱらぱらと妖精物語についてのページへと戻った。君の仕事はなくてもよいものだ、と彼女の感じの悪い連れは話し続けた、だが喜びをもたらし他者の苦しみを和らげてくれる、鳥のさえずりのような、甘く、はかない些末さの愛らしくて装飾的な意味での余計さでは断じてなく、君の余計さはぞっとするような過剰だ。

ドロシーは頭上の換気口を開けた。本は声を荒らげ、しわになった背表紙の折り目から叫んでいた。君は、と喉にからんだ痰を切ろうと言葉を切りつつそれは叫んだ、素人評論家だ、言説の気道のおもしろみのない詰まりだ。二十一世紀の問題とは浪費の問題だ！　彼女は本を閉じたが、裏表紙に書かれた宣伝文句が彼女をあざ笑っていた。そこの人文学者のお笑い種、消費者の負債である廃油の歩く塊、何にもわかってないね。

客室乗務員が彼女の上にかがみ込んで、ピーナッツを手渡そうとしていた。彼女はピーナッツを受け取った。彼女は折りたたみテーブルを下げてぼやき続ける本を彼女の脚と肘掛けのあいだに挟んで窒息させ、機内エンターテインメントシステムから高校に潜入するおとり捜査官についての映画を選んだ。警察官たちは効き目の強い新しいドラッグの追跡捜査中だった。一人の警官は背が低くて太っちょでもう一人はいわゆるハンサムだったが、ミレニアル世代の理屈に従えばかっこいいのはオタクのほうで、人当たりの良い体育会系は時代遅れだった。ドロシーは通路側の席にいて、大きめのセーターをブランケット代わりにしていた。真ん中の席の男性はブラックジャック攻略本の一節に線を引いていた。窓側の席の人は機内用ブランケットを顔まで覆っていて、寝ているかあるいは寝ているふりをしていた。映画が終わるとドロシーは、他のエンターテインメントのオプションをわざわざ調べもせずにもう一度それを再生した。鬱の無関心さや倦怠感からそうしたのではなく、その映画を彼女は心底楽しみ、終わってほしくなかったからだった。

　空港からのタクシーの道のりは混乱させるものだった。ドロシーは目印をうまく見つけられている気がしなかった。ラスベガスに来たのは初めてだった。彼女はカバンを抱きかかえ、私はラスベガスにいる、と自分に言い聞かせた。それが助けとなるかのように。

　ハラーズの天上界にある狭くて薄暗い部屋に荷物を置いた後、彼女はストリップ通りに散歩に出かけた。幼児の多さは驚きだった。全員がくねくねしたストローから飲み物を飲んでいた。あらゆる世代が。そこはディズニー・ワールドのようだった。動物がいないのと乗り物がないのと個々人の社会保障年金振込口座からカジノの金庫へ振り替えられる巨額の資本について考えたときにくねくねストローで自分を突き刺したくなるのを除いては。群衆は何かにぽかんと見とれるかネオンサインや自分たちの写真を撮るために頻繁に立ち止まりながらそぞろ歩いていたが、ニューヨークの通りで目的を持って歩くよう訓練づけられていたドロシーは、プロのアスリートばりに無防備なスポットを巧みに見つけ、正確さをもって移動した。その日は気温三十三度で、汗が膝裏にたまり眉毛のあたりに集まった。首の後ろの、髪の毛の下は、汗ばんでいた。カジノ群はあまりに巨大で、その全貌を見晴らす満足のいく経験を提供するようなここぞという場所はなかった。通りの反対側へ渡るとマシになったが、ほんの少しだけだ。それらは建築上みごとなエントランスを有しており、その大きな口はあなたを吸い込みたがっていてあなたもそうさせてしまうのだ。中は涼しいから。彼女はベラージオの外にあるジャンピング噴水により近づくために通りを渡った。おそらく水はリサイクルされ再循環されているのだが、それでもなおその見せびらかしにおいて、それはより単純で幸福だった時代からのあかぬけないお祝いのように思えた。噴水は言った、資源のことは心配しないで。みんなの分は十分あるしショーのためにはもっとあるんだから。噴水の言ったことはそれだけだった。彼女はそれを見ているのが楽しかった。

彼女は息を切らし喉を渇かしてはるばるパリまで辿り着くと、学会の開会レセプションに参加するべく引き返し、そこでは会話が学会主催者のまずラスベガス、そして次にハラーズという選択を中心に展開していた。集団の端っこに彼女は大学院時代の知り合い？　友人？　元カレ？　で、その後ジョンズ・ホプキンス大学で専任職に就いたキースを見かけた。キースは彼女が覚えていたよりもハンサムだった――白髪が増えて引き締まり、フィットネスを始めたみたいだった。彼は両手首に赤い糸を巻いていた。彼女に会えたことを彼は喜んだ。彼の目はドロシーの目を鉤針でとらえて放さなかった。彼の手は彼女の手を摑み、彼の口は彼女の頬にキスをした。ドロシーはいつ自分がいかなる男性もそうしたくなったら彼女の顔に開いた口をくっつけて良いと同意したのか思い出そうとした。男性がこれをするのは彼女を怒らせはしなかったが、ただいつ自分がそれを承認したのか彼女は知りたかった。

もしキースと一緒になっていたら彼女の人生はどんな風に違っていただろうとかつて彼女はよく考えたものだった――ぼんやりとであって、マジな反事実的条件文としてではなく。絶対うまく行かなかっただろう。実際うまく行かなかったのだ。キースは金持ちで、その点はドロシーの好むところだったが、でもけちんぼで、その点は嫌だった。彼はいつも割り勘にしたがった。二人の関係は数ヶ月しか続かなかった。それは永遠に続いていたかもしれない。もしある週末に彼が田舎にある彼の小さなキャビンに彼女を連れて行き、そこでセックスをして彼の腋の下に、それはすばらしい香りがしたのだが、彼女の顔をうずめて寝させてくれるかわりに、彼が「あることを試し」たいと告げさえしなければ。このあることとは彼女の膣に向かって一時間近くもささやき続けることだと判明し、そのあいだ彼女は薄いフランネルのブランケットの下で震えながらときどき思い出したように彼の頭を撫でていた。フランク・オハラの詩。彼はフランク・オハラの詩を彼女の膣に向かってささやいたのである。

　彼は舌でもしてくれたが、それはすべて詩のタイミングに合わせられていて、ドロシーはエジソン社製の裸電球の金色に輝くフィラメントの放電線がパチパチと音を立てる下に横たわりながら、これが良いアイディアだと彼はどうやって、いつ、どこで思いついたのだろうかと考えていた。自分は実験台なのか？　それともこれは実証済みなのか？　これは誰かのお気に入りの行為だったのか？　彼は彼女の膣に向かって語りかけていたのではなく、そこに対して伝えるべきオリジナルのコンテンツがあるわけではなさそうだった。ドロシー自身が話しかけられている感じはしなかった。彼女は誰か他の人と混同されていたのだ、詩によってオーガズムに達することができるような人と。それともどんな膣に向かって何を言ってもよくて空気の震動に効果があるのだという考えなのか？　その場合、なんで詩なのか？　ドロシーは詩が好きでさえなかった。彼女は詩が好きという考えをキースはどうやって得たのか？　彼女は詩が好きっぽい人に見えたのか？　こんな類いの誤解が可能でさえあるなんて、彼女の世間に対する自己アピールの仕方のいったい何が間違っていたというのか？

「きみは言葉が好きだと思ってた」というのがついにあきらめたときに彼が言ったことだった。いさぎよい人なので、下の方に手を伸ばしてきたが、ドロシーはできるだけ丁重に彼を押しのけた。

「わあ」というのが彼女の言ったことだった。

この不愉快な夜について彼女がもっともよく覚えているのはキースの顔で、それを彼は自分の進捗状況を査定し次のタイトルを告知するたびに定期的に引っ込めるのだった。まるで朗読をしているみたいに。自分でこれらの詩を書いたみたいに。その顔はすごく熱心で誇らしげで、まるで気持ちの悪い獲物を飼い主に持ってきたあとの犬のようだった。今になってそれを思い出すと、ドロシーは恥ずかしさでひるんでしまった。それ以前の二人のつきあい方の一体何が間違っていたのか、それが未だにドロシーが解せないことだった。安易な勝利を得ずとも人生は十分過酷だ。だけどキースは彼女に飽きているか、嫌っているように彼女には思えたし、もしくは、最も不安にさせる見方だが、二人の快楽の概念があまりにも違いすぎて、彼の愛情表現の仕方がドロシーには犯罪ギリギリの侮辱として受け止められたのかもしれない。その翌週に彼女はログに出会い、さらにその数週間後にキースは小柄な美術史家とつき合い始め、二人がゼミで会ったとき彼はすべては完璧にノーマルで、二人はかつてコネチカットでパンツを脱いで互いの性器に向かってささやき合った高学歴すぎる二匹のチンパンジーにすぎず、今はフランコ・モレッティについてのメモ書きを見せ合うのに満足している、みたいに振る舞ったのだった。

彼女がキースと分かち合い、共にしたことは——たとえ彼女がそれを自らしたわけでなくても、彼女はそこにいて、関与していた――これまで彼女がログと共にして分かち合ったことの何よりも親密だったと、ドロシーにはわかっていた。しかし親密さはそれ自体として良いことではない。プライバシーというものがある。ログは決してキースのしたように彼女を侵害したり、あばいたりなどしなかった。関心のなさからかやさしさからか、彼は彼女をそのままの、やや彼から隠された状態でいさせてくれた。いつも彼は繊細な気づかいを彼女に示してくれた。

「聞いた？」と酔っぱらった風に身を寄せつつキースは言った、「エリースのこと？」ドロシーはエリースを二年前にテキサスの学会で同じパネルで発表したことから少しだけ知っていた。エリースの研究は気象予報の歴史についてであった。気象観測の実践がいかに文学的描写の発展に影響を与えたかについての理論を彼女は有していた。それは賢く、かつタイムリーなアイディアで、ドロシーはエリースの発表を楽しんだ。ふだんドロシーは自分が楽しんだものに嫉妬するのだが、そのときに関しては、エリースの研究が自分のものだったらいいのにと思っていないことにドロシーは気づいた。エリースの結論は興味深かったが、そこに辿り着く過程はつまらなそうだった。ドロシーはデータに興味がなかった。彼女は決して自分の仕事を「リサーチ」と呼んだりしなかった。

学者として優れているのに加え、エリースはセクシーな人として広く認められていた。どちらかというとアーティストか小学校の先生風に。彼女はいつもちょっとだらしなく見え、ベッドシーツとか紙粘土のオーラを漂わせていた。眉毛は濃くてボサボサで、黒のブレザーに大ぶりのペンダントか

「ステートメントネックレス」で華やかさを添えるという女性研究者お決まりの格好を、彼女は決してしなかった。彼女はだらりとしたオーバーオール、一風変わった襟、派手な柄、そして巨大なフープピアスを好んだ。それはまるで彼女は別の人生のために着飾っているか、実際に別の人生を有しているかのようだった。この舞台から降りて別のに上がる、みたいに。ドロシーが最後に会ったとき彼女は結婚していたが、キースによると、この間にエリースは離婚したらしい。彼は後ろによろめいて口角からつばを拭った。キースがエリースを欲しているもしくは彼女と仲がいいというのは驚きではなかった。エリースとキースは同じポスドク研究をしていたし、職業上の栄誉が交わされるのと同じくらい簡単に友情が二人のあいだに芽生えたのだ。テキサスでのパネル発表の後、実際、キースは自分が編集している学会誌へ寄稿するよう彼女を誘い、それは学者ローレン・バーラントの著作と彼女の理論である「残酷な楽観主義」の記念号だった。

「残酷な楽観主義」はなぜ、そしていかに人々は「豊かな暮らし」への幻想と憧れに固執し続けるのか、いかにこの憧れが人々を傷つけるのか、そしてその結果もたらされる情動――彼女が「行き詰まり感」と呼ぶもの――を理論化するバーラントのやり方だった。「残酷な楽観主義」はドロシーの人生のすべてだった。しかしキースはドロシーに寄稿を求めなかった。そのかわりに彼はeメールをよこし、彼女を誘わなかったことは軽視のあらわれではなくその逆だ――彼は彼女を非常に尊敬していたので、彼女が、彼の言うところの「非常勤地獄」から脱出する唯一のチャンスである原稿の執筆に遅れていることを、ドロシーの周りの人全員が知っているように自分が知っているときに、彼女に負担をかけたくなかったのだ――と説明してきた。言い方を変えれば、ドロシーは残酷な楽観主義について書くにはあまりにもそれを身をもって知りすぎていたのだ。学会誌が送られてきたとき、彼女はそれをドレッサー兼ナイトテーブルの上にある他の読むつもりの本や雑誌の上に置いた。数ヶ月間読まなかった後に、彼女はそれをコーヒーテーブルに移動させ、それはログが、珍しく片付け熱を爆発させ、リサイクル用の袋の脇にあるカタログや箱の山へと移動させるまでそこに居続け、そして数週間後、ドロシーが自分はその内容に何が何でも専念するつもりだと彼に告げた後、ドレッサー兼ナイトテーブルへと戻り、目下そこに、表紙を下にして、コースターの下敷きになって置かれていた。

　ドロシーはエリースが離婚したのは残念だと言った。キースは肩をすくめた。

「僕たちは最初の結婚式と二度目の結婚式のあいだの小康状態にあるんだよ」と彼は言った。「二度目の披露宴は一度目ほど良くはないだろうけど、僕たちは歳を取るから、よりありがたく味わえるようになるのさ」

　懇親会での若い教授たちの一致した見解は「ものは試し」的意味ではベガスは楽しいが、ハラーズはひどい、というものだった。かれらはウィン・ラスベガスか、ニューヨーク・ニューヨーク・ホテルの方が良かったと言った。

「僕はハラーズ好きだけど」とキースは言ったが、彼はただ逆張りをしていただけ――もしくは皮肉なのか、ドロシーにはわからなかった。キースと一緒にいることはふだんドロシーを不快にしなかったし、実際彼女は人として彼が好きでその知性を尊敬もしていたが、今夜彼は鋳型《モールディング》にはまっているような気分に彼女をさせた。自分が鋳型になることをそう呼ぶんだっけ？　もしくはそれって自分が鋳造されたものになるって意味？　彼女はこんな風に考えさせられることに腹が立った。彼女はあの記憶がいらなかった。彼女はそれを返したかった。彼女は論文を書き終える必要があるとか何とか言って席を外した。誰も引き止めなかった。

　ハラーズは屋内喫煙可だったが換気システムを設置していなかったので、床につくため部屋へと戻る前にスロットマシーンの並ぶ通路をさまようとき、ドロシーは手で口を覆い、再循環された自分の息を吸った。震えながら。彼女はお腹を空かせて眠りに落ちた。持ってきたグラノーラ・バーを飛行機で全部食べてしまったのだ。四時間後に彼女は服をぜんぶ着たまま、コンタクトレンズが目の中でひび割れた状態で目を覚まし、よろめきながらバスルームへと向かうと洗っていない指でそれらを引き剥がした。

　それが昨日だった。で今は今日だった。彼女のパネルは早朝、午前九時きっかりに、キンキンに冷えた舞踏室で始まった。他のパネリストたちは知らない人ばかりだったが、彼女は気づいた。二人目の発表の最中に（彼女は最後だった）、部屋のずっと後ろのほうで、大きくて知的好奇心旺盛な目をした女性が、ものすごい集中力で自分の首の後ろを摑んでいるのを。エリースだった。

　舞踏室の静寂は身体をもぞもぞ動かす音やカバンの中をがさがさ探す音で時おり破られはするものの、それ以外は非常に静かだった。冷房でさえ、それは効き目最大で稼働中であったが、静かだった。

二人目のパネリストはマイクに身を寄せて強い帯気音でｐとｔを発音した。ドロシーは一人目のパネリストには熱心に耳を傾け、それは影についての発表だった。だが二人目のパネリストは、長い引用文の茂みの中でだらだらとしゃべり続けるので、話が追いづらかった。これが彼女の仕事について他の人たちが感じていることなの？　エリースはしばらくの間ドロシーの目を引きつけようとしていたに違いない。というのもドロシーが視線をまばらに埋まった座席の上に漂わせるや否や――もっと面白いパネル発表が数部屋先の舞踏室で開かれていて、基調講演ではないものの、それは大物の、論争好きな有名どころによるパネルで、学会参加者を暖炉が疲れきった旅人を引きつけるがごとく、ハエが、和気あいあいと、ゴミ収集箱へと急降下するがごとく引き寄せていた――エリースは大慌てで腕時計を指差し、悲しげな顔をして、出口を指差し、自分の肩を繰り返したたき、紙束をひらひらと空中で揺らし、その上で指を踊らせ、そして肩をすくめて見せて、その一連のミツバチのモノマネが伝えるのはつまり――何なのか、ドロシーにはいまいちわからなかった。もしエリースも自分の発表があるのなら、どこかの演壇にすでに上がっているはずだ。もし彼女が著名人によるより刺激的なパネルに参加したいのなら、なぜ彼女はそっちに行っていないのか？　理解されたことに満足して、エリースはだぼっとした白いジャケット（部屋の反対側からでも、それは彼女の顔色を悪く見せ、彼女の美しさを幾分損なっていた）を着ると、サーフ・ボードに乗るジェスチャーをし、片手を自分の耳に受話器のように押しつけ、それから架空の携帯を親指で押して前言を訂正し、後でドロシーにメールすることを示し、実際してきた。そのメールはまず謝り、それから釈明する内容で――その釈明はよどみなく自慢へと姿を変えた——退出したのは自分の発表原稿を書き終えるためで、それは以前の関心事であった雲からずれて彼女の新しい関心事である植物学を探求するもので、彼女が想像した以上に好評を博したとのことだった。それから彼女はその日の夜にディナーしようと提案してきた。ドロシーは返信した。「いいね！」

　発表のあとドロシーは自分の部屋に戻って履き心地の悪いブーティーを脱いだ。彼女の最も高級で、成熟した風に見せたり尊敬を得る必要があるときにのみ履く靴が、最も子供っぽい名前であるのは何とも奇妙だった。他の発表を聴きに行ったほうがいいことはわかっていた。そこで、もし彼女が賢ければ、鋭くて記憶に残る質問をして注目されただろうし、もしその質問が十分に鋭くて記憶に残るものであったなら、彼女の仕事仲間に重要な発言だと見なされることへとつながったかもしれないし、さらに、もし彼女の質問が学会誌への寄稿や、他のパネルへの登壇や、講演会などなどへのお誘いにつながる会話へとつながったならば、偶然性の宙ぶらりん状態——それは「非常勤地獄」という、彼女の地位を大げさに表現するのと同時に（うまくごまかすことで）控えめに表現してしまう言い方よりも彼女が好む言い回しだった——からの救済へとつながったかもしれないのだが、彼女には守らねばならない約束があった。

　もう時間か？　そろそろ時間だ。

　彼女はノートパソコンを開き、コンピューター・システムのメッセージに明日対応することを約束し、ふだんカメラレンズを覆っている絶縁テープを剝がし、フォトブースを開き、画面上で自分がどう映っているかをチェックした。部屋の中の照明は薄暗く、彼女の顔を黄色っぽく、影でまだらがついたように見せた。照明を明るくすると、彼女の顔は具合の悪そうな灰色に輝いた。彼女は画面を下―上―下と何度も傾けた。彼女は重いカーテンを開けたが空は雲でおおわれており、日光のおそまつなまがい物は電光の効果を高めるよりかはむしろ奪い去ってしまった。彼女はもう一度重いカーテンを閉め直し、昼間からの一時的猶予を楽しもうとしたが、それはあまりに気が滅入った。彼女は結局重いカーテンを開けることに落ち着いたが、白いレースカーテンは閉めたままにしておいた。

　彼女の顔は人工的で、悲しみに打ちひしがれているように見えた。口ひげがあるように見えた。それは彼女の大きな鼻から口のくぼみの上にかかる影だとわかってはいたものの、それでも口ひげに見えるという事実に変わりはなかった。状況を解決する時間はなかった。というか、時間はそれを解決するものではなかっただろう。彼女は茶色い塊を排出したバスルームへと向かった。

　その塊は、前述したように、樹脂っぽかった。

「樹脂」はいつもドロシーにバイオリンのレッスンを受けていた年のことを思わせた。彼女はバイオリンを弾くのがきらいだった。彼女の腕はバイオリンを支えるのに十分な力がなかった。彼女は「きらきら星」より先に進めなかった。

　それは血の塊のはずだったが胎児の物質であったような気がドロシーにはした。卵が脱構築された――構築以前の――ニワトリであるのと同じように。もし何もかもが違っていたならばそれらもつれ合った細胞は腎臓とか、肺とか、軟骨とか、何にでもなっていたかもしれないのだ。爪とか。脳の灰白質とか。

　胎児はいつ人間へと変わるのだろう？　それは人々が合意に達することのできない問いであった。それは滑りやすくてぶかっこうなものの血みどろの変遷を伴っていた。ドロシーは胎児が怖かった。それはホラー映画に出てくる生き物だ。もしベッドに横たわっているのを見たら叫びながら部屋を飛び出しただろう。でもそうはしないのかもしれない。母性が強過ぎて胎児をやさしくブランケットに包み込み、カエルのようなその口を胸に押し当てるのかもしれない。ドロシーの心臓は脈を早めた。彼女は創造の忌まわしき恐怖に直面し、その力の前に自らを試してみたかった。しかし彼女はマッド・サイエンティストではないし、ヴィクター・フランケンシュタインでもなかった。手も足も死産の状態で彼女から出てきはしなかった。それほど過激ではなかった。彼女が経験したのはある事態であって、トラウマではないのだ。トラウマには出来事、ショック、以前以後がつきものだ。その事態は長引いて、普段と同じ、匂いのある、暦通りの滴りを来る日も来る日もせっせと出し続けた。それは徹頭徹尾、組織だった。

　バスルームの照明は幼いころ母親に連れ込まれたデパートの試着室をドロシーに思い出させた。そこでは脱衣のさまざまな段階にある女性たちが結婚生活のアドバイスを互いに求め合いながら、いらないアイテムを放って山と積み上げていた。こんなにきついのはズボンのせいだというように彼女はズボンをぐいと引っ張り上げた。鏡の中で彼女は髪をアップにまとめた。一本後れ毛があった。その毛をもう一度ブラシでまとめようとするとそれはまた落ちた。鏡ににじり寄って見ると、その毛は首の前面へとつながっていた。一本の長い毛が彼女の首の真ん中から生えていたのだ。それは途方もない長さだった。彼女は化粧ポーチを漁りピンセットを見つけた。彼女は毛を引き抜いてそれがどこに落ちたか気にもとめなかった。

9はカチリと0になり、ドロシーは携帯のアプリを開いて電話がくるのを待った。セラピストが最初にバーチャル・セッションを提案したとき、ドロシーはフェイスタイムを使用するか「ハングアウト」するのかと思ったが、セラピストは医療保険対応のメッセンジャーサービスであるＶｓｅｅなるものをダウンロードするよう求めてきた。それがＶＣ［ベンチャー・キャピタルの略］と同音であるのは不吉な気がしたが、おそらく偶然だろう。

携帯が鳴った、というか携帯に内蔵されたコンピューターがリンリンという音をでっちあげた。人生はますますこのような憂鬱な音、アナログ音のデジタル複製物もしくは代替物、過ぎ去った時代を思い起こさせるもので満ち満ちていた。いつの日かこれらのデジタル音は何も思い起こさせなくなり、過去との関連で聞かれることはなくなるのだろう。だがドロシーにとってそれは、不完全な、影の音だった。ドロシーはデジタルをアナログの後日談として、成人期を幼少期の模造品——薄っぺらくて、狭い周波数に圧縮された過去からのエコー音——として経験した世代だった。

画面が咳払いしてセラピストのあごと首のほとんどを吐き出した。彼女はうなずきながらぼんやり上の方を見ていて、それはつまり、ドロシーにはわかっていた、彼女は挿入画面上の自分自身を見ていてドロシー「の方を」見てはいないということを——とはいえ動画フォーマット越しに誰か「の方を」見るということがいったい何を意味するのかは簡単な問題ではなかったが。一般的には、目をリラックスさせて前方を見つめた状態に保ち、愛想の良い半笑いを唇に浮かべるのがエチケットとされていた。セラピストは突然身をかがめてピントを合わせてきて、前よりも顔が大きくなった。彼女はおそらくこれをパソコンで行っており、画面を近くに引き寄せたか、椅子を動かしたのだろう。ドロシーは彼女自身の動画が隅に表示されるよう携帯を横向きにひっくり返し、セラピストは今やさらに大きく引き延ばされた。その髪は濡れたように見え、今しがたシャワーを出たばかりか整髪剤をつけているみたいで、それは境界を越えてしまったような、居心地の悪い気分にドロシーをさせた。彼女の化粧のラインは少しひび割れたように見え、口を開いたとき——彼女は話し始める前にそうしたのだった、さえぎられるのを恐れて、なぜなら距離があると沈黙の長さを計りづらいから——彼女は不安そうで馬鹿みたいな、対面では絶対に見せないような顔をしていた。

「こんにちは」とセラピストが言った。「聞こえますか？」

　彼女の肌は画面上で違った風に——いつもより薄く、乾燥して——見えた。ドロシーの目はホテルの室内を偵察した。見るべきものは何もなかった。どこかに絵が掛けられているべきだった。トウモロコシ畑にいる子供とか、自分の頭をぐいと引っ張る女性とか。しかしそこには柔らかい壁しかなく、それはかすかに膨張し、黒い糸でテトリスを彷彿とさせるパターンがステッチされ、無言で彼女を見つめていた。こういうやり方でのみセラピーを受ける人がいるのは知っていたが、彼女にとっては今回が初めてだった。彼女の唇は乾燥し、ひび割れて出血しそうな感じがした。バーチャルセラピーで口から出血し始めるのはどのくらい適切なのだろうかと彼女は考えた。彼女は少しだけ口を引き延ばしてみて出血が始まるかどうか試した。何も出なかった。顔の近くで指を見ると爪の下に垢がたまっているのに気づいた。

「ちょっと待ってください」とドロシーは言うと、テーブルに向かって座っていた椅子からベッドへと移動し、ひとそろいの枕に対して背を真っすぐ伸ばして身を落ち着けた。照明の状態は悪かったが、馬鹿みたいに見せずにもう一度移動することは不可能だった。彼女はアフリカのお面や、南米の縦笛を自分が恋しく思っているのに気がついた。ビデオ・セッションはより情報を取り次ぐものではあったがより制限されてもいた。なかなかよそ見ができない。彼女はカメラ開口部の黒い針穴に視線を向ける訓練をしつつ、ラスベガスにいることについて何か言うべきことがあるはずだとわかってはいるがラスベガスにいることについて何も言うべきことがないと説明した。

「どうしてそのはずなの？」とセラピストはたずねた。

「何か、ほら、〝見解〟のようなものがあるはずかなと」とドロシーは、空いている方の手の指で括弧つきのジェスチャーをし、したのと同時にしたことを後悔しながら言った。

ドロシーはセラピストと目を合わせようとしたが、目がある場所をのぞき込むと、それは不可能だった。何かがおかしくて、視線が返ってこないのだ。どっちみち、セラピストの目は絶えず動いていて、何千マイルも向こうで診察室内をそわそわ見回していた。いつもそうだったのかもしれない。

「たくさんの……見所があります」とドロシーは頑張ってみた。

　セラピストの顔はうなずきの途中でフリーズし、口は開いたままだった。彼女の声は続けた。「見所を楽しんだ？」とその声はたずねた。

「途切れそうです」とドロシーが言うと、セラピストはぎくしゃくしながら生き返った。

「戻りました」とドロシーが言うのと同時にセラピストが「電話に移行してもいいですよ」と言い、それから「あ、はーい」と言った。

「このテクノロジーを使うことにはなかなかおもしろい課題がありますね」とセラピストは、対面のセッションでは決して見せない熱心さをもって画面をじっとのぞき込んだ。まるで距離のせいでそうなっていて、より親密に、よりじろじろ見ることで埋め合わせをする必要があるかのように。ドロシーは視線を合わせる錯覚を生み出す努力を諦め、画面の隅にある四角い鏡へ職業上の不安を打ち明けつつ、自分自身に向かって話した。ついに、真に理解してくれる聞き手が現れたのだ。

　部屋の中の明るさは太陽が雲の隙間を燃やし、うすいレースカーテン越しに部屋を照らしながら空を移動するにつれて変化していき、逆光で彼女を冴えない見た目にした。ドロシーがカーテンを閉めるために立ち上がったとき、彼女は携帯を一緒に持っていった。

「前回お話ししたときあなたは学会発表について何か不安を抱えていましたよね」とセラピストが言った。

「ええ」とドロシーは言った。

セラピストは長いと感じられるほど彼女を虚ろに見つめ、ドロシーの言葉が、それは遅れて届いたに違いないが、伝わるにつれて、理解の波が彼女の顔を通り過ぎていった。

「どうでした？」と彼女はたずねた。

実のところ、彼女の発表はとても受けが良かった。しかしこれを認めることは不可能だった。なぜなら聴衆の注目は恐れ多くて身分不相応だったから——考えがまとまっていないと彼女がわかっているときに全員が彼女には何か言うべきことがあるのだと思っているのだ。例えばクライストミンスター［トマス・ハーディ『日陰者ジュード』の舞台となった架空の町］のクッキーだ。彼女の発表は長々とクライストミンスターの町を摂取することについてふれ、ドロシーがそれを発表したとき、彼女は「イン－ジェス－チョン」という風に、あたかも「摂取」という語をゆっくりと発音して音節を強調することはそれについて言うべき何かがあることと同等であるかのごとく、強調したのだった。ドロシーの発表は修辞疑問文にも満ち満ちていた。この摂取という語の意味は一体何なのでしょうか？　という風にひとつの長いセクションは始まり、そのセクションは最終的に何の意味も解明しなかったのだが、聖餐式、パン焼き、十九世紀の消化器系にまつわる言説、そしてコレラの大流行についてのかなり長い脱線によって、その意味とは、永遠に遅延されつつ求められ、非常に深遠である、と指摘したのだった。

彼女のセラピストは待っていた。彼女は頭をじっとさせ、まるで必要のない妨害を回線接続に加えたくないかのようだったが、その目はあちこちに動いていた。

ドロシーは肩をすくめて見せた。「大丈夫でした」と彼女は言った。彼女はあたりさわりなく、学会はきつかったこと、立派な組織への所属がないと孤独に感じたこと、ラスベガスの建築物と魅力的なネオンサインは気に入ったこと、ものすごくたくさんのエネルギー効率の悪いネオンサインの存在が頭から離れず種の破滅をより近く感じさせたこと、そして絶えず空調の効いた場所にいて骨の痛みを感じたことについてふれた。それから二人はドロシーの母親について話した。

「私たちってまるで――」としばらくした後にセラピストは言い、フリーズした。今回は画像がぎくしゃくと息を吹き返すことはなかった。こんな風に固まった彼女を見るのは不気味だった。普段着の姿を見てしまったみたいで。彼女は、弱々しくは見えなかったが、有能そうではなかった――時を制する者というよりは時の犠牲者のようだった。

もしもし聞こえますか？　とドロシーは画面上の画像に向かって言ったかもしれない。もしオーディオ接続が未だに機能している可能性がなければの話だが。彼女は必死そうに聞こえたくはなかった。なのでかわりにドロシーは「切りまーす」と言い、通話を終えるために赤い丸に触れた。そうするや否やまた電話がかかってきたので、緑の丸に触れたが、その行為を彼女は「受話器を取る」だと思わずにはいられなかった。二人は持ち時間をぜんぶ使い切ったと確認できるまで話した。

はした金をカジノで賭けるのは気が滅入るので、ドロシーはプラスチック製のロゴ入りカードに五十ドルチャージした。五十ドルは彼女がすってもいいと思える金額で、回復できないほどのダメージを彼女に与えず浪費を恥じる気分にもさせない金額で、一晩で飲み食いに散財するのと同じ金額だった。彼女は人気のないエリアにあるドル建てのクレジットカードを受けつけるマシーンを選び、そのデザインは古風な回転輪が三つあるスロットマシーンのレプリカで、数字がくるくる回っていた。しかしそれはデジタルだった。すべてがそうであるように。レバーを引く代わりにスクリーン上のボタンをタッチすると、ゲームは非常に素早く進行した。

フロアは騒がしかった。ドロシーのすぐ近くに他のプレイヤーは一人もいないにもかかわらず。マシーンそれ自体が、使用中であろうとなかろうと、通りすがりの人を誘い込むよう設計された様々な効果音をエンドレスで流していて、それは授乳をせがんで泣く赤ちゃんのようだった。しかしその騒音はＢＧＭで、それなりに心地よく、彼女がゲームに慣れるにつれて遠のいていった。まるでドロシーとマシーンが人目につかないエアポケットに包み込まれたかのように。彼女は他のマシーンには興味がなく、そのビーとかヒューとかいう音を調べる気にすらならなかった。彼女は自分のマシーンに忠実だった。他のすべての中から彼女はそれを選んだのであり、スロットからスロットへはしごするよう騙されはしなかった。そうやってやつらはつけ込むのだ、他の賭け事の方がすでに負けたのよりも儲かるかもしれないという偽りの期待感を抱かせることによって。それに、他のマシーンは複雑そうに見えた。それらは複数の種類の賭けを含んでいて、上級者向けだった。ドロシーは自分の限界を知っていた。まだ数分しかプレーしてなかったが、すでにボタンを——彼女は引き算した——三十五回も押していたのだ。

それはいかなる感覚も伴わなかった。タッチパネルが反応しなくて、その無反応なもの――これってプラスチック？　マイクロビーズみたいなもの？　どうして名前がわからない非有機的な素材はぜんぶマイクロビーズでできているっていつも思ってしまうんだろう――を指でより強く押すとき以外は。あまり素早く押しすぎないよう気をつけつつ。というのもマシーンの感度は遅れたり何回も押すと突然追いついたりするような具合なので、一ドルではなく数ドルの負けを記録してしまうかもしれないからである。彼女が次に押すと、ライトがピカッと光って録音されたコインのじゃらじゃら音が周囲の騒音を切り裂き、ドロシーが五ドル勝ったことを警告した。この勝ちはより多くの負けを意味しているのだと頭では認識していたが、それでも頭蓋骨のてっぺんで感じた良い気分の爆発は否定し難かった。これがラッキーな気分の経験というものなのだと彼女は理解した。

「何をしているの？」と一人の女性が、その奇妙な、甲高いクワックワッという鳥のさえずりのような笑い声がなければ男性と間違えてしまいそうなほど低い声で言ってきた。その笑いにはどこか自動的なところがあって、意識的な選択によって制御されているのではなく生物学的、もしくは環境的な要因によって発される、求愛とか渡り鳥ダンスの音の同等物であることを示していた。

　ドロシーはマシーンから身を遠ざけて目をぱちくりさせ、目をこすりたい衝動に抗った。ぼうっとした状態から起こされたという印象を与えたくはなかった。口が渇いて感じられた。ここで働く人たちはフリードリンクを持ってくるはずじゃないの？　それとも高額ギャンブラーじゃなきゃもらえないの？　彼女が顔を上げてリドゲート［ジョージ・エリオット『ミドルマーチ』の登場人物］のギャンブル狂いについてつまらない冗談を言うと、その女性、ジュディス・ロビンソン、彼女のかつての博論指導教員は、再びクワックワッと鳥みたいな笑い声を上げた。

「ナイスプレーよ、ドードー」と彼女は、両手を腰の上に置くという大げさな懲らしめのポーズをして言った。

ジュディスは背が高くてひょろ長く、身体をある角度に、走り出す前のダチョウみたいに傾けていた。彼女の頰は少しばかり紅潮し、その唇はフューシャピンクの口紅が濃く塗られ、その目には午後に一杯ひっかけた輝きがあった。ジュディスが酔っぱらっておらず、単に休暇中の学者風情だとわかるほどにはドロシーは彼女を十分よく知っていた。いかにもだな、とドロシーは思った――目は不可解なほどどうしようもなく夢中になっちゃっている高齢者たちがスロットマシーンに関節炎にかかった指でお金をつぎ込む姿に見入りつつ、足は火事にでも遭ったかのようにパニックで逃げ出そうとする本能と戦いつつ――そもそも彼女がセラピーに通い始める理由に多かれ少なかれなった当の本人にばったり出くわすそのまさに直前に、セラピストとたまたま会話していたということが。時は、いつものごとく、たがが外れていた。

「この真夜中の太陽からあなたを連れ出しましょう！」とジュディスはチーチーさえずり、両手をカスタネットのように頭の上で叩くと、そのアクションは彼女のキモノの袖をドラマチックに膨らませた。ドロシーがついて来ているか確認するために彼女は振り返ったりしなかった（ジュディスは自分の命令は従われるという完全な自信のもとで常に行動していた）。ドロシーはカードを引き出そうと手探りしたが、間違ったボタンを押したのかたくさんのボタンを押しすぎたのか、カードを置き去りにするしかなかった。五十ドルは、彼女の予想通り、浪費、無駄使いだった。

ジュディスの滞在先であるパラッツォへと向かうため、二人はベネチアンをつっきった。ドロシーはハラーズ以外のカジノに足を踏み入れたことがなかった。彼女はベネチアンの上品さにショックを受けた。ベネチアンは広々としてクリーム色だった。それは天空画が天井に描かれた美しいショッピングモールだった。もちろんダサかったが、タバコの煙漂う天井の低いハラーズの暗さに比べれば、そのダサさには沸き立つ活気があり、ふんわり浮かびあがる感覚を彼女は覚えた。ドロシーはいかに、正しい環境にあれば、吹きガラスが魅力的に見えるかがわかった。空間が必要なのだ。ごちゃごちゃしていては駄目なのだ。のびのびと破裂できなければ。キノコみたいに。

家族連れだらけで、全員が、子供でさえ、買い物袋を持っていた。そして飲み物も。ネオン色で、くねくねストローのついた、フローズンドリンク。滝があってタイルがあって全ての噴水の底から、コインがきらめいていた。巨大なネオンサインにはキラキラした赤い文字でＬＯＶＥと書かれていた。

「ハグするのを忘れてたわ！」とジュディスは言った。というか実際は、歌った。玄関のチャイムみたいに。一つの音節を二つに区切って。「ハアーグ」と。彼女はドロシーを抱き寄せた。ドロシーの顔はジュディスの頬骨にぶつかり、それはジュディスの攻撃的なアイコンタクトを避けるためのありがたくなくはない猶予であり、というのもジュディスは縦一列に並んで歩いているときでさえ、まるで彼女の目は通常の前方／周辺という機能に分かれておらず、完全に球体の、パノプティコン的可動性を備えているかのごとく、アイコンタクトを維持してくるからだった。

　ドロシーはハグするのが好きだった。ハグは愛情を示す術であるのと同時に顔を隠してくれた。ジュディスの顔を見るのはドロシーにとって常に困難なことだった。何かがおかしいのだ。それはあまりに何度も整形してつぶれた顔のようだった。実際はしていないのだが。その顔は自然なたるみと自然な皺を備えていた。もしある種の女性の虚栄心がナイフによって魅力を増すことを求めさせるならば、介入を阻むことがジュディスの虚栄心だった。整形はおばけのような死体っぽさを顔に与えるが、ジュディスの顔の問題はと言えばそれがあまりに生命力で溢れていることだった。それは自らを維持するためにあなたの顔から命を吸い取る生き物のようで、その顔エネルギーへの欲求はあまりに飽くことを知らず、探りを入れる、異常に丸いジュディスの目のストローからそれを取り込むのであった。彼女の身体は無臭だった。ドロシーはジュディスの使い走りをしていた経験から、彼女があまりに高級過ぎて人間のにおいの上に人工的な香りを重ねるのではなく、どういうわけか、特許ものの様々な植物の組み合わせによって、体臭を完全に中和してしまう香水を使用しているのを知っていた（それは体臭を食ってしまうのだ）。

「そこに立って、写真を撮ってあげる」とジュディスは言い、ドロシーの携帯へと手を差し出し、ドロシーを「運河」の近くへと押して行き、そこでは赤いスカーフを巻いてボーダーシャツを着た従業員が叫び声を上げる観光客を積んだゴンドラを先導していた。カジノにいる誰しもが叫んでいた。そうしなければ聞こえないのだ。「これでヴェニスに行ったことがあるってみんなに言えるわよ」とジュディスは叫び、ドロシーは自分がヴェニスに行ったことがないとどうしてジュディスはわかったのだろうと思った。そんなにバレバレ？　どうして他の学会参加者たちと共にハラーズに宿泊していないですかとドロシーがたずねると、ジュディスは、笑い声を上げる代わりに、少し不機嫌な顔をしていらいらとキモノを直した。ドロシーはいつもつまらない雑談をし過ぎるきらいがあった。それがきっと思索家として大成しなかった理由だ。無駄話し過ぎ。天気とか、交通渋滞とか、ご出身はどこですか、お母様は何をなさってますかって会話が多過ぎ。

　ジュディスは携帯を返した。それはいい写真だった。照明か何かのせいで実物よりも良く見せていた。ドロシーはありがたく思った。ログが撮る写真はどれも、彼女の顔に何かしら変なところがあった。ときどき彼女はログが彼の言うようには彼女を愛していないのではないか、彼が撮る変な写真は反感を表す彼なりの手段なのではないかと思った。しかしその理屈だとジュディスがドロシーを愛していることになってしまい、そんなことはあり得なかった。

「ベガス大好き」とジュディスは、ドロシーの心が読めたかのように言った。彼女は自分の領土上で手を振った。「ほんもののヴェニスが海に沈んだら、ここしかなくなるわね。それを思い出させるかどうかとか、そんな話じゃなくなる。ここがヴェニスになるのよ。ここがヴェニスなのよ！」

　一瞬ドロシーはジュディスがゴンドラに乗ろうと言い出すのではないかと思ったが、ジュディスは踵を返し、キモノの背中に描かれたオウムを飛び立つ体勢にして、パラッツォのプールサイドに座りたいと告げた。

「おうちに帰りましょう」とジュディスは言った。

「あなたの近況が聞きたいわ」とジュディスは言った。「私を感心させて」

パラッツォには十一のプールがあった。ジュディスが差しでの対話に選んだプールは往復で泳ぐには長さが足らず、何という言葉で表現したらいいのかわからない形をしていた。それは両端がカーブしていて他の二辺は真っすぐで、骨みたいだった。二人はプラスチック製のシェーズに座り、背の低い、テレビ的ハンサムなウェイターにピニャコラーダを注文した。ヤシの木は威勢よく伸びてぴんと張り、まるでヤシの葉のかつらを被っているような、お忍びの雰囲気があった。

気温は昨日の急上昇から一気に下がっていた。ドロシーとジュディスはその腕をカーディガン／キモノで覆ったままにした。二人で絵の中に足を踏み入れてしまい、熱帯の楽園という概念の中を、熱帯の楽園に本当にいることによる日焼け／不快感といった危険を冒さずに、動き回っているみたいだった。それは純粋な観光の体験、観光という概念の体験であった。どっちみちドロシーは熱帯地方をそれほど訪れたいとは思っていなかった。政治的に異論があったし、それに、彼女は砂が好きではなかった。

「ヤシの木は私を悲しい気分にさせる」とジュディスが言った。

ドロシーは同意した。ジュディスに同意すること、プラスチック製のシェーズに座ることは楽しかった。それはお粗末なプラスチックではなく、頑丈で高級なプラスチックで、世代から世代へと受け継がれるようなプラスチックだった。二人がゴンドラに乗っていないことを彼女はありがたく思った。ウェイターがパイナップルの巨大な塊がトッピングされた飲み物を持ってやって来た。ついに、自分のくねくねストローだ！　彼女がフルーツをひとかじりすると果汁があご先を滴り、彼女はカクテル用のナプキンでそれを拭いた。彼女は何かくだらないことをサステナビリティーについて言った。いかにヤシの木が砂漠の環境から資源を吸い上げているかとか、いかに、そう、それが悲しみを引き起すかとか。

「そういうことじゃないの」とジュディスは言った。ジュディスにはいつだってドロシーをカーペットの上にうんちしてしまった子犬のような気分にさせる才能があった。彼女はドロシーがいたずらをしたか注意を引こうとしたかみたいに指を振ったが、ドロシーはいつだって正しい答えを言おうとしていただけなのだ。「ヤシの木が故郷から遠く離れているってことがなの」

　大学院時代、ジュディスのドロシーに対する拷問が最高潮に達し、何らかの軽視やジュディスの拒絶とその全能性への恐怖からドロシーが決まって夜な夜なログの腕に泣きついていた頃、ログは外の世界に野放しになったジュディスをたまたま見かけたことがあった。それは全くの偶然から起きた。彼とドロシーが映画館に向かってシックス・アベニューを歩いていると、ジュディスが二人のほうに向かってくるのが見えたのだ。歩きながら、彼女は紙皿の上に折り畳まれ、紙袋の上に置かれたピザを一切れ食べていた。ドロシーは瞬時にログを歩道から引き離してＣＶＳへと連れ込んだ。

「あれが君が怯えながら生きている女性なの？」とログは聞いてきた。「紙袋からピザを食べている女性が？」

もしドロシーが目を細めれば、ログが見たようにジュディスを見ることができそうだった。ジュディスはもはやドロシーに対して絶対的な力を有してはいなかった。彼女たちは二人の大人で、同僚とは呼べないものの、しかし職業上の関係で、仕事の会合で、自らの自由意志で、プールサイドで寝そべっているのだ。ああ、同様に真実であるのは、ドロシーがジュディスに推薦状を書いてもらおうとする限り、ジュディスは神か天気か天気の神かのごとく、一定でありかつ気まぐれなので、ドロシーは耐え忍んでなだめるための神秘的な儀式を執り行わねばならないのだった。いつだって反抗することはできた、もちろん。背水の陣を敷き、ジュディスのことをログが信じているように、滑稽でうぬぼれたつまらないやつ、として扱うことはできた——しかしログがそう言うのは簡単だ。彼はジュディスの著書を読んでいないのだ。ジュディスの本はドロシーが大学院へと進んだ理由だった。ジュディスに対する反乱はドロシーの全人生に対する反乱になってしまうのだ。

「おっしゃる意味わかります」とドロシーは言った。「ヤシの木はほんとうに故郷から遠く離れていますよね」

プールの底に描かれた青緑色の波線が水にダンスしている錯覚を与えた。野心的な、もしくは楽観的な、はたまた単にウェザーアプリを毎日更新しない女性たちの一群が、ビキニを着てティアラをつけて震えていた。彼女たちの不快感の原因はその中にいる花嫁への忠誠心もしくは敬意のあらわれで、その歓喜に満ちた妖精の白いたすきには「アバズレ」と書かれていた。そのアバズレはつま先を水に浸すと十分温かいと言い切った。お祭り気分でアメリカ国旗の細い布切れ二枚で盛装した日に焼けた中尉殿の命令で、全部隊が浅瀬を進みステップを降りて行った。彼女たちは顔を歪め、キャッキャッといい、笑い声をあげて、手をつないでいた。彼女たちは友達の宣伝広告のように見えた。

「会えて嬉しいわ」とジュディスは、これまでにないだみ声で言った。「あなたなら理解してくれると思うわ」

過去何年もの間、ジュディスがドロシーにしか理解できないという、つまりドロシーにしか解決できないという何らかの問題を抱えてドロシーのもとにやって来れば、いつだってドロシーは二つ返事で熱意を持ってそのチャレンジに身を投じた。たいていその問題とはダウンロード・フォルダから探し出さねばならないファイルとか、解決すべきスケジュールのかち合いとか、コピーしなければならない授業資料に関するものだった。時にそれはドロシーが感情的な策略を講じて解決しなければならない何かだった。同じ学科のライバルが無礼であることに同意するようジュディスは彼女に求めたかもしれない。若手教授の原稿をボツにする難しい手紙をジュディスが口述するあいだドロシーはタイプする必要があったかもしれない。ごく稀にそれはシラバス計画への提案のような、知的な解決を要する問題だった。一度などは、ジュディスはドロシーがゼミで発言した内容をふくらませるために彼女を必要とし、それはのちに、クレジットなしで、ジュディスの論文に掲載された。この反則行為は一度しか起こらなかったものの、それでもなおそれはお世辞、あやつり、あからさまな支配、そして威圧を合わせ持つという限りにおいて、ジュディスのやり過ぎのもっとも典型的なものに思えた。ドロシーが自ら進んで関与していなかったとは誰も言えないのだ。ドロシーの友人たち、特にマイカは、彼女に代わって憤慨したが、ドロシーはそのアイディアが、厳密に言って、「彼女のもの」だったのか確信が持てなかった。それはジュディスの授業内で、ジュディス自身による何らかの発言によって促され、ジュディス自身が書いた論文について生じたのだ。そのアイディアは、ドロシーの見るところ、どちらにも属していて、というよりむしろ、どちらにも属していないのであって、ジュディスがしたことと言えばただそのアイディアに最初に自分の名前をつけただけなのだ。一番乗りになることは犯罪だろうか？

マイカが眉をひそめたとき、彼の口角はあごにまで垂れ下がり、がっかりしたマペットみたいだった。「そんな態度じゃきみぜったい就職できないよ」と彼は予言してみせた。石でできた植木鉢の上にちょこんと乗って。

ジュディスの問題を解決することの輝きは、ドロシーが博士課程を終了し、ジュディスのお気に入りの学生ではないことがいかなるドアも開きはしないのだと発見して以来、いくぶん薄れた。ジュディスの名前がかつてほど価値を持たなくなったのか、ジュディスが彼女を助けるためにものすごく努力しなかったのか、ドロシーには決してわからなかった。それでもなお、ジュディスを喜ばせたい、彼女の賞賛を得たいという思いは、昔と同じくらい強かった。それに、ドロシーはジュディスにあなたなら理解できると思われるのが好きだった。しょっちゅうドロシーは完全にひとりぼっちな気分になった。最も愛する人たちと一緒にいる時でさえ、彼女は潜水鐘か透明なプラスチックボックス——今彼女が座っている頑丈なプラスチック製シェーズとは違って、安っぽいやつだ——に入れられているような気がして、他の人たちがせっせと話したり行ったりしていることは客観的には重要で立派なことのように思えるけれども、彼女特有の使い捨て可能なバイオドームに生息する境遇とは直接的な関連性が何もなかった。そんな風に言うのはいやらしい特権とエリート主義を認めることだとわかってはいたものの、そうやって自分を傷つけることはただバイオドームに入っている感覚をより際立たせるだけだった。ドロシーがジュディスを真に理解できたためしは一度もなく、このことだけは彼女は確信していたが、あたかも理解していたかのように扱われたことには感謝していた。それは特別な気分にさせてくれた。たとえ特別な気分というのが搾取のとりうる最も倒錯した形態だとわかってはいても。

今日ジュディスは深い悲しみという問題を抱えていた。ハーバード大学出版局で長年彼女を担当し、彼女の先駆的な著作すべてとそれほど先駆的ではないその他の著作を出版していた編集者が、奇妙な事故で亡くなったのだ。彼はケープコッド（彼の別荘がある）で真昼に散歩に出かけ、それは海からの太陽の照り返しが最も激しい時間帯だった。彼の足は岩だらけの小道との接触を失い、崖の向こうへとその身体を送り出したのだ。彼は翌日、エンジェル・ダストを吸いに入り江へとおもむいた高校生の一団によって発見され、その事実というのはなぜ自分たちの子供は真っ昼間に学校ではなく海岸にいたのか親たちが調べた際に発覚したのだった。

「彼は故意にやったのだと言う人もいるけれど、そんなこと言うのはほんものの悲劇、偶然に満ちたこの世の性質というものを認められないからだわ」とジュディスは、ウェイターにピニャコラーダをもう一杯ずつ注文しながら言った。「それってすごくあさましい」

客観的にはそうであるに違いないのだが、ドロシーにとってそれは困難だった。贅沢なほどに頑丈なプラスチック製のシェーズにもたれつつ、プールサイドで二杯目のピニャコラーダが来るのを待ちながら、その話の衝撃を感じ、エンジェル・ダストを吸うティーンエイジャーたち、膨れ上がった編集者の死体、冷たい灰色の海、不運の悲劇的な無情さと共にニューイングランドの海岸線にいることは。プールが本物で死体が偽物に思えるという訳ではなかった。何もかもがリアルに思えなかったのだ。

「私の友人は亡くなってしまった」とジュディスは言い、その声はボリュームを増し、ハンマーが周囲に打ちつけられた。ドロシーは絵がぱっくりと裂け、実は二人はジュディスの研究室にいるのだと明かされるのを待った。そこでドロシーが座らねばならない椅子はジュディスの椅子よりも少しだけ低く、ジュディスの肖像画を鑑賞する位置に置かれており、その絵は一九九〇年代にアート界のスターになったかつての教え子が描いたもので、彼女の机の上に大統領っぽく掛けられていた。

絵の世界には反響音が響き渡ったが何とか持ちこたえた。二人はキャンパスにはいなかった。

二人はパラッツォにいるのだ。

いつの日かここがヴェニスになるのだ。

「大丈夫ですよ」とドロシーは、自分の声を低くすれば、ジュディスも穏やかに話す気になるのではと願って言った。

「そんなことない」とジュディスはもっと大きな声でより強烈に言った。「泣くのは気持ちがいいわ。ぜんぶ吐き出すのは」

目に溜まった涙を気にもせず、ジュディスはウェイターが差し出した飲み物を受け取ってルームナンバーを伝えた。

「私のおごりよ」と彼女は言った。

そのような寛大さはらしくなかった。ジュディスは涙に気を取られていたに違いない。それは量を増していた。生理学的崩壊、涙腺の氾濫、より弱い人間だったらそれは弱さの表れに見えるかもしれないが、ジュディスの場合は彼女の強さを増すだけだった。彼女の顔を滝となって流れ落ちる水っぽい光沢は、彼女をびくついているとか情けなく見せるどころか、強く情熱的に見せていた。彼女には泣く強さがあるのだ。彼女にはそれに耐える強さがあるのだ。涙は彼女の精神力には敵わなかった。泣きがそのスピードとボリュームを増すにつれて、ドロシーはその突然の休止に身構えた。ジュディスがある事をし続けたりある感情を感じ続けることを、単に彼女が激しさをもってそれをしたり感じているというだけの理由から、期待するのは賢明ではなかった。ジュディスは、ドロシーは知っていた、そのカリスマ性と人を怖がらせる力がその予測不可能性に根ざしている稀有な人間の一人だということを。皇后陛下は増殖する効果をお持ちなのだ。ある種の人々が人格の力によって統治するのに対し、彼女はさまざまな人格の万華鏡によって支配した。だがこれを知っていたからといってドロシーに反応する準備がよりいっそうできているわけではなかった。ジュディスが何をしようと誰になろうと、ドロシーは相変わらずドロシーのままだから。

涙は、ときおりかすかなしゃくりあげとゼイゼイいう息で途切れながら、続いた。ドロシーはそれがいとも簡単に流れ出すさまに驚嘆した。まるでバリケードで準備万端の状態で、ジュディスの命令を待っていたかのようだった。ドロシーはなだめる手を差し出そうとしたが手をどこに置けばいいのかわからず、すぐ引っ込めた。ジュディスの脚の上？　腕の上？　腕のどのくらいの高さに？　はるばる肩の方まで？　彼女はジュディスのシェーズのなめらかなプラスチックを代わりにぽんぽんと叩くと、仕事の話をすればジュディスの気持ちが個人的な悲劇から紛れるのではと提案した。ジュディスのパネルには誰が出ていました？　ジュディスはぴしゃりと、ドロシーはうわべだけの専門家意識を彼女の本質的で嘆かわしい思いやりのなさを隠すために利用している、と言い返した。

「こんなことにいったい何の意味があるというの」とジュディスはたずねた、「もし私たちがお互いに正直になれないのなら？」

ジュディスは正直さというものをある種の会話のあり方だと思い込んでいた。人々は互いに正直だし、正直になれるというのである。彼女は自分が権力を行使するのと同時に否定することができるようなメタ会話を楽しむのだろう。しかし正直な会話というのは的はずれなものだった。なぜなら気持ちの告白（あなたが嫌い／あなたを愛している）はジュディスに対するドロシーの関係が有する無数の複雑さを決して説明できないからだ。その複雑さは感情的、さらには精神的葛藤として顕在化したが、実のところ物質的で手に負えないものに根ざしていた――ゲームにおける二人のポジションである。ジュディスは教師であり育ての親であり雇用主であり、そしてそれ以上に、ジュディスは彼女を勝者に、そしてドロシーを敗者に任命した巨大で非人間的なシステムのなかの結節点であり、二人のどちらよりも巨大な制度的そして組織的要因のせいで――より複雑な、ではない、なぜならいかなるシステムも一人の人間より複雑ではないから――ドロシーの世代の誰一人としてジュディスが持つような権力を今後二度と得られる者はおらず、そしてこれは不公平でクソみたいなことではあるが良いことであった。ジュディスは老いていてドロシーは若く、ジュディスには福利厚生があってドロシーには借金があった。偶像は偽りではあったものの機能は果たした。そしていまやそれらの偶像はすべて粉砕され、誰も自分たちが何のために働いているのかわからないのだった。問題は古いシステムの崩壊ではなく、新しいシステムが現れていないということだった。ドロシーは古い寺院を他に行く場所がないので掃き続けているが、その企ての本質的神聖さへの信仰心はとうに失ってしまった用務員のようだった。

「ご友人はとても特別な方だったようですね」とドロシーは言った。

「彼には情熱があったわ」とジュディスは、ティッシュを探してキモノのポケットを掘り返しながら言った。彼女の涙は止んでいなかった。「たいていの人以上に、と言えるわね」

ドロシーはうなずいた。

「さあやってみて」とジュディスは言い、チンと鼻をかんだ。

ドロシーはストローを吸い、飲み物が空であることを示すズルズル音を聞いて恥じ入った。「えっ？」と彼女は馬鹿っぽく言った。彼女の脳の窓はピニャコラーダで曇っていた。

「一緒に泣いて」とジュディスは言った。彼女の目はピンク色で腫れ上がっていてベネチアンの噴水の底にあるコインのようにきらめいていた。彼女の口紅は色が落ち、唇が乾燥してむき出しに見えた。もちろんジュディスは口紅がとれていることに気づいていた。しかし塗り直す気はないようだった。他人の前で口紅を塗り直すことを拒否するのは意志に基づく行為だった。そのような類いの意志もまた別の支配のあり方だ。

ドロシーはプールサイドにいる仲間の生息者たちを見渡した。学会関係者は誰もいなかった。他の学会参加者たちはハラーズの舞踏室で座っているか、発表原稿を書き終えるのに必死か、休んでいるかだった。何人かはストリップ通りで飲んだり賭けたりしていただろうが、パラッツォにはいなかった。少なくとも彼女の目の届く範囲には。独身お別れパーティの女性たちは骨型のプールにまだ入っていた。彼女たちは庭に置かれた彫刻の見た目をしていた。笑っているのだが、その目は遠くを見つめてアルコールで死んでいて、その口元は無理した大はしゃぎで歪んでいた。あまりに静かだったのでドロシーにはジュディスが口の中で舌を使って何かする音が聞こえるほどだった。それは低くて聞き取れないほどのすすり泣きを区切る奇怪なカチャカチャ音で、プロジェクターに新しいスライドが入って来る時の音をドロシーに思わせた。

「涙は身体の言語ですもんね」とドロシーは、つまり嘘泣きはできないという意味で言ったのだが、ジュディスが叫んだのはただ「それ私が教えたのよ！」だけだった。

ジュディスは大きな身振りであたりを指差した。あらゆる空間をできるだけ彼女の方に引きつけ、彼女が知ることすべてをかき集めようとするかのように。彼女が知ること、それは全部だったので、彼女はそれをドロシーの上にどさっと捨て、ドロシーを知恵、経験、専門的知識で生き埋めにすることができるのだった。ドロシーはパラッツォのタワーを見上げながら、ところでそれは、来る途中でジュディスが彼女に、ラスベガスで最も高い建築物だと教えてくれたものだったが、自分の人生のなかで一体何が起きてこの時点に至ったのか必死に思い出そうとした。彼女はカフカの犬のことを考えた。

近ごろのわたしはわたしの生活をふりかえってみることが次第に多くなってきている、わたしは、どうやら自分が犯したらしい致命的な失敗を、すべての責任を引被らねばならぬような失敗を、探してみるのだが、発見することができない。しかしわたしは犯したにちがいないのだ、もしなにひとつ失敗の事実がなく、しかも、長い生涯を賭けてのまじめな努力にもかかわらずわたしの望みがかなわなかったというのであれば、わたしの望みは最初からかなうわけのものではなかったのであり、徹底的な絶望状態がそこから生れるであろうことが、証明されるからだ。君の生涯の仕事を見るがいい！

ドロシーは息を吸って吐いて両手に顔を埋め、幼児のしくしく泣きの涙を流すべく最大限の努力をした。彼女は戦争と病気と気候変動による移住とこれまで読んだ中で最も悲しい新聞記事について考えた。それはアルツハイマーを患う妻と彼女の老人ホームにいるその彼氏のもとを定期的に訪れるある男性についての記事だった。妻は夫が誰だかわからないのだが、彼は来るのを決してやめず、自分が誰か——彼女が誰か——決して彼女に言わないのだった。密かに、ドロシーは自分の努力を誇らしく感じた。若かりし頃に何度か学校で演劇をしたことがあった。演技の才能が全くないとは思えなかった。

彼女は顔を肘のほうへと動かして、目の端に唾をこすりつけようとした。そうすればジュディスの顔をまた見なければならなくなったときにはいつだって——それがあまり長時間ではないことを彼女は願ったが——何らかの悲しみの物的証拠が示せるからだ。ドロシーの本物の泣き声は静かなしゃくり上げだった——彼女は男性にそれは不穏なほどに音がないと言われたことがあり、嘘泣きではないかと責められたこともあった——ので、ちゃんと聞こえるようにした。彼女がボリュームをむせび泣きにまで増すにつれて喉の裏側が少し開き、泣き声はより子猫っぽくなくなり、泣きそのものの心痛むなしさと実存的自暴自棄の感覚へと委ねられていった。あと一歩だ。

ジュディスは泣くのを急に止めて笑い声を上げた。それはいやらしい笑いではなく、そこには心からの喜びが——飛翔の解放感があった。

「あなたなら気分を楽にしてくれるってわかっていたわ」と彼女は言った。ドロシーが顔を上げるとジュディスは白いプール用のタオルで涙を乾かしていた。彼女は頭を仰け反らせ、ドロシーに長くて若々しい自分の首筋を褒めてもらいたいかのようだった。彼女はあくびをし、銀の詰め物をした奥歯を見せ、それから昼寝をすると告げた。すぐさまドロシーは指で目を拭いて唾をこすり取り、ジョークに乗ったと言わんばかりに微笑んだ。君の生涯の仕事を見るがいい！

ジュディスはさよならのチュッという音をドロシーの両頬の近くで鳴らすと、会えてよかったと言った。

「なんて面白い人なの」と彼女はつけ加えた。「あなたにはいつも参るわ」

彼女は使用済みのティッシュをドロシーの空のコップに落とし、去りぎわに振り向いて来年のドロシーの就活には大いに期待を寄せていると言った。

「あなたは特別な人よ、ドードー」とジュディスは、さようならとキモノをパタつかせながら言った。

「いつもそう言ってたじゃない！」

結婚パーティの女性たちががやがやと、笑いながら互いに寒さを責め合いながらプールから出てきた。花嫁がたすきを直しつつシュラッグと呼ばれるだらっとした半セーターを着るあいだに、ドロシーは決め手となった重大なミスはいったいどれだったのか見つけ出そうとした。彼女が責めるべき決断はひとつではなく、ぜんぶだった。冷たい空気を吸い込むと左側の側切歯に鋭く、確かな痛みを感じた。痛みは歯肉線から始まり歯の表面にまで広がっていた。その痛みの背後には何もなかった。それは奥歯みたいな、密度のある表面部分を欠いていた。痛みはすぐにうすれるだろうと彼女は思った。

維持するものが何もないのだから。

それは間違っていた。実際には、ドロシーが発見したところ、平らな切歯全体が他でもない痛みを伝える表面、痛みを受信し伝達するディスクになっていて、より正確に言うならば、痛い表面になっていた——痛いのは歯の中でも上でもなく、歯そのものだったのである。それは破片状の痛みであり、ドロシーのピンクっぽい、やや腫れた歯茎から垂れ下がった知覚骨の一部の痛みではなかった。彼女がもっと大きく息をして、歯の上に空気を吸い込むと、痛みは増した。彼女は唇を噛んで素早くまばたきをし、涙がこぼれ落ちないようにした。無駄だった。涙は流れ落ちてあごの先まで溢れ出た。

彼女を助けにやって来るティッシュ箱はなかった。ドロシーはわざわざ顔を覆い隠したりしなかった。公衆の面前で泣き、鼻水を垂らすことには、どこか精神を強靭にするものがあった。プライベートでは品位を損なうように感じられることも、公の場ではその人の感受性の強さと人生を司るものすごい情熱を告げるのだ。彼女はバッグの中を掘り返した。そこには最近彼女が足繁く通ったどこかしらのコーヒー店の紙ナプキンがいつも詰め込まれているのだ。彼女が見つけ出した紙ナプキンは分厚くて長くて、ディナー用の紙ナプキンみたいだった。彼女は力を込めて鼻をかみ、その勢いがどういうわけか彼女の歯から痛みを取り除いた。あるいは彼女の口の中の温度が高まったことと関係があったのかもしれない（冷たい空気は歯を痛くさせ、暖かい空気は癒しとなるのだ）。あるいは感覚の無意味な偶然の一致かもしれない。彼女の身体の内部で起きていることはその外側と何の関係もないのかもしれない。彼女はまた泣いた。動物みたいに。クーンクーンと。

彼女は顔を拭いた。ジュディスが立ち去った際に地面に払い落としたタオルを畳んでシェーズ・ロングの上に置いた。ウェイターはためらっていた。気配りと嫌悪感がない交ぜの状態で。そよ風が移植されたヤシの葉をさらさらと揺らした。それはシーッみたいな音をたてていた。

＊＊＊

エリース：どっか他のところに様子見に行こうよ

エリース：ハラーズはすごく気が滅入るし！

ドロシーはベッドに入っていて、もう一度ストリップ通りに繰り出したら生きては帰れないだろうと十二分にわかっていた。頑張れば下の階には辿り着けるかもしれないと彼女は考えた。

ドロシー：いや、私オイスター・バーに行きたい。

ドロシー：ハラーズにあるよ。

ドロシー：おもしろいよきっと!?

ドロシーは自分の言葉を信じてはいなかったが、予想通り、エリースはドロシーの皮肉を自分よりずっと格下だとみなす何かをする理由として受け入れた。

オイスター・バーには壁も窓もそしてなんと、ドアもなかった。それはカジノに向かって直接開かれていた。接客係の女性はドロシーを、彼女は先に着いてしまったのだが、フェイクの茂みに隣接する、誰からも丸見えな前方の席へと案内したが、ドロシーはより隠遁を求めた。そのレストランには、しかしながら、「奥」の席がひとつもなかった——先に観察されたドアと壁と窓の欠如により、そのレストランには「中」と呼べる場所がこれといってないのだ。そこは透過性ゾーンであり、賭博のテリトリーにしみ出る味覚のオアシスだった。ドロシーはバーカウンターの端っこに座り隣の壁にあるロブスターの水槽を見ないようにした。彼女はブラッディメアリーを飲んだ。そのお酒はスパイシーで強く、午後に飲んだピニャコラーダの甘さを切り裂いた。昼寝と力強い歯磨きにもかかわらず、その甘ったるさは彼女の口の中、あるいは単に記憶の中に、くっついて離れなかったのだ。何をしたらいいのかわからなかったので携帯を取り出したが、携帯で何をしたらいいのかわからなかったので、ギャビーにメールした。

「やああああ」と彼女は文字を打った。余分な「あ」が彼女のメールはおもしろく、彼女は元気で、二人は仲良しで、彼女はウィットに富んでいて屈託がなくて脳を貫くウォッカの冷たい猛襲に圧倒されている疲れきった樹脂を吐き出す袋じゃないとほのめかしてくれることを期待しながら。

ドロシー：ベガスにいるよベイベー！

ドロシー：［頭が爆発している人の絵文字］

ドロシー：［ナイフの絵文字］

ドロシー：［泣き笑いの絵文字］

ギャビー：発表がうまくいったって言いたいならわかったよ。

一瞬の間。ドロシーはレストランを見回してから、画面に戻った。

ギャビー：……

ギャビー：セラピストのポッドキャスト聞いた？

ギャビー：気になってしょうがないよ

ギャビー：すっごく聞きたい

ドロシー：聞けてない。そんなもの存在しないってフリしている

ギャビー：健全だね

ギャビー：きみを出すべきだったって今でも思ってるよ

ギャビー：すっっっっごく共感できるもん！

ドロシー：でも好感は持てないんだよね

ギャビー：彼女が感じ悪いの

ギャビー：冗談。彼女のこと知らないし

ギャビー：きみが賢いから彼女恐れてるんだよ

ドロシー：そうじゃないと思うけど支えてくれてありがと

ギャビー：それにさ、彼女は愛人みたいなものだから当然ちょっときみをはねつける必要があるんだよ

ギャビー：きみの気を引いておいて、彼女を捨ててかみさんである正妻セラピストに戻っていかないようにするためにさ

ドロシー：そうかもーーーー？

ギャビー：私こういうことはわかるの！

ドロシー：そうだね

ドロシー：［ハート形の絵文字］

ドロシー：もう行かなきゃ［もう一度ハート形の絵文字］

ギャビーはいい友達だったが、それでもドロシーはセラピストが自分にポッドキャストに出るよう求めてこなくて良かったと思っていた。それは彼女が真っ先に承諾してしまってからものすごく後悔するような類いのことだった。考えれば考えるほどそれは最悪なアイディアに思えてきた——どんなに詳細を隠したところで、絶対誰かに彼女だってわかってしまう。一体どうやってログや、母親や、学生や、自分の身体について、放送されるとわかった上で話せるというのか？ それに、二人目のセラピストはポッドキャストを確実に一人目のセラピストの問題を持ち出すために利用したはずで、ドロシーは何も悪いことはしていないと思ってはいたものの、いやそれどころかセラピーに関するごたごたは、見方を変えれば自分は正しい何かをしているという、仕事とプライベートでの停滞にもかかわらず意義ある変化の可能性を自分は完全にあきらめていなかったのだという証拠であるとも信じており、ただ未来のいつの日かにそれを先延ばしにしているだけで——それでも、自分の問題をみなに知られる必要はなかった。批判の対象になる必要などなかった。そんなことになったら彼女が仕事を見つけるのはこれまで以上に不可能になる。公に自らをさらす人は他者を助けるのであり、自らのプライバシーを犠牲にすることでそういった人は行くべき道を照らす模範になるのだという主張もあるが、彼女は自分が模範になるとは思えなかった。そんなことをしたがる人はどこかおかしいはずだ、自分の最も秘めた思いや経験を未開封の請求書みたいに世間にばらまこうとするなんて。それこそがポッドキャストのテーマになるべきだ。「この録音に同意したということはあなたについて何を教えてくれるでしょう？」

　彼女は壁にもたれかかったがそこにあったのは壁ではなく、水槽だった。冷たい湿り気がカーディガン越しに彼女に触れた。目をそらす前に彼女は見てしまった、ロブスターを。ゴムで縛られた爪で静かにちょこちょこ走りながら、触覚を揺らし、処刑前のくすんだ緑色の控えの間でのたうち回るその姿を。

　エリースが姿をあらわし隣のバースツールに滑り込んだ。彼女は深く襟元の開いたノースリーブのつなぎ服にヒールという出で立ちで、零度以下というバーの局所的気候がまるで苦にならないかそれに気づいてさえいない様子だった。

　ドロシーはいまエリースとキスできるくらいの距離にいた。近過ぎた。より快適な距離を保つよう身体を曲げるにはスツールを水槽ギリギリにまで押し込む必要があった。彼女はスツールを前後に無理矢理動かして背中が水槽に触れるのを避けようとしてあきらめてそこにもたれかかって彼女が質問に答えるのをエリースが待っているのに気づくのに遅れた。質問はたぶん「元気？」だったはずだ。

ドロシーは左右を、まるでそのわずかな間というのが反対側に渡らねばならない通りであるかのごとく見渡すと、「まあね」と、自分は信じられないほど忙しくて複雑で重大な知的問題に対処している最中であり、それはエリースの関心事ではないとは思うけれどすごく興味をそそるやりがいのある問題で――そりゃ自分は非常勤だけど、ほら、「非常勤地獄」で人工呼吸器につながれているわけではないし――ということを示せたら良いなと思う口調で言った。

「ここであなたに会えて嬉しい」とエリースは言った。「でも一緒のパネルなら良かったのにね。あのテキサスでやったパネルはマジな話私の人生で一番だったよ」

ドロシーはエリースを賞賛する気持ちについて、雲とか植物とかなぜ人々は本を読むのかとか教育の目的とは何であるかについて何か本当のことが言いたかったが、そんなに深く突っ込んだ話をするにはまだ会ってすぐ過ぎたので、ただ「私も！」とだけ言った。エリースが彼女の発表についてたずねたので、ドロシーは声を元気一杯に保つよう努力しながらクライストミンスターのクッキーについて説明した。

「あなた何だか不安そう」とエリースは言った。

これは失礼に聞こえたが、単にあけすけなだけ？「さっきまでニュース読んでたから」とドロシーは言い、それは本当だった――午後のパネルにひとつも参加せずに、ドロシーはパラッツォを出てからの数時間を携帯でニュースを読んでピニャコラーダの酔いを寝て醒ましながら過ごしたのだ——が同時に彼女は、この時事問題における絶え間ない暴挙への言及によって、いかなる特異で個人的な不安も迫り来る人類の絶滅への真摯なる悲しみの産物として説明し、会話を学問の世界における競争の泥沼からそらし、何か安全で中立的な、そう、人類の窮状へと導く糸口がつかめればと願ってもいた。

　エリースはうなった。「あなたまでやめてよ」と彼女は言った。「こういう会話、今日もう二回もしたんだから」

　ドロシーはロブスターとフィレミニョンの一皿を注文してブラッディメアリーをすすったがエリースは彼女のオイスターと一緒にお酒を頼まなかった。彼女は妊娠しているのか節酒しているのかとドロシーは訝しみ——学会では、人がお酒を飲まない理由は妊娠かリハビリ中かだけだ——そして妊娠しているエリースという考えがどれほど嫉妬と怒りを覚えさせるかに驚いた。自分が妊娠していればと願っていたわけではなく——彼女は流産を人生で彼女が最も恐れること、すなわち、選択することから免除してくれた神の介入のようなものだとますます思うようになっていた——ただ人生でエリースが獲得しないものが何かあってもいいはずだと感じていたのだ。確かに、エリースは離婚して、それは大変だったが、しかし離婚は同時にある種の栄誉でもあった。それはあなたが誰かを愛して炎で身を焦がしたのだと、人生を生きたのだと告げるのだ。それはあなたに深刻さと深みを与えるのだ。こういう考えは一度も結婚や離婚をしたことのない人間のすることだとドロシーは重々わかっていたが、じゃあどうすればいいというのだ？　こういう考えを抱いてしまうのだから。彼女が語れる他の過去などないのだから。

食べている間、ドロシーはエリースの新しい著書についてインタビューをして自分の発表についてのエリースの質問に耐えた。二人とも食べ終わったころエリースはバーテンダーを呼び止めて白ワインのグラスを頼んだ。妊娠してない、とドロシーは自動的に記録をつけた。他の女性を監視する自分に嫌気がさしつつも、結論を引き出すことを止められずに。

「もう一杯いかがですか？」とバーテンダーがたずね、ドロシーは、その日の早くに飲み過ぎたことを自覚して、手を振って断った。

エリースは険しい目つきで塩入れを見つめ、隣人とのあいだで彼女が抱える問題についてドロシーの助けが欲しいと告げた。かすかに感じられた情緒的変化で、ドロシーはこれまでの会話はすべて前置きだったのだと悟った。何らかのメインイベントが予期せぬうちに進行中だったのだ。

「私たちがそれほど親しいわけじゃないってわかってる」とエリースは言った。「だけど私あなたを尊敬しているし、どっちみちお互いのことあんまり知らないのって良いことだと思う。第三者の意見が必要なの」

「私たちお互い良く知ってるよ」とドロシーは言った。エリースの評価にむっとして。「クライストミンスターのクッキーについて話したばかりじゃない。本当に好きな人にしかそんな話しないよ」。彼女は冗談っぽく言ったがそれは冗談ではなかった。

「私の言ってる意味わかるでしょ」とエリースは言い、少しだけ笑った。大声ですばやく、断続的に。ドロシーはエリースが緊張しているのを見たことがなかった。彼女のどんな様子だってほとんど見たことがないのだ、お互いよく知らないのだから。エリースが特に自分を必要としていたのか、それともただ誰かが必要で、たまたまそこに自分がいただけなのかよくわからなかったが、でもどっちにしろ、エリースはここにいたし、自分もここにいた。ギャビーは正しかった。それはいい気分だった、必要とされるというのは。

　エリースはため息をついた。心の準備をしている様子だった。彼女はキッチンとバーの客を分け隔てる透明なアクリルの衝立て越しにじっと向こうを見つめていた。フライパンの縁のまわりで炎が飛び跳ねた。離婚のあとで、と彼女は切り出した、そのこと聞いた？

「うん」とドロシーは言った。「キースから」

「キースっておしゃべりだよね」とエリースは言った。彼女はにやっと笑ってみせた。「彼ときどきあなたのことも話すよ」

「ほんと？」とドロシーは言った。嬉しくなって不安にかられて。

「ときどきね」とエリースは言った。

　とにかく、とエリースは言った、離婚のあと、彼女は新しいアパートに引っ越した。すごく運よく大して苦労もせずに、近くの他の大学で教えている友人の住む建物に部屋を見つけた。最初は近しい友人ではなかったが、地理的な近さと仕事上のつながりに加え、エリースの離婚後のさみしさから、二人の関係は急速に近くて親密なものになった。ドロシーはエリースの言っていることに集中しようと努力したが、キースが自分について何を言ったのかも気になっていた。エリースはキャビンでの夜のことを知ってる？　それとも彼はただ彼女のことを気の毒に思っている、自分たちがますます立派で分厚い専任職の業績書を築いている間に彼女はみじめな生活を送っていて、とか話しただけで、もしそうなら、エリースは何て返事したの？

「もっとあなたみたいな人がいればいいのに」とエリースは突然、ドロシーの頭の後ろにいる死刑宣告を受けたロブスターたちとのにらめっこ大会で負けを認め、今ドロシーのほうを真っすぐに見つめて言った。「でも私の同僚のほとんどはキャリア志向のロボットだもん。仕事以外の話はほとんど何もできない。だからこの隣人との友情は私にとって大切なものなの。私簡単に人と仲良くなれないし、特に女性とは」と彼女は言い、ここで轢かれる前の鹿が自動車の運転手に向けるような眼差しをドロシーに向けた――それは傷ついた脆弱さと運命論的諦観の眼差しで、あきらめることは自らを救えないことよりもマシであると告げていた。

　エリースがその建物に住み始めて数ヶ月経った頃、隣人のもとに夜な夜な彼氏が訪れるようになった。エリースは彼と知り合いになり、それはごく自然なことで、というのも彼女と隣人はすごく多くの時間を共に過ごしていたし、そこに彼氏もいて、最初は週に二泊程度だったのが、すぐに毎晩になった。ある時点で彼は引っ越してきたが、この件に関して正式な告知は何もされなかった。彼が住んでいる状況は一時的なものか彼は場所を転々としているような印象をエリースは受け、彼と隣人はそれを正式な同棲であるとか二人の関係性における段階としてというよりかは、もっと気楽な感じに扱っている風だった。彼は「ここに泊まっている」というのが彼女にされた説明だった。

「彼に一目惚れしちゃったって認めるべきね」とエリースは言った。「ときどき性的な妄想もしたけど、どちらかというと彼と一緒にいるのが好きって感じだったの。彼はおもしろい人でおもしろいだけじゃなくて、明らかに私のことをおもしろいって思ってくれてて、音楽の趣味も似てて、それでつながりができたの。だって彼の彼女、私の友人は、新しい音楽聴くのすっかりやめちゃってたから。そんなことする理由なんてなかったし彼女そのことをすごく愚痴ってもいた、いかに自分が音楽と切れちゃったかって。でもそれが避けられないことみたいに、健康上の理由でか何かみたいに彼女振る舞うんだ。自分でしていてずっとし続けている選択じゃなくてね」

　エリースはワインをぐっと飲み干した。自分もまた三十歳を過ぎてから音楽を聴くのをおおむね止めていて、音楽が精神的邪魔もの、自然の均衡状態に加えられるありがたくない変更のように感じられてきていたドロシーはただうなずき、お酒をもっといいペース配分で飲めばよかった、そうしたら今もう一杯頼めるところだったのにと思った。

　時が経つにつれて、エリースはその彼氏からますますいい感じを受け取るようになった。ときどき三人全員が多重恋愛的、もしくは境界を押し広げる『スリーズ・カンパニー』［アメリカのシットコム］的関係性のなかで一緒に暮らしているような気すらした。エリースはかれらと同じ部屋には住んでいなかったものの、よく二人の部屋を訪ねていたし、かれらも彼女の部屋にやって来たし、それぞれの玄関口で喋りながら、別れがたくてぐずぐずしていたから。友人の恋愛関係を壊すことを彼女は望んでいたわけではないが、けれども、彼女は言った、誰かがもしそうしたら親切だったかもしれない、だって友人とその彼氏はしょっちゅう事あるごとにケンカしてたから。二人は高次の議論に移行せずにはレストランも決められないようないわゆるカップルで、ときどきエリースが帰宅して自分の部屋に向かうときにかれらの部屋の前を通ると（彼女は二つ上の階に住んでいた）、ドア越しに二人の声が聞こえることさえあった。はっきりとした言葉やケンカの内容までは聞き取れなかったが、彼女にはわかった、甲高い、ふるえるような女性の声の調子と時おり聞こえるテーブルをバンと叩く手の音から、諺にもあるように、楽園にもトラブルはつきものだということが。

　自分の倫理観が完全に崩壊するのではないかとエリースが特に思った一夜があった。彼女の友人はオンタリオの家族のもとを訪れていて、エリースとその彼氏は共通の友人何人かと連れ立ってバンドを観に出かけ、それっていうのはいつも友人が彼と一緒にするのを拒否するような類いのことだった。真夜中を過ぎていて他の人たちはタクシーにどやどやと乗り込んだが、エリースとその彼氏はバスで帰ると言ったのだ――「お金を節約するために」

「暗黙の契約で私たち二人きりになりたがっているみたいだった」とエリースは言った。「もちろん二人きりじゃなかったけど。すごく人目につく場所にいたわけだし。でもそれも契約の一部だった気がする。一緒にいる時間を伸ばしたいけれど、二人だけになって私の友人を本当に裏切ってしまうような状況にはしたくないっていう」

バスの待ち時間はすごく長かった。一時間に一本しかその時間帯には走ってなかったから。バス停の汚い落書きされたベンチで待ちながら、そこに二人で長く座っていればいるほど、エリースは自分と友人の彼氏がもうすでにカップルみたいな気がますますしてきた――長年のカップルじゃなくて、ひょっとすると一夫一婦制のカップルでさえなくて、だけど外からは自分たちがどんな風に見えるはずか彼女にはわかっていた。タクシーに乗ればいいのに政治的あるいは経済的あるいは健康上の理由から公共の交通機関に身を委ねて家に帰るバスを待っていて、家に着くと二人で、身体を絡め合ってでもそうでなくても、同じベッドで一緒に眠りに落ちるみたいなカップルに見えるはずだって。朝になると一人がもう一人に水、もしくはコーヒーを一杯持ってきて、二人は新聞の見出し記事を眺めるのだ。カップルみたいに。

「ふだんは人が自分にキスしたがってるなんて思わない」とエリースは言った。「私って気取って見えるかもしれないけど、そんなに自分のこと高く買ってるわけじゃないの。でもそのときは友達の彼氏がいつキスしてきてもおかしくないってわかった。私身構えてたもん。準備できてた。彼の頭がぜったい私のほうに動いてきてたし。でもそしたら、いきなり、あんなに待った挙げ句に、バスが到着しちゃって、で私たちはそれに乗って、その瞬間は過ぎ去ってしまった。それが溶解していって、時がこの決して起こらなかったキスのあちら側で再編成されていくのが感じられた」

　その直後に友人は彼氏が彼の同僚と浮気していたことを発見し、たくさんのケンカと涙とよりを戻そうという一度のむなしい試みの後で、二人の関係は終わった。その彼氏が浮気していたことでエリースは打ちのめされた――友人のために、もちろん。でも、正直に言うなら、その浮気相手が自分じゃなかったことに彼女は打ちのめされてもいた。彼がそうやって人を欺くことができる人だってわかってみると、二人はずいぶんたくさんの時間と、たぶん一度きりのチャンスを無駄にしたような気がした。それからその同僚との浮気は、友人との関係が終わったとたんに終わったことが判明した。それは愛でもなんでもなくて、単に別れるための戦略だったのだ。でも今となってはもちろん友人の信頼を踏みにじることはできなかった。彼女の隣に座って、夜な夜な、彼女を慰めて、失恋の分析をしていたのだから。エリースはその彼氏、今となっては元カレと、「友人」のままでいたが、でも距離はとっていた。たぶん自分が信用できなかったから。

「彼女の信頼を踏みにじるようなことは絶対にしなかったと思う」とエリースはもう一度言い、そしてそれから突然、「あらエドワード、こんにちは」と言った。彼女は飛び上がると席を外してちょうどレストランに入ってきた年配の男性に挨拶しに行った。ドロシーは彼が基調講演をする予定のバークレーの教授だとわかり、その講演は「挿話的なもの」を「連続性」や「一貫性」を達成することの失敗としてではなく、ラディカルな政治的有用性を備えた良きものとして強調する理論についてだった。彼は何人かの風格ある見た目の男性と、ドロシーの知るところでは彼のかつての院生で現在の婚約者である一人の若い女性を同伴していた。ドロシーは携帯を見た。メールなし。ｅメールをチェックした。ガス会社からの請求書。彼女はもう一度ｅメールを読み込み、ガスの請求書を開いて読まずに閉じた間に新しいｅメールが来ていないか確かめた。何も来ていなかった。彼女はそれから三度目の読み込みをした。何も期待せずに、ただ自分が加わるよう招かれない会話をじっと見つめるのが嫌だったのと、彼女の指が自らの意志で動き、指だけにしか聞こえない音楽に合わせてダンスのステップを踏んでしまっていたから。するとエリースが、首のまわりにつけている細いゴールドのチェーンの留め金を調整しながら戻ってきた。

「エド知ってる？」と彼女はたずね、ドロシーが首を横に振ると、エリースは今度紹介すると言った。

「何の話してたんだっけ？」と彼女は、まるで本当に覚えていないかのような口調で言った。

「友人の信頼を踏みにじるようなことは絶対にしなかっただろうって……」とドロシーは言い、エリースはそうだそうだと同意した。

「しない、もちろんしない」と彼女は言った。「絶対に」

ドロシーはそうじゃないとは思ってなかったよと言った。この安心づける言葉を聞いてエリースは少し落胆したように見えた。まるで彼女が求めていたのは罪がないと思われることではなくて、心の中で犯した罪から解放されることだったかのように。

エリースはその元カレと、お互い敵同士だと宣言し合ったり、現代生活の非常に多くのことが起こるデジタル・プラットフォーム上でお互いにフォローを外していなかったという限りにおいて「友達」のままだったので、数ヶ月後に彼は独身生活を送る彼の自宅でのパーティに彼女を招待してきた。そこは巨大なロフトで、ルームメイトがプロジェクターで壁に映画を映したり、ベニヤ板で作った部屋から部屋へとスケートボードで走り回ったりしていた。それはエリースの友人たちが二十代の頃には住んでいたけれど今ではもう卒業したような場所で、もう一度そういう場所を訪れるのは楽しかったが、その雰囲気はエリースに確信させた。エリースとその元カレは、二人の間の性的な緊張関係がどれほど濃いものであろうとも、人生の違った道を生きていて、カップルとしては彼女の友人と同じくらい成功しなかっただろうということを。

「その友達が誰か言ってもいいよね」とエリースは、グラスを飲み干しながら言った。「隠しておくのまどろっこしいし。彼女の名前はアレクサンドラ。あなたたち二人ともジュディス・ロビンソンの教え子だよね？」これまで説明してきたドラマに加えて、アレクサンドラとの間には職業上の緊張関係も感じていて、二人ともみごとに隠してはいたけど、それはエリースの成功に関するものだった、とエリースは言い添えた。アレクサンドラの著書の草稿は読者レポートで酷評されて、彼女の最初の出版社はそれを却下し、だけど彼女はようやくいい出版社を見つけて、それはエリースを、彼女は言った、「彼女のためにすごく嬉しくさせた」

「彼女が本のことで問題を抱えていたなんて全然知らなかった」とドロシーは、すばやく身を起こしすぎながら言った。彼女は頭を片手で支えてバーカウンターにもたれかかっていたのだが、今何かが耳の中でブーンといって暗闇が斑点となって目の前をちらつき、それから部屋が完全に真っ暗になった。彼女が目をしばたたかせると視界ははっきりした。「それってひどいね」

　もしこの言葉が意図したよりも苦渋に満ちて発せられたとしたら、それはアレクサンドラの悩みを知ってドロシーが嬉しくなった反面、彼女は気落ちしてもいたからで、なぜならもしシステムがアレクサンドラにとって有利に機能しないなら、彼女、ドロシーは、思っていた以上にさらにどうにもならないからだった。アレクサンドラのほうが自分よりも職に値するとドロシーが思っていた訳ではない。ただアレクサンドラのほうが職に向いていたからだ。彼女はおあつらえ向きなのだ。彼女こそが世の中が求める人材なのだ。彼女こそが世の習いなのだ。

「彼女は大丈夫よ」とエリースは、ドロシーの皮膚の下でたぎる燃焼を読み違えて言った。「彼女、学科長に気に入られているもん」

　とはいえ、嫉妬と競争心がアレクサンドラとの関係の奥底には埋められていて、たぶんこれからもずっとそうだろうということにエリースは常に気がついていた。その嫉妬と競争心は時間と圧力によって圧縮されて地質学的下層になっていた。この層の上に関係を築くことは可能ではあったが、それは丘の斜面にプールを建設するようなもので、補強壁が必要だった。

「言うまでもないことだけど」とエリースは言った、「今まで言ったこと全部地下金庫にしまうって誓わなきゃだめだよ。本の話もね」

　ドロシーは胸に手を当てて誓った。

　このときバーテンダーがやって来たのでエリースはグラスワインをもう一杯とドロシーの分も一杯頼んだ。

「あなたが飲んでないなんて耐えられないよ」とエリースはせがんだ。「すごくマナーが悪い気がしちゃうもん、ずっと喋りっぱなしで」

「いやいや」とドロシーは言ったが、自分が誰に向かってノーと言っているのかわからなかった——エリーズか、ずっと喋るのは失礼じゃないよって安心させるために。バーテンダーか、ワインはいらないって言うために。もしくは自分にか、どんどん飲んで良いよって言うために。もし彼女のノーがバーテンダーに向けられていたのだとしたら、それは遅過ぎた。彼はすでにワインを注いでいた。彼女とエリースは、暗黙の合意によってであるかのように彼がグラスを透明のアクリル板の上へ持ち上げるのをじっと待ち、彼が再び立ち去ると、エリースは話を再開した。ワインはまずかった。甘ったるくて重くて。ドロシーはがぶっと一口飲んで、それからもう一口がぶっと飲んだ。もしこれが彼女が乗り越えねばならない何かだとしたら、今減らしておいた方が良かった。あとで楽になるように。二口目はややマシだった。

パーティで彼女は冴えない気分でブスだったとエリースは説明した。それはちょうど重要な研究助成金の申請を仕上げていた時期で、ストレスに対処するために彼女は馬鹿食いしていた。チョコレートが彼女の弱点だった。「ほんと月並みだよね」。最終的に彼女は元カレと瓜二つの彼の双子の兄弟としばらく話すことになり、彼女は彼のことをほんの少しだけ知っていた。その双子はドキュメンタリー映像作家の卵で広告代理店に務めていたが、その会話は特段おもしろいものではなかった。どちらも文化とか映画とかそういったようなことに関心があるにもかかわらず、二人の間には共通点があまりなかった。エリースは双子をアレクサンドラの元カレよりもイケメンだと常々思っていたが、わずかにという程度で、それっていうのは、もちろん、彼らは双子だったから。とにかく、その双子はパーティで彼自身の恋愛ドラマを抱えていて、ある時点で陰鬱そうに彼の元カノが他の男と一緒に帰るところだと告げた。

「ここで私は今まで一度もしたことのないようなことをしたの。自分でも本当にショックだった」とエリースは言った。「私、彼を見据えてこう言ったの、〝一緒に家に帰っても良いよ〟って」

次に気がつくと彼女はタクシーに乗っていて、週末の夜だったから渋滞で足止めされていて、それは彼女とその双子に渋滞について他愛もないおしゃべりをしながら自分たちの決断について静かにそれぞれ熟考する時間をたっぷり与えてくれた。タクシーの中では全く触れ合わなかったけれど、部屋に着いた途端に向き合って口をむさぼりセックスを立て続けに三回した。

「三回よ！」エリースは言った。「つまりさ、それって私の元夫が絶対しなかったことだから」

ドロシーは共感するようにうなずいた。自分のうなずきがこの特定の不平に共鳴したとか、ログに何ができて何ができないかといったログに関する何かをばらしているのではなくて、単に彼女は女性でエリースも女性で、彼女、ドロシーは性的に満たされないすべての女性の苦境に共感しており、彼女たち二人とも、そのはっきりとした瞬間は曖昧でそのはっきりとした原因は特定されないようなさまざまな局面において、それを経験している、ということを伝えられていれば良いなと願いながら。

そのセックスについてエリースが最も良く覚えているのは彼が立ったまま終えるのを好んだことで、それがうまく行くとは彼女には思えなかったが、というのも彼は彼女よりも背が低かったからで、だけど彼女が立ちスクワットのような姿勢にかがみ込むとそれはうまくいった。三ラウンド目には、オリンピックに出られると彼女は冗談を言っていた。

本物のドラマは翌朝、エリースがどうやって双子をアレクサンドラと鉢合わせすることなしに建物の外に連れ出すか考えださねばならなくなったときに訪れた。「彼女どれだけ私のこと精神異常者だって思うかなって」とエリースは、ワインをすすりながら口の中でまずいと感じたという素振りも見せずに言った、「彼女の元カレの双子の兄弟と寝たなんてバレたりしたら？」それは彼女がアレクサンドラを嫌っているか、彼女の人生を盗みたがっているように見えただろう、真実からそれほど遠いことなんてないのに。「私は自分の人生が好きだもん」とエリースは宣言した。エリースと双子は早めに起きて、コーヒーを飲み、冷凍ワッフルを食べた。二人はまたセックスした。尿路感染症になるんじゃないかなとエリースは心配になって、実際、なった。

「ゲーッ」とドロシーは言った。「前に一度、六週間続いたのにかかったことあるよ」

「それって最悪」とエリースは言った。

「自分のせいだったんだよね。トイレに行かなかったから」とドロシーは言った。

「たまにただ起きたくない時ってあるよね」とエリースは言った。

九時頃に、二人が一緒にパーティから帰るのを見ていたアレクサンドラの元カレが、そのことをエリースはちゃんと知っていたのだが、彼の双子の兄弟にエリースと一緒かたずねるメールをよこしてきて、二人は枕にもたれかかってそれについて笑い合った。

「スリーサムって私したことないの」とエリースは夢見るように言った。「でもこのメールは精神的スリーサムしたみたいな気分にさせてくれた。私が双子と寝たのは彼の兄弟と寝る手段としてだって彼にはわかりきってたし、彼が私と寝たのは彼の兄弟とつながる手段としてだって私にはわかりきってた。で、もちろんアレクサンドラの元カレは全部知ってたの。こういうのってキモいって思うべきなんだろうけど私はそうは思わなくて、家族みたいな感じすらして、すごくすてきだった。全員が求めていたものを何か得られたんだもの、アレクサンドラの元カレでさえね。彼がずっと探し求めてたはずの確証を得られたんだもん。いかに私が彼に性的魅力を感じていたかってことの確証が。で、私も欲しかった確証が得られた。だって彼明らかに嫉妬していたから。ぜんぶがすごくロマンチックだった」

　十二時過ぎに双子が家を出ることにしようと二人は決めた。そうすればもし出る途中でアレクサンドラに遭遇しても、レコードを借りに立ち寄ったとか何とか言えるから。うさんくさく思われるかもしれないが、昼間の十分遅い時間になるからどうにか言い逃れできるだろうし。なので午前中のあいだずっと二人はおしゃべりして、もっとコーヒーを飲んで、ネットでビデオクリップを見て、音楽を聴いて、全体としてはやや延長された一夜限りの関係の自堕落な幸運を楽しみながらだらだらと過ごした。エリースはもしやこれはうまく行くのでは、双子は彼女の彼氏になれるのでは、元カレが彼女の人生に現れたのはもしかしたらこの双子を彼女のもとにつれて来るためだったのではと妄想し始めた。午前中をかけて双子は彼の――彼らの――母親は三つ子であり、それは多子出産の家系なのを見れば納得のいくことだったが、さらに彼の母親は出生時に姉妹と引き離されて養子に出され、最近姉妹と再会を果たしたのだという話をした。

「そういうドキュメンタリー観たことある」とドロシーは言い、エリースはうなずいた。

双子は彼の家族についての短編映画を作りたいと思っていて、そのアイディアを試すために、荒削りではあったが、インタビューを撮り始めていた。彼は携帯で撮ったビデオクリップを見せたいとエリースに言い、それは彼の母親と彼女の姉妹——彼の叔母——が好きな食べ物と旅行先について話しているものだった。彼女たちがあまりにそっくりで不気味だったと彼は言った。しかし彼がそのクリップを見つけようと携帯をスワイプしていると、ある写真が目に留まり、それはアレクサンドラで、彼女は上半身裸だった。

「一番覚えているのは彼女の乳首じゃないの」とエリースは言った。「乳首を一番覚えてそうなものだけど、だって私いつも乳首に興味あるから。みんなそれぞれ全然違うんだもの。でもそれは彼女の顔だった。彼女すごくのびのびして見えた。彼女はたぶん私の親友だけど——一番の親友って訳じゃなくて、幼なじみの友達以上ではないけれど、彼女って私が明けても暮れてもほとんどの時間を一緒に過ごす相手だったから——私彼女が幸せなところ見たことがないって気づいたの。それってもしかして彼女を不幸せにする何かが私にあるのかなって思わせた。観察者の問題があるのかなって。私が見ていると、彼女は決まってむっつりするか、少なくとも曖昧な態度になるっていうか」

「アレクサンドラは双子と関係を持ってたってわかったの」とエリースは続けた。「彼女が彼氏と別れた直後にね。真剣な関係じゃなくて、元カレにはバレなかったけど、それがアパートで彼女と鉢合わせするのを彼が恐れる本当の理由だったんだ——全然私とは関係なかったの」

「問題はね」とエリースは言い、ここで彼女はうつむいてつなぎがずり落ち過ぎていたことに気がつき、上半身を少し起こすとそれを肩のほうへぐいっと引き戻した。「彼女が双子と寝てたってわかって以来ずっと、私彼女への憎しみでいっぱいなの。もう一ヶ月になるけどずっと彼女に会わないよう言い訳し続けている。そのことに彼女が怒ってて、動揺してるってわかるし、彼女は説明を受けて然るべきだってわかってるけど、ただもう彼女の近くにいるのが耐えられないの。すごく後ろめたくて恥ずかしい気持ちになる。私がなにか悪いことしたって訳じゃないけど。ほんと私なにも悪いことしてないって思うし。でも私わかるの、あの写真の彼女の表情から、二人には私と彼との間にはないつながりがあったって。セックスはすごく良かったし、いい気分にさせてくれたって思ってた。でもそれは何て言うか……抽象的だった。誰か他の人に起きたことみたいだった。悪い意味でも解離した感じでもないんだけど、ただ現実に起きた感じがしなかったの。あのアレクサンドラの写真見ちゃった後では、私の顔は絶対あんな表情じゃなかったってわかる。彼女が取り戻せない何かを私から奪った気がする。で私、友達が恋しいの。すごく彼女が恋しい」

　そう言うとエリースは彼女のワインに手を伸ばしてそれをひっくり返しそうになったがなんとか食い止めた。彼女はワインを飲むと顔を歪めた。まるで初めてその味に気づいたかのように。ドロシーは彼女の話に深く共感したとエリースに伝えたかった。それをドロシーは、痛切な、ややまとまりのない恥の注釈として、快楽の中断の注解として理解した。彼女が気づいていようとなかろうと、エリースの話は学問の世界とそれが快楽に対して何をしでかし、いかに最も単純で無垢な欲望——お話を語り、お話についてのお話を語ること――を奪い、醜くしてしまうかについての寓話になっていた。長きに渡ってアレクサンドラの恥知らずさ、彼女の職業上の安定と成功への安易な思い込みによって打ちのめされて押しつぶされてきたドロシーは、自分の恥を共有する仲間、自分と同様に、アレクサンドラの餌食になった人が現れて嬉しかった。わざとではない、もちろん。アレクサンドラが積極的にドロシーやエリースを傷つけようとした訳ではない。ドロシーはパラノイアではないのだ。しかしアレクサンドラの気楽さには決まって他人を影に追いやるところがあって、エリースの話の場合だと、アレクサンドラの快楽は、あまりに力強くて写真でさえそれを損なうことができないほどなので、エリースの快楽を台無しにしてしまったのである。ドロシーはその快楽が他人とは無関係に存在しており、その人生が比較、嫉妬、ライバル関係によって左右されない人がいると耳にしたことがあり、そういう人たちはナルシストでソシオパスで、喜びに加え悪意がその参加条件である社会とは完全に相容れないように彼女には思えた。それでもエリースが――美しいエリース、雲や花を研究していて、おしゃれな格好をしていてそのキャリアがアレクサンドラのよりも上り調子なエリース（ドロシーはアレクサンドラの職業上の進展が思っていたほどスムーズではなかったというニュースを未だ受け入れている最中だった）――エリースまでもが、他の誰かのより大きく、純粋で、一貫性のある幸福によって自分の幸福をもぎ取られる羽目に陥ったのだとわかったこと、このことはどういうわけかドロシーに慰めをもたらした。人生の重荷を背負っていたのは彼女一人ではなかった気がして。

「学生と恥についてずっと読んでるの」とドロシーは始めた。「ほらトムキンスは恥を快楽の中断って定義してるでしょ――」

ここでドロシーはエリースが携帯を見てまぬけな笑みを浮かべているのに気づいた。

「ごめんなさい」とエリースは言った、メールしながら。「最近つき合い始めた男なの」

彼女は再び顔を上げた。「ええっと……快楽についてだっけ？」

この明らかなエチケット違反に対して怒る人もいるだろうが、ドロシーは自分が知識をひけらかしたことを主に恥じていた。どうして何かを教える時間にしようとしたんだろう？　エリースは彼女の状況に対する自分の「読み」など必要としていないのだ。彼女はただ誰かアレクサンドラを知っている人に話を聞いてもらってあなたは悪い人間じゃないと言ってほしいだけなのだ。

ドロシーはエリースの手を撫でた。「あなたは悪い人じゃないよ」と彼女は言った。

「自分が悪い人間だとは思ってない」とエリースは言った。「それに私が寝る人は誰だってこれから先も他の誰かと寝たことがあるってことぐらいわかってる。ただそれが誰か知りたくないだけ」

「他の人が持っているものはあなたが持っているものから何も奪ったりしないよ」とドロシーは言った。正しくて、ためになるとわかっていることを、たとえそれが真実だと思ってはいなくても言いながら。「彼との間にはあなただけの特別なものがあるんだよ」

「ほんとはどっちも自分のものにしたいの」とエリースは言った。「でどっちも持ってないわけ」

エリースはハンドバッグを開けると財布を忘れたと言った。彼女はあまりに何回も謝りすぎて、自分が負わせている困難を誇張することで事態をより悪化させた。彼女がドロシーに対して感じている憐れみは手に取るようだった。ドロシーはクレジットカードを置くとトイレに行った。何もない。トイレットペーパーに血はついていない。その日の早くに生じた血の塊を裏付ける証拠は何もなかった。たぶんあれはヒステリー症状だったのだ。ヒステリー症状という考えは、彼女はシンクで手を流しながら思った、ログには決して言い出せない類いのことだ。そんなの自己嫌悪だと責めるだろうから。ただ彼女は原因を知りたくて、動物的で意味のない生理現象だと別の水準ではわかっていることに何らかの意味を付与したいだけなのだが。

　バースツールに手を掛けるや否や彼女は喋り始めた。

「それって怖いよね、それは私だったかもしれないって考えるのって」と彼女は言った。「要するにそれってそういう話でしょ？　偶然性っていうの？　あなたがアレクサンドラだったかもしれないし、彼女があなただったかもしれないっていう？」

　エリースは怯えた目で携帯から顔を上げた。アルコールによる混乱だったのかもしれないが、一時的な記憶喪失を患う人もまた今エリースがしているような顔をするのだろう。数秒でも時間稼ぎしようとぼんやり笑みを浮かべて、何も喋らずに口を開けたり閉じたりする顔を。ドロシーは年齢による損傷、認知症、アルツハイマー、あなたがこの世で最も良く知っているのにあなたのことが全くわからない人に向かって毎日自己紹介することについて思いを馳せた。

「ドロシーだよ」とドロシーは言い、エリースが、身体を揺すられて意識を戻した夢遊病者のように、いつもの夢見るような半分面白がった表情に戻るのを見つめた。

「うわっやだ」と彼女は言った、「頭がどうしちゃったのかわかんないけど、見上げたときあなたがアレクサンドラで、会話をぜんぶ立ち聞きされたって思っちゃったの。おかしいよね、だってこの学会にアレクサンドラが来てないって知ってるのに。彼女いまお母さんのとこに行ってるの。お母さん卵巣がんなんだって」

「なんてこと」とドロシーは言った。

「ねえ」とエリースは言った。

彼女はつけ加えた。「あなたの顔と私の脳の間に薄い幕がかかっているか、間違ったファイルをクリックしちゃったみたいだった」

それこそがまさにエリースの話の要点だとドロシーは言った。間違ったファイルをクリックしちゃって全てを一変させる画像を見てしまう人の話。二人はハグしてキスして別れた。

「秋の就活頑張ってね」というのが最後にエリースの言ったことだった。「結果を教えてね」。このドロシーの身分の低さと市場の浮き沈みへの言及とともに、共に過ごした時間に築かれたいかなる絆も切断されておじゃんになった。ドロシーはホテルのベッドで遅くまで起きて、怒り狂って携帯をクリックしまくり、ニュースの見出しを読み、友人とかれらの休暇、かれらの子供、ペット、ウケるからという理由で撮られた看板とデコナンバープレート、着ぐるみを着た猫、夕食、元気な緑色でつやつやした、かれらの美しい観葉植物の新しい写真に「いいね」しまくった。

朝の五時にドロシーは、ロビーでぶらぶらしながら、配車サービスアプリを開いて相乗りオプションを選択した。スロットカードに五十ドル費やしさらにエリースにディナーを奢った後で、彼女はできるだけ思慮深く生きようと決めたのだ。少なくとも二、三日は。彼女は車のアイコンがのろのろとデジタル画像で近づいてくるのを見つめ、外に出て、実物大のそれがハラーズの横のエントランスへと走って来るのを見た。彼女は助手席の後ろのシートに座りドアをバタンと閉めた。

「あなたの後にもう一人だけ乗ります」とドライバーは言い、彼は火山に似ていた。濃い色のジャケットを着てピラミッド型をしていて、てっぺんに赤いフェドーラ帽を被って。車はストリップ通りを南に向かった。

ドロシーは窓の外を眺めた。私はラスベガスを去る《リービング・ラスベガス》、と彼女は自分に言い聞かせた。それは見たことのない映画のタイトルだった。彼女は『ラスベガスから学ぶ《ラーニング・フロム・ラスベガス》』［ポストモダン建築についての本］という本のことを思った。彼女はその本を持っていた、もちろん、だけど読んだことはなかった。それは単なるまた別のフライング、彼女がそういう人間ではないことが後に判明したアイデンティティのためになされたまた別の購入物だった。空は暗い青色をしていたが通りはカジノのネオンサインからの光であふれていた。夜ふかし／早起きの歩行者が大人数でよろめいていた。ある者は困惑し、ある者はつらそうな表情を浮かべて。バスやタクシーの上に掲げられた巨大な半裸の女性たちがぱっと通り過ぎ、家路を急いでいた。こういった広告は、日中はすごく下品でけばく見えたのだが、夜明け前に溶け込んで何の痕跡も残さなかった。ドロシーは平穏な気分になった。潜水艦に乗せられてきびきびと効率的に地獄を通り抜けているみたいで。彼女は再びヨハネのことを、パトモス島で彼が見た幻のことを思った。子供のころ非常に多くの午後のひとときを彼女はベッドの下に隠れて、ヨハネの黙示録を何度も読み返して過ごした。地獄があんなにグロテスクなほどバロック様式なわけがないように今は思えた。地獄は不毛の地のはずだ。

エッフェル塔と自由の女神を最後に拝むために彼女は身構えた。旅の始まりにおけるごちゃまぜにずらりと並んだキッチュなものたちとの出会いの不満足さと冴えなさが何であれ解消され、スピードを上げて走り去るなか後ろを振り向けば、ラスベガスとは何であり彼女にとって何であったかについてのより完璧な理解に自分が達することを願いつつ。するとウィンカーのカッチャンカッチャンという音が聞こえて車は高速道路に滑り込んでいった。ストリップ通りを背後に残したまま。携帯に目をやると、車が南ではなく北に向かっていたことに彼女は気づいた。

ドロシーの方向感覚はよくなかった。彼女とログはレンタカーを借りるときはいつでもＧＰＳを使用した。どちらも彼女のナビを信用していなかったのである。

それから、車は高速に入るとすぐにまた高速を降りた。車がカジノの車入れに入っていくにつれて、相乗りというのは文字どおり見知らぬ人と一緒に乗ることなのだ――誰か他の人が後部座席の彼女の隣に乗ってきて、その人は、彼女みたいにしらふで一番安く手に入る航空券を得るために空港に向かう人ではなく、一晩中外で酒を飲んだりストリッパーを愛撫していた人で、そういった活動自体は必ずしも悪いことではないが新たな要素を車の中、そしてより具体的には彼女に直接隣接したエリアに持ち込むのだ――とドロシーが理解しはじめたちょうどそのとき、オレンジ色のポロシャツを着てぼんやりとした丸顔の十四歳以上には見えない白人の少年が前の助手席に飛び込んできてドアをバタンと閉めた。ビールの匂いが彼から発散していた。もし彼が漫画の登場人物だったら、漫画家は彼の目をバッテン印にして悪臭を示すにおいの波線を描いたはずだ。

「やあ」と彼は火山に向かって言い、火山は彼の方を向いて気だるく「お客様」と返答し、お元気ですかとたずねた。カチカチ鳴る歯の間から少年は「最高」と答えた。

彼は「ベガス」に長めの週末に男子社交クラブの仲間と来たのだと言った。カンザス大学の。ドロシーはカンザス出身の人に会うのがいつも嫌だった。彼女の名前についていつも何かしら言わずにはいられないのだ。しかしその少年は振り返って自己紹介しなかったので、彼女も座席の間から手を伸ばして握手を求めはしなかった。彼の後頭部の髪の毛は清潔で柔らかそうだった。ドロシーは彼、ジャケットはどうしたんだろうと思った。社交クラブには長袖を禁じる決まりでもあるとか？　ベガスは変なとこだよ、と彼は言った。彼は気をつけないと言葉と言葉の音節がくっついて二度と離れなくなってしまうのを恐れる人のような、ゆっくりとした発音で話した。

車はカジノから出発した。この時間帯の道は混んでいなかった。公園と、立体駐車場があった。ドロシーは空港が近かったことを思い出した。数分以上離れてはいないはずだ。すると車は右に曲がりストリップ通りへと戻った。家ほどのサイズがある台座を車が通り過ぎるとドロシーは首を伸ばし、自由の女神は視界から消えていった。今や完全に彼女は方向感覚を失っていて、そのレプリカ像を美的体験として取り込んだりそれについての何らかの一貫性のある印象を形作ったりする機会を逸してしまった。それは彼女の後ろにあった。彼女の印象はバラバラだと言うことはそれが壊れていることを意味するようだが、実際には、その印象が組み立てられたことなど一度もないのだった。

「実はね」とその少年は窓の外へ向かって話し、そのアクセントは先祖伝来の彼の故郷にある原っぱと同じくらい平坦だった。「あるものを見たんだよ」

　こういう男子学生はドロシーのクラスにもいて、彼らが週末をどう過ごしているのか考えたとき、彼女の想像力は獲物を狙うようなどろっとしてだらっとした酩酊へと及んだが、しかし彼女はそれを地下室か寮の部屋に閉じ込められたものとして思い描いたのであり、世に放たれたものとしてではなかった。このような世に放たれた大学生の酩酊との出会いには、どこかそれを脅威的というよりも心の純粋さとして感じさせるところがあった。この少年は、彼女にはわかった、極めて心が純粋なのだ。彼にはどこかもろくて傷つきやすいところがあって彼女はそれを守りたかった。でもそれは彼をもっとひどい、もっとさもしくて見下げ果てた奴にした。このナイーブな少年は車で彼の十代の同胞たちと共に吐くまで飲むという使命のもと、はるばる国を横断してきたのだ——これらはすべて仮定の話だ、彼らが車で来たとか、未成年だとか、誰かが吐いたとか、彼でなくとも彼の友人の一人が吐いたとかいうことは、そしてそう考えるのは致し方ないと彼女は思った——何が変で、何を見たかについての厳粛な声明を発令するために。これがアメリカの抱える問題だ。この少年の純真さという、彼の特権が。でどうして彼は一人なのか？　彼の仲間から見捨てられたのか？　彼の兄弟分たちに一体何が起きたというのか？

「今夜クラブに行ったんだよ」と彼は言った。「実はね、ストリップクラブだったんだ。何も起こらなかったよ。僕の仲間は紳士だもん。だけどある女の子がいてさ、その子自分では女の子だって言ってたけど、僕は女の子じゃなかったって思うんだ」

くすぐったいような幸福感が彼の声にはあった。彼は窓の外に目をやった。

「あの子女の子じゃなかったって思うんだ」と彼はもう一度、言葉がレコードの溝にはまってしまって誰かが来て次の曲に針をそっと押してくれるまで同じところを流し続けるみたいに言った。

ドロシーは真の告白がなされるのを待った、彼が窃盗、暴行、集団レイプを認めるのを。しかし沈黙は無へと消えていった。犯罪も、いかなる暴露もなかった。あったのは不思議な誤認だけだった。

「カンザスにいるのとは違いますからね」と火山が言い、少年はいい子そうにクスクスと笑って、ドロシーは自分の手が殺意を持って二人の無知な首に巻かれるのを想像した。

「カンザスじゃないもんね」と少年は言った。

「ほんとそうだね」と少年は言った。

少年は故郷の州を愛していた。たくさんの人が引っ越して行くが、彼は離れたくなかった。軽トラを持ってるよ、と彼は言った。

「軽トラ持ってる人たぶん誰も知らないでしょ」と彼は言った。

火山は、ところがどっこい、軽トラを運転している人を何人か知っていると述べた。

「そうなの？」と少年はうっとりと言った。「ほんとに？」

　ハードロックカフェを通り過ぎると車は左に曲がり、大学の近辺へと入っていった。少年は彼が観たという遺伝子組み換え作物についてのドキュメンタリーの話をした。政府はかれら、アメリカの国民から情報を隠しているのだという。インターネットのサブカル臭のするパラノイア的なニュアンスがそこにはあった。裏切られたという猜疑心がそこにはあった。車はギリシャ文字の書かれた旗が窓の外に垂れ下がるベージュ色の集合住宅の前で停車した。

「ここだよ」と少年は言った、もうすでにギアはパーキングに入っていたにもかかわらず。「旗が見えるでしょ？」

「乗せてくれてありがとう」と彼は、大真面目に、まるで彼を車で拾ってくれたことが多大な好意と親切心からであったかのように言い、その効果というのは目に見える金銭的やり取りの欠如、クレジットカード会社によって電子的に支払われる料金、「ありがとうございました、お客様、どうぞお気をつけて」によって高められ、ドロシーは彼の母親が、どこにいようとも、息子がストリップクラブに一人で日の出まで出かけていたことについてどのように感じたとしても、彼のマナーの良さに誇らしくなるだろうと思った。

　彼はドアを閉めながらその顔を車の後方へと向け、そして見た、初めて、そこに座るドロシーの姿を。彼女の存在が彼の頭へと取り込まれていくにつれて、純然たる恐怖の影が彼の顔を通り過ぎた。それはゆっくりと起きたように思えたが、ほんの数秒しかかからなかったに違いない、なぜなら車はすでに向きを変えつつあったから。少年の顔に浮かんだその表情はドロシーがいかなる人間の顔の上にも見たことがないものだった。それは昨夜ディナーの席でエリースが彼女に見せた恐れおののく錯認の表情と少しだけ似ていたが、見方を変えればそれとは全然違っていた。エリースはうろたえた様子だった、まるで自分が見ているものは現実であるはずがないとわかっていたかのように。彼女は単にある認知レベルにおいて彼女が知っていることは感覚的機能障害であると整理してくれる助けを必要としていただけだった。この少年の表情は情報によって修正され得なかった、というのもその情報は認識可能な事実からあまりにも外れたところからやって来ただろうから。彼は人を見間違えたのではない。彼は誰もいなかったはずの場所に誰かを、ある物質的存在を、幽霊を見ていたのであり、そしてその幽霊とは彼女だった。

　彼女は手を上げて振り、にやにやが自分の口角に忍び寄って来るのに気づいた。彼女はようやく自分が楽しんでいることに気づいた。少年の口はあんぐりと開き、彼の目は大きく見開かれ、彼の眉毛は生え際の下で恐る恐るうようよ這い回り、そして彼はそこに立ち尽くしていた。車が車道へと戻り、それ以上の停車なしに、空港へと向かって、どんどん小さくなっていくにつれて。少年はちょっとよろめいた。彼は手を振り返さなかった。

　これがラスベガスだった。

翌週の土曜の夜

ギャビーが自宅でパーティをすることになり、彼女のアパートは川沿いのタウンハウスの三階を占めていた。厳密に言うと、それは「彼女のもの」ではなかった。彼女とブライアンは万物を見通す彼女の両親が十五年前にした現金投資によって格安の賃料でそこを借りていた。ブライアンはいつも引越しについて口にしていた――自立したい、とよく彼は言っていた――が、彼はそこに留まることの利点を否定できなかった。赤ちゃん部屋は入ってすぐの左側のドアで、長い廊下によってその他の部屋と分けられており、ギャビーとブライアンがリビングで座ってお喋りをしたりテレビを見たいときには理想的なレイアウトだったが、訪問客にとっては理想的ではなく、かれらは抜き足差し足、コートを手に、危険地帯を通り過ぎねばならなかった。しかし今夜赤ちゃんはギャビーの両親と共にアッパーイーストサイドにいて、誰も音を気にする必要はなかった。

「こんにちはー！」とギャビーはドアを開けるたびに叫んだ。単にそうすることができたから。ドロシーはギャビーが赤ちゃんのことで悲しくなったり心配したりしているのではと予想していたが、ギャビーの目は喜びと、ワインで輝いていた。彼女は髪を切ったばかりでそのドレスは不謹慎なほどに短く、今夜は楽しむわよという決意で湯気が立っていた。ログはビールの入った袋を置きにキッチンへと向かい、ギャビーは、まるで足に火がついたみたいに片足ずつぴょんぴょん飛び跳ねながら、ドロシーを赤ちゃん部屋に引っ張り込んだ。そこは赤ちゃんのうんちと何か他のもの、そう、ベビーローションのような甘い香りがした。飛行機型のモビールが永遠にパトロールする刑に処されて、誰もいないベビーベッドの上で天井を旋回していた。

「見て！」ギャビーは勝ち誇ったように言った。「見て！　私・は・自由！」

　子供がいない子供部屋には何となくおどろおどろしいものがあった。それは突然の死、ひそひそ声、悲劇、一度も履かれなかった靴を彷彿とさせた。しかしギャビーはノリノリだった。彼女はちょっとくねくねすると動物の顔型をした中綿入りマットの上で飛んだり跳ねたりしていた。彼女は遮光カーテンと棚のあいだに配置されたまばたきひとつしない白いカメラを指差した。その棚にはサル、イヌ、恐竜、そしてゾウが一列に押し込められていて、顔写真を撮られるのを待つ奇怪な進化論の実験のようだった。

「電源切ってあるよ」とギャビーは壁に取りつけられた一つ目の巨人《キュクロプス》について述べた。「電源が入っている時は、見るの止められないの。史上最高のテレビだよ。彼アザラシみたいに吠えるんだよ。でも今はとうとうあなたと話せる。本物の大人と」

子供の世界は顔のついた機械と善意の野生動物から成り立っていた。どうしてぬいぐるみは可愛くて人形は気持ち悪いのか？　ドロシーは赤ちゃんへのプレゼントとして彼女が買ったカバを探して辺りを見回したが、見当たらなかった。すごく特別だからシャーマンと一緒に祖父母の家へお泊まりに行ったのかもしれないし、ギャビーが誰からもらったのか忘れて手放したのかもしれないし、覚えていた上でどっちみち手放したかもしれない。

二人がもっと若かった頃、ギャビーは手持ち無沙汰でタバコを吸っていた。彼女はぎこちなくて魅力に欠けるスモーカーだった。短く、熱心な吸い込みの合間に常にタバコを顔の近くで持ちすぎていて、吸引によって肺に取り込んでいるのではなくその逆に見えた。それはジャブする動きで、喫煙はタバコが存在していることを懲らしめる彼女なりのやり方のようだった。おまえがこれを求めたんだろという風にそれは見えた。ギャビーがタバコをやめたときドロシーは嬉しかったが、ギャビーは常になにか安心を得るものを持ったり撫でたりする欲求からは脱していなかった。その癖は誰もが携帯を獲得して以来それほど目立たなくなりはしたものの、ドロシーは今でもそれに気づいた。たぶんそれがギャビーの腕にファラオのごとく並ぶたくさんのバングルが奏でる音楽を伴っていたからだろう。コースターやヘアゴムを拾い上げては下に置いたり、ナプキンを切り裂いたりするときの熱心なチリンチリン音と、それから、彼女が急に手を止め、ちょっと両手を、女の子っぽく、膝の上で重ねるときのガチャン音。しかし手はいつだって再び脱走してしまうのだった。目下のところその手はシャーマンのヒツジのガラガラを拾い上げては下に置き、他の三つのガラガラと並べたりしていた。全てのガラガラが布製の棒の上に異なる動物の頭を備えていた。彼女は将軍だった。彼女は平和な王国の上部組織を斬首し終え、いまその頭部を串刺しの刑に処して戦勝パレードに備えているところだった。

この部屋には動物がい過ぎだった。それはだんだんドロシーの気に障ってきた。

ギャビーはドロシーを見つめた。

ドロシーは言った、「何の話があるの？」

「これきっと信じないと思うけど」とギャビーは、ドアを閉めてから不自然なほどに真白なムートンの上にあぐらをかいて座りながら言った。「妊娠したんだ」

「ケンカしてたんじゃなかったっけ」とドロシーは自分が言うのを聞いた。ギャビーの髪を分ける頭皮のラインを見下ろしながら。「セックスしてないんだと思ってた」

「ケンカはしてるけど、だからってセックスしてない訳じゃない」とギャビーは言った。彼女は腕を伸ばしてドロシーを自分の位置にまで引き下げた。「いつもセックスしてるよ。セックスしてないの？」

ドロシーは笑みを浮かべようとしたが残忍な顔になっている気がした。自分の目が伴っていないのがわかった。なので代わりに彼女は手を伸ばしてギャビーの腕を、友愛と歓喜が伝われば良いなと願う風に、でもやや好色な感じがするのを恐れる風に撫で始めた。

「もちろん」とドロシーは言った。自分がセックスしているのかいないのか今どっちをギャビーに認めたのかあやふやなまま。それはともかく「セックスしてる」っていったいどういう意味で、このフレーズはどういう時間性をそもそも示しているの？　前後どのくらいの時間の範囲に網を投げるかによるし、平均値の問題でもあるし、何にでも季節というものがある、聖書に書かれるように、つまりセックスする人生にはセックスレスの日照りがあるだろうし、いやむしろセックスレスの雨期《レイン》／支配期《レイン》かな、でもとにかく、あんまり数学的になるのは感じが悪いし適切じゃないとドロシーは思った。この何でも数量化することの勝利には抗わねばならない。それってそもそも文学の存在意義じゃない？

「おめでとう」と彼女は思い出して言った。「その……受胎のこと」

軽く、さりげない感じで言いたかったのに、あいにく病院っぽく聞こえる言葉を彼女は選んでしまった。でも何と言えばよかったのだろう？　他の人が言う前に何かを赤ちゃんと呼ぶ間違いは犯したくなかった。「それってすごい」と彼女はつけ加えた。「すごい」

「いやいや」とギャビーは言った。「産むつもりないんだ」

ドロシーは、ギャビーの声明の劇的な重大性はそれに付随する身体的反応を許すと感じて、ギャビーの腕から手を離した。それはそこに長く留まり過ぎていた。それから彼女はそのタイミングが良かったのか疑念を抱き、非母性的衝動の最初の表出に際して身体的愛情を引っ込めることはフェミニストらしからぬと思われかねないと気づき、その手を、優しく、肘の辺りに、連帯と女同士の絆のしるしとして戻した。しかしまた一方で、もしギャビーが連帯を必要としていなかったら――もしそれが見方によっては必要以上にその瞬間をより劇的にしてしまっていたとしたら、もしギャビーが——正しくも！——妊娠を終わらせることは大したことじゃないと思っていて、いかなる特別な同情や支援の表明も求めていなかったのだとしたら、ドロシーが手を離したのは正しかったことになる。畜生、ほんとに手をどうしたら良いかわかんない。ギャビーがあんなに長いあいだタバコ吸ってた訳だ。

「ブライアンは何て言ってるの？」とドロシーはたずねた。

「彼は私次第だって言ってる」とギャビーは、支援には感謝するがもう済んだという風にさりげなくドロシーの手から自分の腕を脱出させながら言った。ドロシーは急に頭が痒くなったふりをして激しく掻き、そうしたら本当に頭が痒くなった。ギャビーはちょっとうしろめたそうに頭を横にひょいと下げ、その目は何かを探っていてでも内面を探っており、まるでドロシーではなく自分の精神の奥底を見つめているようだった。彼女は指の関節をコツコツ歯の上で叩いた。「どう思う？」

　ドロシーが何か当てずっぽうを言う前に、ギャビーは理由を説明し始めていて、言葉は彼女の口からこぼれ落ち、部屋の柔らかさ、ぬいぐるみ、ラグ、ブランケット、布張りされた家具、そしてムートンに吸収されて幾分くぐもり、それらは防音壁とは言わないまでも、感情的そして心理的なシェルターとしての役割を果たしていた。ブライアンはね、ギャビーは言った、赤ちゃんを欲しがっている。いつかはもう一人つくるつもりで二人はいて——結婚生活はシャーマンが一人で寝るよう「しつけ」を一緒にして以来良くなってきていて、それは、ショーマンに対して一致団結することによって、さらには睡眠不足の拷問からギャビーの頭を癒してくれることによって二人の絆を強めたように思えるし、とはいえ赤ちゃんは自分で自分をあやす術を身につけるべきという考えにはどこかひどくネオリベ的なものがあると認めざるを得ず、ケアはどうしちゃったの？　とか、この自立への強迫観念って一体なんなの？　みたいな感じで——で妊娠はなんらかのサインだと彼は感じていて、もっと正確に言うと、彼は手の中の鳥を選ぶタイプの人間なの——そしてここでギャビーは淫らな感じで自分の股を指差して、それは彼女がしらふの時には滅多にしないが酔っぱらったときにはいつもするしぐさだった——茂みに潜んで待つよりもね。しかしギャビーはぜったいもう一人赤ちゃんが「いつかは」欲しい反面、まだ準備ができていなかった。彼女はまだお産後の気分だった。彼女はお産中になりたくはなかった。彼女はお産前か、お産なしの状態でなるべく長くいたかった。

「うちのお母さんは私を産む前にもっと長く待てば良かったってしょっちゅう言ってたよ」とドロシーは言った。

「ほらね？」とギャビーは言った。「たぶんそうするべきだったんだよ」

「でもそしたら私は私じゃなくなっちゃう」とドロシーは言った。「私は誰か他の人になっちゃう」

　ギャビーはどのくらい真剣に彼女の言ったことを受け取るべきか吟味するふうに彼女を見つめた。彼女はおもちゃ箱を漁って木製のバスを取り出した。バスにさえ顔がついていた。考えてみるとそれは狂っていた、この何にでも顔をつけたがる衝動というのは。「じゃあ産んだほうがいいって思うの？」

「いや」とドロシーは言った。「つまりさ、私ここにいるし。私すでに私だし。ただちょっと言ってみただけ。この赤ちゃんはその赤ちゃん、未来の赤ちゃんにはならないって」。彼女は身が縮む思いがした。言ってしまった、赤ちゃんって。

「自分の身体的自律が必要なの」とギャビーは華々しく言い放ち、その言葉は内蔵型テレプロンプターか彼女がオンラインで読んだ記事から出てきたように思えた。そしてそれから、激しさを込めて言った。「絶えず生殖している哺乳類みたいになりたくない」

「知ってた？」と彼女は、バスの車輪一つ一つを順番に回しながら言った、「哺乳中のクジラってお乳を二百ガロンも一日に出すって？」

ドロシーはこれに対して答えるべきなのかそうではないのかよくわからなかったが、それでも「それ前に聞いたよ」と言った。

ギャビーは胸を触って顔をしかめた。「もうすぐポンプで出さなきゃ」と彼女は言った。「きも」

「授乳中にどうやって妊娠したの？」とドロシーはたずねた。「そんなの不可能だと思ってた」

ギャビーは肩をすくめた。「そういうこともあるんだよ。私ってものすっごく繁殖力があるんだと思う。すごく女性的なんだ」。彼女は蓋の開いたおもちゃ箱――それにも顔がついてた――にバスを放り込むといわくありげに声をひそめた。「何がいかれてるかわかる？　私授乳のせいで生理さえなかったんだよ。生理が来ないもなにも生理自体がなかったわけ。どうやって妊娠してるってわかったと思う？」

彼女は体を近づけてきてドロシーは心ならずも息を殺した。

「ただそう感じたの！」とギャビーは叫び、笑いながら横に転げた。「母性ってくだらない。私マジ超能力者になっちゃったよ！」彼女はこれから二人でいないいないばあをするかのように顔を覆った。頭蓋骨と稲妻が完璧なアーモンド型をした彼女の爪の上で交互に現れた。

「妊娠検査しなかったの？」とドロシーはたずねた。

「うん。後でしたよ」とギャビーは、質問の事務的なつまらなさにしょぼんとして言った。

「いつ受けるつもりなのその……処置を？」とドロシーはたずねた。「中絶」という言葉を使うのはタブーに、いかがわしくさえ感じられた。部分的には二人がいま身を落ち着けている幼児的環境のせいで、しかしそれ以上にその言葉が過度に正確かなんとなくぶしつけだったから。家賃いくら払ってますかって誰かにたずねているみたいで。

「病院に行って薬もらわないと」とギャビーは言った。「来週やる」

「何を待ってるの？」とドロシーはたずねた。「すぐにやったほうが良い気がしないの？」

ギャビーは手を伸ばしてドロシーを抱きしめた。「大丈夫」と彼女は言った。「私はやる気だから」

ギャビーにはいつ命を誕生させるかを決める力があり、もっと都合のいい時までそれを終わらせるのを遅らせる力もまた彼女にはあるのだった。彼女は多産と年代記の神だった。世の法則がかのように彼女をお作りになったのだ。もし彼女が世俗的統治権を行使するその何気ないやり方がドロシーをむっとさせたとしても、彼女はそれを、客観的には、賞賛に値するとも思った。フェミニズムの革命的な力は利便性に依拠していた。食事を一から作っていてはガラスの天井は破れないのだ。彼女たちの母親はいつの日かギャビーが彼女の人生を便利なものにし、好きなようにアレンジできるようにするためにこそ頑張ったのだ。ドロシーの本物の母親のことではない――彼女は中絶に反対だった。レイプ、近親相姦、そして母親の命が危険にさらされている場合を除いては――そうではなくて彼女たちが受け継いだこの世界、ズボンを履くこと、科学を勉強すること、夫がいなくても銀行口座を開設すること等々が彼女たちにとって可能なこの世界を作り上げた、過去の女性たち、一般的な母親のことである。

「来て手伝ってあげるよ」とドロシーは言った。「家でやるのは何かとストレスが多いし。一人でやらないほうがいいよ」

「どうして知ってるの？」とギャビーは言った。彼女はドロシーを疑りと好奇心の中間くらいの眼差しで、ドロシーが非常に珍しい検体でありギャビーは今まさに興味深い発見をする寸前であるかのように見つめた。ドロシーは一瞬、ギャビーは本当に何でも見えるのではないか、彼女は、先ほど証言した通り、超能力者か、少なくとも直観力があるのではないかと危うく信じそうになった。

ドロシーは殺されたヒツジの皮のやわらかな毛の上で手のひらをひきずった。筏に乗ったこどもたちは哺乳類の皮で子供部屋やねぐらを飾る彼女たちを野蛮人と呼ぶだろう。力を誇示するためならそれは必要のないことだった。ヒツジの方が人間より弱いことを疑うものなどいないのだから。その反面、その代わりになるものって一体なに？　生物分解しない合成品？　サステナビリティーって野蛮な行為なの？

「おーい」とギャビーは言い、彼女の手は膝の上で互いに取っ組み合っていた。「それがどんな感じかどうして知ってるの？」

ドロシーは彼女に言いたかった。でも会話の言葉づかいを選択から偶然性へと変えたくはなかった。ギャビーに自分のことを気の毒に思い始めたり、ログは興奮していたかたずねたり、自分の手を取って悲嘆に暮れたりしてほしくなかった。悲しむべきことなど何もないのだ。それはまた別のフライングに過ぎなかったのだから。

「誰か家でやったことある人知り合いでいたっけ？」とギャビーは迫った。「誰だったたっけ？」

「私だよ」とドロシーは飛行機型のモビールに向かって言った。

「中絶したことあるの？」とギャビーはたずねた。彼女の信じられないという口調はドロシーの心を傷つけて彼女を大胆にさせた。どうしてギャビーは彼女が中絶したことがあるって聞いてそんなに驚くの？　彼女だってしたければ中絶できるのだ！　他の人と同じように中絶できるのだ！　彼女には時間と妊娠をコントロールする権利があるのだ！

「うん」とドロシーは嘘をついた。「つまりその、薬物による中絶ね。家で。あなたがしようとしてるのと同じ」

彼女がほとんど気づきもしていなかった痛みが引いていき、ドロシーは遅ればせの暴露による満足感を味わった。私はあなたが何も知らない経験をしたことのある人間なのだ！　私には深みと内面があるのだ！　ドロシーはそもそも自分が話していないことを知らないことでギャビーを恨むのはお門違いだとわかっていたが、時には誰かがあなたにした悪事でその人を恨むこともあれば、あなたが誰かにした悪事でその人を恨むこともあると彼女は知っていた。たとえ何か悪いことをしたとは彼女が思っていなかったとしても。たとえ何か悪いことをしたように彼女が感じていたとしても。

「いつ？　どうして話してくれなかったの？」ギャビーの目は曇り、傷ついていた。

　ドロシーは肩をすくめた。どうすることもできず、自分自身に対して。自分が安全な場所から遠く離れて泳いでしまい、戻る術がないように彼女は感じた。ドロシーがギャビーに伝えていたことはつまり、ギャビーは助けを求めて自分のところにやってきたのに、ドロシーは、同じ状況下で、彼女に助けを求めに行かなかったということなのだ。ギャビーがこれをある種の批判として受け取らない訳がない。しかし人に全てを話す必要などないというのもまた真実だった。そんなの友情じゃない、強要だ。「今話してるよ」と彼女は言った。

「いつ？　誰の子だったの？　ログ？」ギャビーは知りたがった。

「違う」とドロシーは素早く言った。何らかのカルマ的報いが降りかかり、たとえ言葉の範疇であったとしても、ログの生まれなかった子をまたもうひとり抹殺してしまうのを恐れて。「前に会った人。行きずりの。こういう表現ってまだするのかな？」いまやその嘘は虚構の登場人物を伴っていた。いまやその嘘は独自の次元を獲得し始めていて、より強固になるのと同時により扱いにくくもなった。

　ギャビーはぴしゃりとドロシーの両腕を叩いた。「秘密！」彼女はフフフと笑った。「謎のある女！」

　ドロシーは肩をすくめた。慎み深いふりをして。彼女は洗練された女性になれるのだ。出かけて行って中絶してそれについて話す必要さえない現代的な女性になれるのだ。

「大丈夫だった？」とギャビーはたずねた。彼女をまじまじと見つめながら。彼女が髪をいじるとブレスレットがカチャカチャ鳴った。

「ものすごい血だよ」とドロシーは言った。

「ううん、感情的にさ」とギャビーは言った。「もう今は大丈夫なの？」

「もちろん」とドロシーは、自分の台詞を思い出しながら言った。「知らない人との赤ちゃん産むつもりはなかったし」

「知らない人？」とギャビーは言った。「バーで引っかけたみたいな？　らしくないね」

　欺きが手に余るほどの詳細を得る前に、ドロシーは手を振った。「大学院の人だったの」と彼女は宣言した。ギャビーを見つめることを自らに強いながら、学問の世界に属していない友人が自分のお固い人生にまつわる全てをなんてつまらないのだと思ってくれるのを当てにしながら。「全く知らない人ってわけじゃない」。予想どおり、ギャビーは想像上の父親への興味を瞬時に失った。

「わあ、これって最高じゃん」とギャビーは言った。彼女は髪の毛をまとめて頭のてっぺんで巣にした。「二人とも中絶することになるなんて！」

　ギャビーと同じになるのはどこか魅力的なところがあった。それは姉妹っぽかった、服をシェアするみたいな——二人がしたことのない何かだった。

ギャビーは口をつぐみ、何かを思い出そうとしているようだった。

「じゃあずっと私のお腹にシャーマンがいて毎朝超具合悪くて〝いつの日かわかるよ〟って言ってたとき」とギャビーは言った、「もうすでに知ってたの？　妊娠してどのくらいだったの？」

「そんなに経ってない」とドロシーは言った。「十週目」

「それにつわりなかったし」と彼女は嘘をついた。

　この嘘はつくのがより楽だった。ペンキの塗装を嘘の壁の上に塗りつけて手入れをしているみたいなものだった。ドロシーはただ自分が言っていたことを覚えておく必要があった、同じことを繰り返さねばならなくなったときに備えて。（一）つわりなし（二）大学院の人——いつだってキースだと言うことはできた。ドロシーの本当の経験である吐き気のする宙ぶらりん状態は押しのけられ、この新しい——吐き気がしない、大学関係の、はっきりした——過去が取って代わった。自らの運命を形作るために法的権利とやっと手に入れた権力とを行使することにこれほど完璧なまでに参与して、彼女は心地よい誇らしさを感じた。もし行使しないのなら、権利などいったい何の役に立つのかと人は言うではないか？　この最も重大な生殖の通過儀礼を経ずにそもそも自分を女性と呼べるのか？　個人的体験以外のどんな土台に政治が基づくというのか？　主義か？　主義はせいぜい理論に過ぎない。

「とにかく」とギャビーは、乳房を触り顔を歪めながら言った。彼女は携帯用ポンプをどこからともなく取り出すとワンピースのボタンを外し始めた。これまたどこからともなく空のボトルが現れた。

「先に手を洗ったほうがいいんじゃない？」とドロシーはたずねた。

「大丈夫」とギャビーは言った。

「子宮の話はもう十分」と彼女はお乳がボトルにどっと出るあいだにつけ加えた。「他に何かニュースある？」

「トイレ行きたい」とドロシーは言った。

トイレはレストランのトイレのようなにおいがした。シダが天井から垂れ下がりアロマキャンドルが便器の背後で燃えていた。ドロシーは蠟をこぼさないよう慎重にそれを頭上に持ち上げて、底のラベルを読んだ。ユーカリだった。

ギャビーに嘘をついたことに対して罪の意識を感じるだろうとドロシーは予想していたのだが、実際のところ彼女はほっとしていた。真実のあるバージョンが明かされたのだ――ギャビーは今やドロシーがかつて自宅で子宮の中身を排出したことがあるのを知っていた。彼女が知ってくれて良かった。証拠物件を差し出したようなものだ。しかし法廷が手に入れたバージョンは真実とは十分異なるものだったので、ドロシーは何かを失ってしまったとかうっかり漏らしてしまったような気はせずに済んだ。彼女は自分を自分の内に秘めたままだった。

彼女はキャンドルの雰囲気をより楽しむために頭上のライトを消した。ズボンのジッパーを下ろして便器に座った。コットンの下着の上に影か染みのようなものがついていたので、彼女はスイッチに手を伸ばしてもう一度ライトをつけた。タンポンは紐まで浸っていて血が少しだけ下着についていた。

それは彼女のいつもの生理だった。昨日戻ったのだ。事態は正常になるだろう。彼女は受精しなかった卵子、着床しなかった子宮内膜を排泄していた。葉枯病の季節は過ぎ去ったのだ。彼女がおしっこをすると、コットンの束が自らを押し出しながら少しずれた。彼女は元は淡いブルーだった紐を引っ張った。コットンの詰め物は痣か腐りかけのフルーツのような、ワインのような紫色っぽい茶色になって、艶めくまで浸りきった状態で出てきた。一瞬タンポンは死んだ魚みたいに紐からひょいひょい跳ね、ドロシーは便座や服の上にそれが滴る前に急いでトイレットペーパーで包んだ。

四十ドルのハンドソープはヒノキのような香りがした。ドロシーは自分の棺もこれくらいいい香りがすれば良いなと思った。彼女は手を二度洗ってバッグから黒いプラスチックの櫛を取り出して髪をとかした。茶色い髪の毛がふわふわと隆起して洗面台を満たした。彼女は少量の水でそれらをくるくる集めると、濡れてもつれたその髪の毛の塊を床に落ちた髪の毛の上で巻きつけて、それをまとめて捨てた。一本の強情な髪の毛が浮かび上がってゴミ箱のわきへと入り込んで行った。ドロシーはそれをぎゅっと指に巻きつけてその渦巻きを払い落とした。彼女はゴミを押さえるのにトイレットペーパーを一枚使用してそこに置いた。髪の毛玉用のブランケットみたいに。

黄色っぽい歯垢が櫛の歯のあいだにべったりくっついていた。圧縮された皮膚細胞、整髪剤、頭皮の脂だ。それは蠟っぽくて、ほのかな香りがした。ドロシーは指の爪を使って蠟を掘り出して短い櫛の歯の間から押し出した。彼女はもう一度手を洗い、注意深く爪の下をこすった。櫛を水で洗い流してそれをハンドタオルで拭いた。

ドロシーがトイレに入っている間にパーティは騒がしくなっていた。さらに多くのゲストが到着し、あるいは他の部屋をさまよったり外の非常階段で煙草を吸っていた人たちが戻ってきていた。ドロシーはギャビーの長年のイベントで知っていたギャビーの友人一団の背後に割り込んでベビーキャロットの入ったボウルに手を伸ばした。それは竹細工のボウルで見た目ほど頑丈ではなかった。彼女はあやうくそれをひっくり返しそうになったが、ボウルはその軸を中心によろめいて体勢を立て直した。彼女はキャロットを食べ、また食べて、アパートを空気のように吸い込んだ。セクレタリーデスク。一万ドルのソファ。彼女はそれがいくらしたか知っていた。どれだけお買い得でそれを手に入れたかギャビーが言ってたから——ほんとはもっとするのだ。作りつけの本棚。本物のアーティストによるアート作品。かれらはギャビーの友人で、それらの作品をギャビーにくれたのだ。彼女には他の誰よりも支払う余裕があるのに。ホテルのロビーみたいに光り輝くクロム合金のテーブルの上に配置された真鍮の置物。お酒とソーダ類はギャビーが自ら染め上げたタペストリーによって保護された長いテーブルの上に置かれていた。ドロシーは自分用にウォッカを注ぎトニックウォーターをほんの少し入れてライムはどこか見回した。ライムはなかった。

　ギャビーは百万ドルのアパートに住んでいてドロシーの家賃四ヶ月分はするソファの上で中絶をするつもりでいてドロシーはお酒にレモンを入れなければならないのだ。どういうことよ、とドロシーは思い、レモンを絞り入れた。種が濁ったコップの底へと漂っていった。

ギャビーのベイビーシャワー以来ドロシーが会っていなかった移民権弁護士が彼女の二歳の息子について話していた。

「ときどき息子が顔を私の顔にくっつけてくるとフレンチキスしたい衝動に駆られるの」と弁護士は、音楽に対して声を張り上げて言った。彼女の口調は告白っぽかったが、彼女が告白をする際の素早さはドロシーに、それがタイミング悪くやむを得ず明かされた真の告白ではなく、このような華やいだ席で披露される前にもっと少人数の、より親しい聴衆の前で練られて試された台詞であることを思わせた。「みなさん私のこと小児性愛者だって思います？」

　訴訟金融会社の共同経営者である、アスリート風の体格でスーパーヒーロー的な四角いあごをした男性が言った、「もし本当に自分が小児性愛者だと思っているなら、そのことを絶対ジョークにはしませんよ」

　その女性、移民権弁護士は、肩をすくめた。「頭に浮かぶのよ」と彼女は言った。

「のろけているんですよ」と訴訟金融業者は返答した。彼は今どきの髪型をしていた。彼の靴は、茶色い靴ひもとシークレットヒールがついた革靴で、新品に見えた。彼の顔は機知に富んだ応答への努力から汗ばんでいたが、彼は完璧なまでにじっと立っていた。ちょっとでも左右に揺れたりしなかった。自分を掻いたり髪を触ったりもしなかった。しかし彼はこれらのことをしないためにものすごく努力しているように見えた。表面下では何かがうち震えていた。

「すごくロマンチックなのよ」とその女性は譲らなかった。「ときめきがどんなものか私知ってるし」

「失礼します」とドロシーは、会話に参加していなかったのに言うと、人をかき分けてキッチンへ向かった。水が必要だった。腰を屈めて冷蔵庫をのぞき込み、不便にも一ガロン入りの牛乳の後ろに置かれた炭酸水のボトルに手を伸ばしていると、彼女はなんらかの男性存在の侵入を察知した。彼女は冷蔵庫を閉めて振り返った。ログだった。彼は赤ちゃん部屋ではどうだったかとたずね、心配そうな顔をしていて、まるでドロシーが泣き出して悔しい思いをわめき散らすか、もっとひどければ、もう一度頑張ろうと言い出すのではないかと思っている風だった。「もう一度」というのは正確ではないだろうが。だって二人はそもそも何も頑張っていなかったのだから。

「よかったよ」と彼女は言うと、コップが一つも見当たらないのでボトルからがぶ飲みし、その無礼なふるまいは、ギャビーの親友として自分に与えられた権利であると感じた。

「ほんとに？」とログは、彼女にコップを手渡しながらたずねた。

「もちよ」とドロシーは言った。「ありがと」

彼女はもう少し炭酸水をコップに注いでまた飲んだ。ログにギャビーの状況を話さない理由はギャビーのプライバシーを守ることとはあまり関係がなく、むしろ自分が嘘をついたことを最終的に認めざるを得なくなるような会話に引きずり込まれたくなかったからだった。彼は必ずしも彼女を強く非難はしないだろう。彼女が二人の秘密を二人だけのものにしたことを彼は好もしく思ったかもしれない。それは彼を彼女により近く感じさせたかもしれない、他の人にはない二人だけのものがあるみたいで。しかし彼女は今そこに踏み込みたくなかった。今かれらはパーティに来ているのだから。

炭酸水のボトルを胸に抱きかかえてコップを懐中電灯みたいに体の前で持ちながら、彼女はログの後についてリビングルームへと戻り、そこで二人は彼が話をしていた人の群れに再び加わった。水は助けになった。ウォッカによる頭痛をそれが彼女の眉の奥深くに居座る前に軽くしてくれた。深みのある低音で、黒い髭を生やした男性が興奮気味に喋っていた。「でもそれはファシズムが意味することではないよ」。彼は太鼓腹で、ドロシーが今まで訪れたことのある歯医者の誰にも似てなかったにもかかわらず、彼女は彼が歯医者かもしれないし歯医者であるべきだという思いを拭えなかった。ひょっとしたらそれは彼の歯が非常に白く整っていて、検閲に訪れた兵士のように並んでいたからかもしれない。彼の大きく、熊みたいな手はまさにドリルを握るよう形作られていた。ドロシーとログは彼がドロシーの頭越しに彼女の背後にある何かを見つめるまで彼と雑談した。「ちょっと混ざってくる」と彼は言うと、立ち去っていった。

音楽がフォーク調の調べからヒップホップへと変わり、パーティのエネルギーはこの新たな、より執拗なテンポを中心に一体化した。誰も座っていない椅子があったのでドロシーはそこにどさっと座った。それはカーブを描いたチェリーレッド色で柔らかいツイル生地のようなもので覆われていて、彼女は包まれている感じがした。ほら穴に入っているみたいな。それがいくらするのか彼女は見当もつかなかった。

ギャビーが突然現れた——どこから？　床から？

「子宮椅子見つけたんだね」と彼女は言った。「そう呼ばれているんだよ」

「おお」とドロシーは言った。

ギャビーはドロシーに眉を上げて見せた。子宮椅子、と彼女はもう一度口の動きだけで伝えてきて、そこにはなにか新たな攻撃性があった。キラリと光るかぎ爪が。ギャビーが彼女の嘘を見破ったとはドロシーは思わなかったが、ギャビーはドロシーの偽りの中絶を知ったことが本当はあまり嬉しくなかったのかもしれないという思いが彼女の頭をよぎった。もしかするとギャビーの二人には共通点があるねという振る舞いは、特別で唯一無二な感じが薄れたことへの、中絶という脚光をシェアしなければならないことへの、彼女なりの対処法だったのかもしれない。自分のニュースをドロシーに伝えることを彼女は本当に楽しみにしていたのかもしれない。それがそもそもドロシーが嘘をついた理由だったのかもしれない――彼女を助けるためではなく、彼女から何かを奪うために。エリースが言っていたように、いかなる友情もライバル関係を免れないのだ。そうでなかったことなどないのだ。かれらはみな希少性経済のなかで生きて死んでいくのだ。それが世の習いなのだ。誰かがすべてを持っていたら、たとえその人を愛していたとしても、時にはその人の持ち分がもうちょっと少なければいいのにと願ってしまうのだ。

「義理の母が本を買ってね」とギャビーは、アルコールの入った遠くを見るような声で、まるで別の会話をしていた途中だったかのように言った。「赤ちゃんのために」

「へえそうなの?」とログは礼儀正しく言った。携帯から目を上げずに、椅子の背後の位置から。

「クマの話なの。クマが季節ごとにする楽しいことがぜんぶ書かれてるの」とギャビーは言った。「冬にはアイススケートして、雨の中で歌うの。ええと、春にはね。でもこの本読むとものすごくペテン師みたいな気分になっちゃうんだよね。どうして彼に季節について教えているんだろう？　もう季節なんてないのに」

「クマはいいロールモデルみたいだね」とログは言った。携帯をポケットにしまいながら。「どんな天気も存分に楽しんでさ」

「アポカリプス授業の課題図書にするべきかも」とドロシーは言った。「天気の話するの学生好きだし。授業に来てプレゼンしない？」

「はは」とギャビーは言った。「わかってないね」。彼女は体を膝に引き寄せて、両手を頭のてっぺんに置いた。「私は詐欺行為に加担しているんだよ。二度とやってこない世界のために彼を準備させているわけ」

「それってすべての親がすることじゃない？」とドロシーはたずねた。「自分たちが過ごした幼少期に耐えられるように子供を育てるのって？　間違いを一式正したいならまったく新しいのを作らなきゃ」

「あるいは」と彼女は、ギャビーの眉間によった皺が、子供がおらず、子供なしを、ギャビーの知る限りでは、自ら選択しており、自分の得意分野で目下理論武装中のドロシーのことがギャビーは好きではないのだと示すのを見ながら言った。「それってプラトンを読んでいるからハイデガーの批判が読めるっていうのに似ているかも」。自分が知っていることをひけらかすときにいつだって彼女の顔を這い回るかすかな笑みを、彼女は抑えることができなかった。「ルールを転覆させることの意味が何なのか理解できるようになるために、彼はまずルールを知る必要があるんじゃないかな」

「そうなんだろうね」とギャビーは言い、彼女はその関連性がわからなかったし気にも留めていなかった。「でも本の最後に春、夏、秋、冬について書かれたページがあるんだよ。説明しているの、ほら、雪が降るのとか葉っぱが紅葉するのをさ。どうしてそんなことを彼が知る必要があるわけ？　紛らわしいだけだよ」

何かを気が滅入ると言うのではなく紛らわしいと言うのはギャビーらしかった——まるで事実を提示するもっと良い方法があるかのように、そうすればその事実に対する見方が変わるかのように。

「ロサンゼルスに住んでるふりすれば」とログが言った。「あそこには雪だるまいないし」

真夜中頃、ログはドロシーをつついて首を傾げて見せた。ギャビーがカラオケマシーンを引っ張り出していた。マシーンを見てドロシーは不安でいっぱいになった。

「やば」と彼女は言った。

長らく彼女はカラオケを愛していた。正直に言うと、彼女はそれを愛し過ぎていた。その愛は気違いじみていたが入り組んでもいて、その複雑な思いは自らをさらけ出して世に知られたいという欲望と、それに付随する自らをさらけ出して世に知られることへの憂慮から生まれていた。この葛藤が彼女の人生において具現化したあらゆる形態の中で、カラオケはその純粋性において最たるものだった。

「まだ帰れるうちに帰りたい？」とログはたずねた。

「うん」とドロシーは言った。「でももう遅いと思う」。ギャビーは落ち着いた手際の良さでケーブルをテレビにつないでいて、療養所のサロンで蓄音機を「かける」現代版ハンス・カストロプさながらだった。

　かれらはかつてそれを個室でやっていた。最初はすべてが新鮮で魅惑的だった。べたべたした暗闇、いつだって誰かが何かしら突っ込まずにはいられない、一緒に流れる奇妙なビデオ、他の人たちが別の個室で過ごす夜があなたの個室に漏れ出てくるときに、トイレの中から聞こえてくる発情期の猫のようなわめき声、そしてこれらすべては暗くて深いアルコールのコクーンの中に包まれていた。このコクーンの中で彼女はすごくいい、力強い声をしていた。それは増幅されて彼女の頭を満たすのに十分なほどうるさかった。彼女の友人たち、そしてかれらの友人たちは、とても美しかった。かれらの魂が輝いているのが見えるほどだった。それは耐えられない負担だった、かれらを愛し過ぎてしまうことは。

　あの頃、カラオケの困ったところは終わらせるのがひどく困難なことで、時々ドロシーは、どんなお酒を飲んでいたかにもよるが、午前の遅い／早い時間に陰鬱になってしまうか、黒くて柔らかい泥みたいに気分が沈んでしまうのだった。誰かがもう一度歌いなよとけしかけてくれればそこから抜け出せるが、誰かが憂鬱な曲を歌い始めたら落ち込み続けてしまう。次第に失われていく青春期のはかなさとかつては知っていたが失ってしまった喜びの甘いうずきを感じるとき、ノスタルジックな曲にうながされて、ドロシーが好んで落ち込んでいくさまざまな憂鬱があった。さみしさと悲しみという別の憂鬱もあって、ときどき二種類の憂鬱は混ざり合って強烈な生と死の苦しみとなり、その苦悶の中でドロシーは巨大で理解不可能なその他すべてのものに編み込まれている自分の存在の小ささを経験するのだった。激しい熱情が表現されては悼まれた。彼女は時計のようにネジを巻かれ、すべての歌われた曲と歌われなかった曲で脈打ち、不安と後悔にとらわれて、ハイテンションになっては落ち込んで、もっとやりたかったと思うのと同時にあんなにやらなければよかったと思いつつ、家路につくことになるのだった。

それもまたカラオケに対する愛の一部だった。終わりがあるというその苦みが。

しばらく前にカラオケは楽しくなくなって、その後つまらない作業となり、それからドロシーの内臓器官を一つずつ停止させる毒のようなものになったが、それでも彼女はカラオケをした。時には彼女の思いつきでさえあった。好きだったことはなかなかやめられないのだ。また好きになる可能性が常にあるように思えるから。かつての、今となっては赤の他人の自分になれるかもしれないから。

＊＊＊

ギャビーはドロシーに二個目のマイクを手渡すと親世代の懐メロをかけた。こういうのを全力でやるにはまだ夜が浅過ぎたが、場の空気を読まないというのがギャビーの魅力の一部でもあった。他の人たちはみな関係のないおしゃべりをしているか携帯を見ていた。もっとひどいことには、数人が彼女たちのほうを見て、頭をむだにうなずかせながら、礼儀正しい励ましの半笑いを浮かべていた。ドロシーはここにいる全員がみな囚人であるような気がしたが、何の囚人なのか、彼女はうまく言えなかった——楽しめという命令の？　知りもしない時代への郷愁の？　主催者を喜ばせる義務の？　自らの死すべき運命の？　親の死すべき運命の？

　ギャビーはドロシーに二番まで待つように告げた。曲はやかましく速く高音で始まり、部屋の中の盛り上がりからドロシーは、この曲は彼女以外の全員がすでに何十回も聴いたことがあり、皮肉と本気が切り離せないさまざまな理由から好き好んでいるティーンアイドルの新曲なのだと判断した。ドロシーはすぐさまマイクを他の誰かに手渡した。

「この曲一度も聴いたことない！」とドロシーはギャビーに向かって叫ぶと、彼女はすでにサビを大声で歌っていた。ギャビーが歌うのを聴きながら、ドロシーは自分が拡大していくのを感じるのと同時に、友人を賞賛するときにいつも感じる、自分が賞賛されているような気分を味わった。誰か他の人がするカラオケへの愛は素晴らしい歌への愛よりも大きくて強烈だった。だってそれは歌っている当の本人への愛だから。カラオケは何か重要なものを損なって自分が台無しにしたものの座に自らの身を置くことに関わっていた。美しい歌声はあなたをどこかへ連れ去って、白昼夢のなかで我を忘れさせるが、実のところそれはあなたをあなた自身へと連れ戻すのである——だから人は美しい音楽を聴くと泣いてしまうのだ。素人芸は素人本人にフォーカスを当てた。あなたが賞賛するのはアーティスト本人であり、その作品ではないのだ。

カラオケは曲を二重化させた。元の曲を知らないときでさえ、あなたが耳にするのは今歌われているバージョンだけではない。あなたは常に別のバージョン、本物のバージョン、幽霊バージョンがあることに気づいていて、目下歌われているバージョンはそれとの関連の中で存在するのである。それがカラオケの悲哀だった。それは完璧さを求める手段であり、安っぽい意味での模倣ではなく、神の似姿という意味を伴う模倣だった。なかには、もちろん、ふざけた曲を入れて自らをその力から遠ざけようとする人もいたが、ドロシーはいつもそういう人たちを気の毒に思った。私たちはみんなどん底にいるのよ、と彼女はいつもかれらに伝えたかった、でも私たちのなかには星を見つめている人もいるの。


ドロシーが次に作った酒は金属みたいな味がしたので、彼女はそれを流しに捨ててテカテを一瓶開けた。先ほど自分の赤ちゃんにキスしたいというのろけ話をしていた弁護士がキッチンに入ってきてカウンターに寄りかかった。弁護士はいま完全に酔っぱらっていて内省的な気分になっていた。

「あっちにいる男性に話してたんだけど」と彼女は言った、「うちの子の癇癪についてね。彼全然理解してくれないの」

ドロシーはビールをぐびっと飲んでガラスのボウルの底に指を走らせ、ポップコーンの残骸をつまんだ。別室から、「嵐が丘」〔ケイト・ブッシュの曲〕をみんなで一緒に歌っているのが聞こえてきた。それは野良猫がレイプされているみたいな声だった——ふざけた感じで。ドロシーは指についた塩を舐め取った。彼女は手の中にゲップしてからどうぞ続きをと弁護士に微笑んだ。

「こないだ私がミルクにシナモンと蜂蜜入れるって聞くと彼、うんて言うの」と弁護士は言った。「どうしてあの子の言ったこと信じたりしたのかな？ 彼に何がわかるって言うの？ カップを渡すと彼二十五分間も叫び続けてた。何かに取り憑かれているみたいだった」

ドロシーはそれはとても大変そうですねと言った。弁護士はドロシーの腕に手を置いた。

「わかってくれるわよね」と彼女は言った。

「後でわかったの」とその女性は言った。「家に帰ってきたとき、彼のサルのぬいぐるみが彼の子供椅子に座っていたのを思い出したのよ。もちろん私はサルをそこに置いてない。彼がサルをそこに置いたの、前の晩、夕飯のときにね。で彼は私の椅子に座って、私はふだん袋を積んでる椅子に座った。でも学校から帰ってきたとき、サルが自分の椅子に座っているのを見つけて彼もうおかしくなっちゃったの。サルを床に引きずり降ろすと「アレックスをやっつけろ」って言いながらテーブルの脚に叩きつけたの。アレックスに取って代わられた気がしたのかな。本当は私をやっつけたくてアレックスをやっつけてたのかも。でそれからあの汚れたミルクをあげたわけ。自分がちゃんと見てもらえてない気がしたんだと思う」。彼女の頬は飲酒と疲れとパーティの熱気で火照っていて、同じことをもう一度言った。「ミルクは彼をちゃんと見てもらえてない気分にさせたんだと思う」

「きちんと対処されたって思いますよ」とドロシーは言った。彼女は、あらゆることに反して、この女性が本当に好きだった。彼女は話をするのが上手い。きっとクライアントにとっていい弁護士なんだろう。それに、おしゃべりな人のそばにいるのはすごく気分を落ち着かせるものがあった。ただ話を続けさせていればいいのだから。「アレックスはそのうち落ち着いたんでしょう？」

「アレックスはサルよ」とその女性は言った。

「そうでした」とドロシーが言うと、ログがギャビーが呼んでるよと伝えに来た。

　ギャビーは曲名の書かれた本を手渡していた。彼女はチャーミングな司会進行役、「余興をとりしきる者」であるのに加えてスター演者でもあり、チアリーダーでもあり、そしてサクラ客でもあった。より出来の悪い主催者だったらその「不思議の箱」をぞんざいにスクラッチしただろうし、音が歪むレベルまでエコーをかけてしまっただろう。ドロシーの知らない人たちがドロシーも過去にカラオケで何度も歌ったことのある定番曲を歌っていて、ドロシーはかれらから何の快感も得られなかった。すげない意地悪さがいまや場の雰囲気に入り込んでいた。お楽しみは機械的な反復になり、台無しになっていた。歌っている集団の前で立ち上がるというリスクを冒す人もいたが、誰も気にもとめないかかれらを見てさえいなかった。たぶんそれがポイントなのだ。みんながそれを楽しむために集まっているとされている見世物を無視するという、気配りあるいは礼儀正しさというものが存在するのだ。太古の昔には人々はキャンプファイヤーのまわりに集って一緒に歌って声を混ぜ合わせたりしていたが今では、表向きは啓発的かあるいはカタルシスがあるとされる儀式が、触れてはいけないプライバシーの領域を守らせるのである。しかしドロシーが良きもの、最良のものだと思う孤独とは違い、このプライバシーは自らをさらけ出す行為によってのみ得られるものだった。シンガーたちはカウチやテーブルを片付けて作った即席ステージ上から退くや否や、自らの美的そして精神的な野心を捨て、片付けなどしてないし、調子っぱずれにか音程を合わせて超越を目指そうともしていなかったかのように振る舞うことを期待されるのだ。

　音割れしないように唇からマイクを離して持ちながら、ギャビーはドロシーに曲を入れるよう命じた。ログが大衆受けするバージョンのペット・ショップ・ボーイズをのんきに歌っている間に、ドロシーは本を調べて番号コードを入力した。誰かが立ち上がって陰気なスミスの曲を歌い、それはドロシーが歌えばよかったと思った曲だった。訴訟金融業者は彼の「ローラ」の歌唱にスタッカートの効いた行進曲っぽいダンスを添えた。彼は全ての曲に合わせてこのダンスを踊るのだろうか、それとも「ローラ」の性的パニックに関する特別な何かを彼は伝えようとしているのだろうかとドロシーは思案した。金融業者が思いあまって拳を突き上げているあいだにログは音楽越しに聞こえるようドロシーの耳元に彼の口を寄せた。

「彼すごく怒ってるみたい」とログは叫んだ。

「この曲あのカンザス出身の社交クラブの子を思い出させる」と彼女は答えた。「あの子この曲知ってるって思う？」

　ログはうなずいたがドロシーは彼に自分の声が聞こえたのかいまいちわからなかった。ドロシーが一度も好感を持ったことのない女性三人組が登場してドロシーが一度も関心を持ったことのない九十年代の曲をやったが、とりあえず彼女は笑って手を叩いた。この曲に心を動かされ感動している人たちの経験を損ないたくなくて。セーターを着て声がカオスなほどにやかましい女性が「ハートシェイプド・ボックス」の恐ろしい歌唱でしばし部屋から人々を一掃した。アレックスの母親がやって来て不穏なほどにキーのあったマライア・キャリーを歌った。人には隠れた才能があるものだ。そういう人を前にするとドロシーはぞくぞくした。次のギャビーの曲が終わった後、ドロシーはカラオケマシーンの調子がちょっと悪いんじゃないかと思い始めた。そもそも子供のおもちゃのようなものだし。音がキンキンするようになって、それが入るには小さすぎる何かの中に捕えられているみたいだったが、他の人は誰も気にしていないようだったし気づいてさえいないようだった。

　自分の曲がかかったとき、ドロシーはイントロのドラムの音に聞き覚えがなく、メロディーはその曲だと告げているのだが、歌い出しがわからなかった。バックでかかるシンセサイザーの拍うちとその曲は何の関係もない気がした。彼女は画面に映った言葉に合わせて喋ろうとしたが、言葉はどれ一つ見覚えがなく、ギャビーは彼女の足下に座り、ドロシーを軌道に乗せようと一緒に歌ってくれていたのだが、二番の中ほどでドロシーはスキップボタンを押した。数人が元気づけようとブーイングした。

「ごめん、この曲知らない！」と彼女は言った。「違う曲だと思ってた！」

　自分の神経症をチャーミングに見せてくれればと願いつつ彼女はあわれな身振りをした。インディー映画の登場人物みたいに――帽子を被っているタイプの。

ギャビーが這い上がってきて片腕を彼女にまわした。

「ドロシーに拍手を！」と彼女は言った。

「次は私」と彼女はつけ加えた。

ギャビーはワンピースを伸ばしてカラオケマシーンの前でちょこっとお辞儀をし、カラオケの神々を自らの方に召還して祈りを捧げた。パーカッションがカタカタと素早い音を立てて、何かもしくは誰かから逃れていた。

「これは名曲よ」とギャビーは節をつけてマイクに向かって言い、ドロシーを指差した。「ボスのね」［ボスはブルース・スプリングスティーンの愛称］。

シンセのポコポコ音がバスドラム音に加わり、ギャビーはビートにばっちり合っていた。彼女はメロディーへと深く沈下していった。その曲がどこでカーブしてどこで真っすぐになるのか、彼女は隅々まで知っていた。ブライアンが、その姿をドロシーは一晩中見かけていなかったのだが、どこからともなく現れて、自分の愛する人が他に秀でる何かをする姿を見ることの紛れもない喜びでにやっと笑っていた。ギャビーは歌手がステージ上で何百何千人の前でする動きを真似て拳を上げたが、ギャビーのそのやり方は、自分は自宅のリビングルームにいて、他の会話に気を取られたりせずに喜んでそこにいる一握りの頑固者と酔っぱらいをもてなしているのだと彼女がわかっていることを表していた。もしドロシーが今でもカラオケを愛していたならばもう一度ギャビーに恋をしていたであろうが、でも彼女はしなかった。ドロシーは自分の潜水球の中にいて、ギャビーはスタジアムにいるのだから。

「俺はただの孤独な放浪者／金には困っていない」（ブルース・スプリングスティーン「ブリリアント・ディスガイズ」）とギャビーはささやくように歌った。「俺が信用してないのはおまえなのか知りたい／自分のことだって全然信用してないから」

この曲の背景となっている世界はどのようなものなのか、とハンス・カストルプがたずねた、彼の心の動揺からは禁じられた愛の世界のように思われるが？

その答えは死だった。いつだって死なのだ。そうじゃない曲などないのだ、ほんとに。この世のさまざまな音楽の種類は単にそこにある無数の死に方の反映にすぎない。ラブソングもある、もちろん、でも愛はあなたを殺す可能性があるから、それもまた死のソングとしてみなされる。この曲の特に非凡なところはいかにそれが早く展開するかだった。自分の葬式に遅刻しているみたいに急いでいるのだ。

ギャビーの口はモノマネするように歯をむいてうなった。彼女は可愛かった、愛玩犬みたいに。「だから俺を見るとき」と彼女は歌った。「よく見て確認したほうがいい／それは俺なのか、ベイビー、それともあざやかな変装なのか？」（「ブリリアント・ディスガイズ」）

ドロシーはログにもたれかかった。

「これ私がやりたかった曲だ」と彼女は言った。「間違ったの入れちゃった」

「これは素晴らしい曲だよ」と彼は言った。

二人の背後からドロシーがいつも泣き上戸だから嫌っていた男がおおーと声を上げた。「すげえ！」と彼は叫び、ドロシーはそれを認めざるを得なかった。彼女はギャビーがその曲が抵抗するのをやめるまで片方の手で曲を押さえつけ、もう片方の手でその顔を叩いている姿を想像した。

歌詞が画面上から逃げ去って、公正な取引により、力みなぎるギャビーの声が取って代わった。ドロシーは自分の間違いを恥ずかしく思っていたが、今や恥ずかしく思う理由などないのだとわかった。ギャビーがこの曲をやってよかったんだ、とドロシーは思い至った。他の誰かがすごくうまくやれることをやるのが自分である必要はないのだ。

十日後

　学科の事務室にも彼女が使うことのできるコピー機はあるのだが、ドロシーはいつも図書館でコピーしていた。その理由の一つに彼女はいつも図書館にいて、遠路はるばる事務室まで歩くことで浪費される時間は彼女がコピーカードで使う金額分の価値があるように思えたからで、もう一つの理由としては事務室のコピー機のそばに立ち、コピーが終わるのを待ちながら過ごすわずかな時間が拷問だったからである。いつ何どき学科の教授が現れてそこに彼女を見つけ、責めるかもしれないのだ。過去に二度起きたように、彼女を学生と間違えて。秘書の人にどのくらい何をコピーしているのか監視されている感じも嫌だった。ドロシーがコピー機で何をしようが他人の知ったことではないのだ。

　いずれにせよ一週間に二十ページ分は無料でコピーできたので、彼女はドキュメントを自分のノートパソコンから印刷キューへと送信し、そしてノートパソコンを机の上に開いて置いたまま、図書館を横切ってプリントステーションへと向かい、そこで部屋の向こうのノートパソコンに目をやりつつ、大学のＩＤとパスワードをユーザーインターフェースに打ち込んだ。メッセージがぱっと現れて、一週間分のコピー割当を超過していると告げた。彼女は机に戻り、カバンの中をかきまわし、財布からクレジットカードを取り戻し、大学のＩＴサイトを開き、自分のアカウントに二十ドル入れた。それからもう一度Ｃｔｒｌ＋Ｐを押してプリントステーションへと戻った。その間に、ローマ鼻の赤ちゃんみたいなおさげをした女子がプリントステーションを占拠していた。彼女は画像がたくさんある何かを両面印刷しており、それは非常にゆっくりとしたペースで出てきていたので、ドロシーは自分のノートパソコンに戻って別のプリントステーションにドキュメントを送信した。そのプリントステーションはもっと遠くにあったので、今回はノートパソコンを開いたまま抱えて一緒に持っていったが、コートと本と財布は置きっぱなしにした。自分のジョブを選択してパスワードを入力すると、メッセージが現れてそのプリンターは印刷できないと告げていた。

彼女はそれを見つめた。巨大な黒いプラスチック製の機械だ。測り知れない。それは電卓のくっついた書類棚のように見えた。外側にテープで貼られた手書きのメモがユーザーに電源を落とすなと警告していた。なので彼女は電源を切らずに用紙トレーをぱっと開けた。

目に見える紙づまりはない。

図書館員のデスクには誰もいなかったが、それはどうでもよかった。概して図書館員はコピー機の問題に関してあまり役に立たないからだ。かれらのアドバイスはいつだって図書館の別の場所にあるコピー機を試せというものだった。もしそれもだめならかれらは全く別の図書館にあなたを送り出すだけだ。かれらの哲学はコピー機を不特定の時間誰も使用しなければ、そのうちコピー機は自ら問題を解決し起きて動き出すということのようだった。ただ待って何もするな。これはドロシーが基本的には共感する類いのアドバイスだった。それはつまりかれらのアドバイスを受ける必要はないということだ。そんなアドバイス言われなくてもわかっているから。

彼女はコピー機を叩いてみた。あまり強すぎないように。注目を集めるほど強すぎないように。ちょっとこつんと叩く程度だ。機械は自ら電源を落とした。

これはまさにその日の朝に彼女が一人目のセラピストと話していたことだった。

「私に反感を持っているのは組織だけじゃないんです」と彼女は言った。「そこにあるものぜんぶなんです。私が触るものは何でも機能不全を起こすみたいなんです」

セラピストはうなずいて眉間に皺を寄せ、ドロシーの言い分は聞こえたがその解釈には賛同しかねると合図した。

「私はゴミを生み出しているんです」とドロシーは言った。

「それは自己非難に聞こえますね」とセラピストは控えめに言った。

窓の外。早めに花を咲かせて今や霜で覆われたモクレンの木。診察室の中。陶器の人形、小像、風変わりな壺とフィンガーボールの数々、陶磁器がいくつか。セラピストに彼女の言っている意味がわかるわけがなかった。ここには電源プラグを差し込むものさえないんだから。

メインのコンピューター・ラボは下の階の図書館一階にあった。ドロシーは、エネルギーの無駄を意識して、階段を使った。ラボは黄色い蛍光灯の下にU字型に並んだデスクトップパソコンの輪で、どちらかと言うと企業のビジネスセンターみたいだった。数人の若者がテレビゲームをしていた。ヘッドフォンをつけて。他の人たちはタイピングしていた。ドロシーは一人称視点のカーレース・ゲームをしている学生の隣のデスクトップパソコンにログインした。アスファルトが押し寄せる波のごとくにズームアップし、ふわふわした雲が散らばった青空の下で前後にカーブしていた。ドロシーはそのゲーム画面を見ないようにした。見ると車酔いするから。しかし視界の隅に映りこむ目眩のする道路の浮き沈みは彼女を引き戻した。学生が読書をしないわけだ。どうやって読書がこの中毒性のある吐き気の感覚に敵うというのか？

　彼女はクラウド上にある自分のドキュメントを突き止めてそれをラボのコピー機に送信した。コピー機のほうへ歩いて行ってパスワードを入力した。コピー機の甲高いウーンいう音が始まって死んだ。コピー機は用紙切れを起こしていた。彼女は壁の時計を確認して今こそが心を落ち着けるためにちょっと数分外出し、灯油缶を買ってきて図書館を焼き尽くすのにちょうどいい時間だと判断した。

　コピー機の横には印刷用紙の束が積み上げられていた。ドロシーはびりびりと一束破いてトレーに印刷用紙を詰め込み始めた。セラピストは人生の中でうまくいった全てのことについて考えるよう彼女に指示していた。彼女は携帯でeメールをチェックするために紙を詰めるのを一時中断し、その行為は白髪まじりの図書館員を召還する効果があった。彼女の着ている緑色のセーターを見るだけでドロシーは身体がかゆくなった。

「学生はそれをしてはいけないことになっています」と彼女は言った。

「私は教授です」とドロシーは言った。その主張、もしくはそう主張しなければならないことは、馬鹿馬鹿しく感じられた。もちろん図書館員は彼女を信じなかった。彼女だって自分の言っていることを信じていないのだから。彼女は自分の着ている服を見下ろした。それはみすぼらしくて学生っぽかった。彼女の髪の毛は洗ってなかった。たぶんテカっていたはずだ。

「どうしてここでコピーしているんですか？」と図書館員は言った。「学科の事務室でコピーするべきでは」

「教授は図書館に入ってはいけないのですか？」とドロシーはたずねた。彼女の声は意図したよりもいやみに発せられ、図書館員は本物の軽蔑を込めて彼女をにらみつけた。

大学は本当に彼女を見下していた。この図書館員――図書館員！　知の番人！――と彼女の冷酷な表情を見ればわかる。

「本気で聞いているんです」とドロシーは言った。「規則には喜んで従います、もしそれが何なのか誰か教えてくれさえすれば」

図書館員は後ずさりした。まるでドロシーが地下鉄にいる狂人か何かのように。彼女が肩をすくめる様は、お好きなようにと言っていた。彼女は用紙をひとつかみ取り除き――ドロシーは、いつものごとく、入れすぎていた――コピー機の用紙トレーの扉を閉めた。彼女は試し刷りするためにボタンを押した。効率的にコピー機は象形文字と濃さの異なる棒線の印刷された紙をコロコロと出した。「ほら」と彼女は、ドロシーの哺乳瓶からこぼれたミルクを拭ってあげたみたいに言った。ドロシーが未来に目を向けると、四十、四十五歳になって、学部の非常勤講師で、コピー機で待ちながら、皺だらけの図書館員の訓戒を受けている自分の姿が見えた。精神の生活に魅力的なところがあるとかつて信じていたなんて、何と自分はナイーブだったんだろうと彼女は思った。

二人の丸刈りの学部生がトイレの鏡の前で自撮り写真を撮っていた。ドロシーは一緒に撮りましょうかと申し出たが彼女たちはドロシーがシナリオを全然わかっていないことを示す風に断った。ドロシーは個室のドアを閉めて鍵をかけた。下着には赤い斑点がついていた。それは鮮やかで、出陣化粧のようだった。

便座が少し濡れていたので彼女は立ち上がって自分と便座を拭いて乾いたトイレットペーパーを二枚敷いた。洗面台では学生たちが社会主義と共産主義のそれぞれの利点を比較検討していた。ドロシーが自分の学部生時代の会話を振り返るときそれは中身がなくて子供っぽくて、妄想のようなものばかりだったが、この学生たちは彼女に希望を感じさせた。あるいは絶望だったかもしれない。子供たちがあなたを導くのだ、と彼女は思った。ああ神様、なんてこと。

彼女は覆われた便座に座った。きっと、ドロシーは思った、切り傷が膣にあるのだ。紙で切った傷が。彼女は携帯を脚のあいだに構えると写真を撮った。音量が最大になっていてカメラは大きなシャッター音を鳴らした。あたかもフィルムが巻かれているみたいに。学生たちは生産手段について話し続けていた。フラッシュがぎらぎらした輝点を生じさせて画像を真白にしたので、ドロシーはカメラの設定を開き、フラッシュをオフにして、もう一枚写真を撮った。彼女は画像をズームアップしてあちこち動かしてみた。

目に見える表面の裂け目や切り傷はない。

血は内部から生じているに違いない。

これがいまや私の人生なんだ、とドロシーは思った。出血しやすい人としての人生。私は生理と生理のあいだに出血して、あるいはそれはひとつの連続した生理で、数日おきに止まったり始まったりするものの、その停止は「停止」ではなくて、周期のなかの瞬間にすぎず——出血が常態なのだ。

彼女の最後の生理は三日で終わった。でいまやこれだ——これが何であれ。二十八日周期というのはいつだって現実というよりも神話、平均値の問題かお月さまのつくり話で着飾った化学的に押しつけられた規範にすぎないのだが、それにはどこか一貫性があって安心させるところがあった。それは象徴的だった。三週間休んで、一週間来る。週は世界の創造、そして破壊を象徴していた。二十八日周期というものが神話であれ標準であれ平均値であれ存在するという事実は彼女の身体が、もしくは何らかのその統計学的なバージョンが、古代からの根源的な軸とつながっている気分にドロシーをさせた。しかし新しい時代には象徴や全てをまとめ上げるメタファーは存在しなかった。身体は不規則性によって支配されているのだ。すべてはカオスなのだ。カオスの時代においては、人はあらゆる事態に備えねばならない。そう、備えなくては。彼女はホーム画面に戻るためにボタンを押し、メモ・アプリをタッチし、そしてメモをした。

ナプキンを買うこと（ピンクの個別包装のやつ）

ドロシーはリュックサックの中に入れてあるジッパーのついたポーチの中をごそごそ探したが、見つけ出せたのはタンポンだけだった。今タンポンを入れたくはなかった。どのくらい血が出てくるのかわからなかったから。トキシック・ショックのリスクというものが常にある。それに、表面の傷という希望もまだ彼女は捨てきれてはいなかった。

　ドロシーはもう一度携帯を取り出してeメールを見てそれからニュースを見てそれからまたeメールを見た。ダニエルが期末レポートに関する長いメッセージを送ってきていたが、ドロシーはズボンを降ろしたまま学生にeメールを書くのは適切ではないような気がした。ダニエルにはわからない、もちろん、しかし彼女にはわかってしまうのであり、それは彼女のダニエルとの接し方を将来的に変えてしまうかもしれないのだ。彼女がそうするのをダニエルが見たという感じを振り払うことは難しいだろう。トイレの中で学生からのeメールを読むのはありだが、トイレの中から学生にeメールを送ることは彼女にはできなかった。テクノロジーの地理的忍び寄りと戦うことは重要だ。あるタスクはある場所で行い、別のタスクは別の場所で行うことは重要だ。穢れとは場違いな物質のことである。

メアリ・ダグラス。

彼女は下着についたしみをトイレットペーパーで叩いて乾かそうとした。それはすでにほぼ乾いていた。彼女はトイレットペーパーを三、四回下着のまわりに巻きつけ、輪っかで略式のナプキンをつくると、ズボンを履いた。彼女は足で水を流して肘を使って個室のドアをバンと開けた。それは隣の個室に当たって跳ね返った。彼女はお湯の下で両手を流してからドライヤーの下で両手を握った。学生のうちのひとりは今カウンターの上に座って化粧をしていた。もうひとりは携帯で喋っていた。さっきまでは排他的な魔女集団のメンバーのようだった二人は、今では他人のように振る舞っていた。ドロシーは彼女の背後でドアをバタンといわせた。

薄暗いホールに立ち、死んだ創立者の大理石像の影に半分隠れて、ドロシーは携帯上のポッドキャストのアプリを開いて二人目のセラピストの名前を親指で打ち込んだ。アイコンに表示されたセラピストは微笑みながらいつものショールに身を包んでいた。レンガの前で。彼女は肩のところで切り取られていた。二二八人のリスナーが平均五つ星を彼女に与えていたが、レビューは信頼できないことをドロシーは知っていた。彼女は下にスクロールして「エピソード2.1 不安定さと心の備え」をクリックした。セラピストは、いつもよりゆっくりで滑らかな、音響エンジニアがめん棒で伸ばしたみたいな声で、このエピソードでは最後の審判の日に備えて小屋を用意して借金を抱えた強迫神経症のバリスタを取り上げると説明していた。するとシューッという雑音が取ってかわり、ドロシーのよく知る窓のない診察室へとリスナーをいざなった。

外は風が強くて何かゴミが、濡れた紙切れが、ドロシーの膝にくっついた。彼女がそれを素手で引き剝がすとそれは手にくっつき、彼女が振り払うとどこかへ消えていった。往来する人のわめき声越しに聞こえるように彼女はボリュームを上げた。地下鉄は遅延しておりバリスタが彼女の最新の大量獲得物と最近購入した銃器を列挙する間、ドロシーは「強迫神経症」の歴史を携帯のブラウザで調べた。十七世紀の司教は強迫観念的な思考を「良心のとがめ」と同定していた——問題が去ったあとの問題、疑いが晴れたあとの疑い。十九世紀には「見識は保たれている」強迫観念と妄想とのあいだに線引きがなされた。バリスタの状況における問題は、もちろん、彼女が妄想的であるかないか断言するのが不可能なことだった。この世界において物事は全然大丈夫ではなかった。問題はその大丈夫じゃなさは小屋を建てることで改善できるようなものなのかということだ。

地下鉄の車両内は混んでいてドロシーは頬を誰かの緑色のハイキング用リュックサックに押しつけながら乗り、バリスタが彼女の手の傷について説明するのを聴き、それは明らかに繰り返し手洗いすることで生じたあかぎれで、アレルギー反応だった。セラピストが自我防衛の意味を説明し始めると、ドロシーは一時停止ボタンを押してイヤホンを外した。この番組の問題は、ドロシーは気づきつつあった、すごく運が良くてレコーディング当日にたまたま誰かがカタルシスのあるブレークスルーを達成しない限り、ほとんどのエピソードは結論のなさに向かって手探りでゆるゆる進むこと請け合いだということだった。彼女の聴いた話は口をぽかんと開けてしまう満足感さえ提供してくれなかった。その不安感はあまりにもありきたりだった。たとえその表現の仕方は極端だったとしても（この世の終わりに備えていない人などいるのか？）。そんなことが番組の趣旨であるはずはないように思われた――ありきたりな内面の苦しみを何らかの重大事や変容もほんのわずかな洞察の輝きも期待できないまま忠実に記録することが――しかしもしそうでないなら、その趣旨は一体なんなのかドロシーにはわからなかった。

ギャビーの家の最寄り駅で、ドロシーの下に座っていた男が（彼女は上の手すりに摑まっていた）、立ち上がりたいような素振りを見せた。彼は半世紀ほど年を取り、白人で、だぼだぼのスーツを着ていた。彼を通そうと彼女が後ずさりすると、彼はその手を彼女の腰にすべらせた。

「私に触らないで」とドロシーは叫び、その男はこっそり通り過ぎて姿を消した。みなが彼女の方を見て、それから目を背けた。彼女がドアの外に無理やり出ると線路の向こうに十代の若者の集団が黄色い線の近くで馬鹿騒ぎをしているのが見えた。電車が発車したあとで、そのうちのひとりが線路に炭酸飲料を落としたか投げたかして、ドロシーは今にも起こりそうな悲劇を恐れて目をそらすと明るい光のほうへと階段を駆け上がった。

気温は朝から六度上がりドロシーは歩きながらカーディガンを脱いだ。午後三時で太陽の光はまだ強かった。ドロシーはギャビーがミソプロストールを服用するのをブライアンが帰宅するまで待たないのはおかしいなと思ったが、「女性の用事」だからと彼女は彼に告げていて、彼の気持ちは傷つきこそしたものの、最終的には彼は受け入れた。それは彼女の身体であり彼女の選択なのだ。「シャーマンが生まれた時のことを彼と私よく話し合ったの」と彼女は電話で説明した。「彼がいてくれて嬉しかったよ、もちろん、いるべきだったっていうのもわかる、でも見方を変えると彼がいないほうが良かったのかもって。私と助産師さんと産婆だけのほうがさ」。どうしてそのほうが良かったのかもしれないのとたずねると、ギャビーは「そっちのほうが魔女っぽいじゃん」と言った。

もし魔女っぽさがギャビーの求めているものであるならば、午後に妊娠を終わらせるべきではないのではとドロシーは思った。それは一日のうちであまりにも健康的で、衛生的すぎる時間帯だった――その物質の摂取と神秘的な創造と破壊の力に必要な黄昏時という欠くことのできない前提条件をギャビーは侵しているような気がした。たぶんギャビーはその出来事のお役所的な性質、決まりきった勤務時間帯にそれを行うという基本的正しさのようなものにより通じているだけかもしれない。クリニックがあなたの子宮内容除去術の予約を夜の九時に入れることはなさそうだ。ギャビーはドロシーのしゃれたワンピースよりも高くて見栄えのする赤いスウェットの上下を着て玄関口に出てきた。

「これが私の堕胎服よ！」と彼女は宣言した。

そこら中に物が山積みにされていた。新聞、本、たくさんある戸棚のひとつに入る道が見つけられなかった食料品、片付けられるのを待ちつつ頑張って傾いている畳まれた洗濯物。金持ちであることは人を整理整頓好きにはしない。キッチンでドロシーは二人目のセラピストのポッドキャストを聴いたあと地下鉄で身体を触られたいきさつを語り、ギャビーはクリニックでもらった取扱い説明書を見つけようとあちこち掘り返していた。

「あっ私もそれ聴いた！」とギャビーは言った。「それについて一緒に話したくてたまらなかったんだよ」

自分より先にギャビーがそのポッドキャストを聴いていたことはドロシーを苛立たせたが、誰かと一緒にそれをこき下ろす機会を自分が歓迎しているのは否定できなかった。「どう思った？」

ギャビーはドロシーにお先にどうぞと譲ろうとするかのように口をすぼめてから、息急き切って意見を言い始めた。「イントロの音楽は好きじゃなかったな」と彼女は言った。「でも人生の段階について彼女が言ってたことは良かったよ。私今まで自発性対罪悪感にうまく対処できたためしがない気がする。だから自分の仕事に目的が見出せなかったんだと思う」

「何の話？」とドロシーはたずねた。

「エリック・エリクソンの発達の第三段階？」とギャビーが言った。「ポッドキャストの最初のエピソードの？」

「最初のエピソードは強迫神経症の防災マニアとのセッションだよ」とドロシーは言った。

「ほんとに？」とギャビーは言った。

「間違ったポッドキャスト聴いたんだよ」とドロシーは言った。「そもそも私のセラピストの名前知ってる？」

「知るわけないよ、教えてくれないのに」とギャビーは言った。

一瞬の間。

「教えてくれる?」

「後でね」とドロシーは嘘をついた。ケンカを始めたくなくて、二人で集まってこれからすることを考慮して。

「一緒に聴けばいいじゃん」とギャビーが提案した。「子宮収縮が始まるのを待ってる間にさ」

「とにかく薬服用しちゃったほうがいいよ」とドロシーは言った。

「一時間前に飲んだ」とギャビーは言った。「チョークみたいな味がした」

指示に従わないのはいかにもギャビーらしかった。

「それ膣に入れるんだよ」とドロシーは言った。

ギャビーは首を振った。「絵を見てよ」と彼女は言い、開いた口と舌の下に置かれた薬のイラストを指差した。ドロシーは肩をすくめた。この状況下で彼女が有するいかなる権威も彼女の手からすり抜けていった。「どっちの方法でもいいんだと思うよ」と彼女は言った。

廊下のほうから泣き声がしてギャビーは席を外した。戻ってきたとき、彼女はシャーマンを抱いていた。彼の顔はドロシーが最後に会った時よりも著しく太っていて——彼は全力でウィンストン・チャーチル期に入っていた——そして彼は襟と本物のボタンのついたシャツを着ていた。そのボタンの何かがドロシーにギャビーの優先順位は秩序だっていなくて、良き母親像が彼女に何をしでかしたと彼女が言おうとも、彼女は根本的に無駄な努力をしており、着せ替え人形をして遊んでいて、言語習得以前の、その最大の幸せは成功したうんちである生き物の服のボタンを掛けたり外したりすることに毎日何時間も費やしていることを示した。

「二重あごだね」とドロシーは言った。

「いまぜったい私にウィンクした」とギャビーは言った。「きっとわかってるんだよ」

彼女はシャーマンを抱いたまま、レコード棚のほうへ向かった。「すごく慎重に音楽を選ぶ必要がある気がする」と彼女は言った。「処女を失うか、ＬＳＤが効くのを待つみたいなもんだもん」。彼女は時間をかけて棚を見て回り、最終的にジョニ・ミッチェルのアルバムを選び、それから子宮椅子に落ち着いた。

「この音楽は先祖の女性たちと私を触れ合わせてくれる」と彼女は言った。「彼女たちが聴いてたのはぜったいこれだよ」

「違法中絶するスラム街にレコードプレイヤーなんかなかったでしょ」とドロシーは言った。彼女の言葉は意図したよりも衒学的に響いてしまった。お茶目な感じで言おうとしたのに。

膝の上でシャーマンをはずませながら、ギャビーは祖父母の元を訪ねた際に母親が彼女をナパにある遊園地のメリーゴーランドに連れて行った時の長話を始めた。「一番古い記憶の一つなの」と彼女は言った。「乗り物が動き出したとき、音楽がすごくうるさくて私泣き始めちゃったんだけど、係の男の人は私を降ろすために止めてくれなかったの。お母さんは彼のこと追っかけていって叱りつけたんだよ。怒鳴りながら。ののしりながら。お母さんのことが怖くなったけど安心したのを覚えてる、お母さんが雌ライオンで私を守るためにサイとか何とかの頭をもぎとろうとするみたいでさ」

「でもこないだお母さんと話してたら」とギャビーは続けた、「そんなことなかったって言うんだよ。メリーゴーランドに私を連れてったことはあるけど、私は全然泣かなかったって。それからお母さんと私がメリーゴーランドに乗ってる写真送ってくれたんだけど、私笑ってるの」

さらに、とギャビーは言い続けた、その写真の中で、彼女は記憶していたのとは違った服を着ていた。「その写真の中で私、変なエプロンドレス着てるの」と彼女は言った、「でもセーラー服着てたって覚えてるんだよね――それもそれで変だけど、でも同じじゃない」

「本当に？」とドロシーは言った。

ギャビーは眼鏡を頭の上にのせると手に消しゴムを持っているみたいに顔をこすった。「もちろんはっきりはわからないけど」と彼女は言った。

「別の機会にも行ったんじゃない」とドロシーは言った。「ベビーシッターと」

「私の言ってる意味わかるでしょ」とギャビーは言った。「私が私じゃないか、お母さんがお母さんじゃないかどっちかってこと。でもどちらかいっぽうは自分が思っている自分じゃないんだ」

二人は黙ったまま、ジョニ・ミッチェルがあてどないメロディーを追うのを聴きながら座っていた。ドロシーはジョニ・ミッチェルを好きになった試しがなかった。ジョニ・ミッチェルは彼女が辿り着こうとしている場所にそれがどこであれなかなか辿り着かないようにいつも思えた。

ギャビーの母親はギャビーが記憶違いしていたことを怒っていた。「これだから子供は親のことで文句言うべきじゃないんだって言うんだ」とギャビーは言った。「子供は全ての事実を把握していないからって」

以前ならギャビーはそのような言い方に対してひどく怒ったはずだったが、自分が母親になって以来彼女は自分の母親と同一化し始め、自分の過去を自分の視点ではなく母親の視点から見るようになっていた。それは二重にものを見るような感じだと彼女は言った。ギャビーが彼女自身の経験を捨て去ってしまったことにドロシーは不快感を覚えた。しかもそんな見え透いた実用性のために。母親の過ちがどんなものであったとしても、母親をそれほど完璧に許すことによって、ギャビーはこの先どんな仕方で彼女がシャーマンの期待に背いたとしても先んじて言い訳することができるのだ。生殖、それは未来を作り変えることだと自己宣伝していたが、実は過去を修正し過去と和解することとすべてと関係していた。

ギャビーはぴったりな言葉を追い求めながら眉間に皺を寄せた。「待つのって楽じゃないね！」と彼女はようやく笑いながら言った。「それってシャーマンが持ってる本のタイトルなの。彼まだそれを読むにはちっちゃすぎるね」。ドロシーが何か言える前に、ギャビーは顔をしかめた。「お腹が痛くなってきた気がする」と彼女は言った。

ドロシーはアパートから立ち去りたいという強い衝動に駆られた。「ドラッグストアに行って電気あんか買ってきてあげるよ」とドロシーは申し出た。バスルームの棚に一つあるとギャビーは言った。ドロシーはそれを取ってきて長いコードをほどいてコンセントに差し込んだ。それは急速に温かくなった。それから彼女はギャビーにコップ一杯の水を持ってきた。

「これ飲んで」と彼女は言った。

「なんで？」とギャビーは言った。「水は身体に良いから」

「わかんないけど」とドロシーは言った。

ギャビーは飲んだ。「水は命ね」と彼女は言った。

「ほんとそう」とドロシーは言った。「コップ一杯の水で改善しない状況なんて思いつく？」

ギャビーはにこりとしたがそれは作り笑いだった。彼女の気分が良くないことをドロシーは見て取ることができた。ドロシーはコップをキッチンに持っていきもう一杯水を注いで戻ってきた。シャーマンはギャビーの腕の中で眠ってしまい、彼女は彼をドロシーに手渡した。彼は美味しそうなにおいがした、焼きたてのパンみたいな。ドロシーは自分が王子様でシャーマンが彼女が抱っこして敷居をまたぎたいお姫様だという奇妙な感覚を覚えた。彼女は落ち着いた気分になったが、怖くもあった。赤ちゃんってほんと馬鹿だ。判断力がない。やって来る人を誰でも信頼してしまう。

ギャビーはテレビをつけて――彼女はケーブルテレビにお金を払っているドロシーが知る唯一の人だった――古い映画を見つけた。二人は黙って数分それを見た。

「これトラウマになる感じしないよ」とギャビーは言った。

「そうなるとは言ってないよ」とドロシーは言った。

「シャーミーはあなたと一緒にいて嬉しそう」とギャビーは言った。「彼が最初に生まれたときに何をしようとしたか話したっけ？　彼お乳をもらおうとして、だけど私の乳首を自分の手で覆ちゃってパニックになって手に顔を打ちつけてたんだよ、どこにあるの？　みたいに」

「人間の条件だね」とドロシーは言った。肩が痛み始めていた。

「私もそう思う」とギャビーは言った。彼女は唇を噛んだ。バーバラ・スタンウィックがちょうどテレビ画面に姿を現した。「あの時が恋しい。彼すごくちっちゃかった。ニワトリみたいに、いつも口開けてて」

時おりしかめっ面か仰天の表情がギャビーの顔をよぎった。彼女の目は青く落ちくぼみ口のまわりの皮膚は普段より腫れたように見え、それが妊娠のせいなのかストレスのせいなのか母であることの一般的な疲れのせいなのか、ドロシーにはわからなかった。するとギャビーは電気あんかをぎゅっとお腹に押し当てて息を深く吸って言った、「始まった気がする」。彼女はトイレに行って戻ってきた。

「違った」と彼女は言った。「何もなかった」

ドロシーはえーっと不平をもらして連帯感を示した。テレビではバーバラ・スタンウィックがパームビーチ行きの列車に乗るところだった。シャーマンはずっしり重くてよだれが口角のまわりにちょっと溜まっていたので、ドロシーは優しく彼の襟を使ってそれを拭き取った。首から肩そして腕にかけて痛みが走るのを彼女は感じた。彼の信頼とはまぎれもない重量だった。彼は深く呼吸をしていて、それは時おりいびきとなって噴出した。確かにアザラシみたいな声だった。ギャビーはやや前屈みになって、口から息を吐き出しながら脚を引きずって廊下を歩いて行った。ドロシーは携帯を見て何のセラピー・ポッドキャストにギャビーは出くわしたのか突き止めたい激しい欲望に駆られたが、もし立ち上がったらシャーマンが目を覚まして母親が痛みで二つ折りになっている姿を見て一生きずあとが残ってそれが自分のせいになるのを恐れた。なので彼女はそこに座ったまま、列車の中の男が叫び始めても音量を下げるためにリモコンに手を伸ばそうとさえしなかった。

「シーッ」と彼女はシャーマンにささやいた。シーッと言うのにあまりに心を奪われていたので、ギャビーがのろのろと戻ってきたことにも気づかなかった。

「あっちはひどいことになってるよ」とギャビーは告げた。「でも言う必要ないね」

「変だよね」とギャビーはつけ加えた。「これってシャーマンが生まれたときに出血を止めるためにくれたのとおんなじ薬だよ」

痛み止めが欲しいかとドロシーはたずねたが、ギャビーは何もいらないと言った。「我慢できる」と彼女は言った。「だって私、分娩のとき麻酔しなかったんだよ」

ドロシーは前にも聞いたこの自慢話を無視して、出血が何時に始まったか書き留めておきたいかとギャビーにたずねた。

「ただ念のために」と彼女は言った。

「ほんとに私の産婆さんみたいだ」とギャビーは冗談を言った。「でもまあいいや。書いておこう」

ある時点でギャビーは赤ちゃんを返すよう求めた。シャーマンは両手の拳を頭の上で伸ばすとあくびをしてギャビーの身体に再び落ち着いた。彼女はリラックスして、破裂寸前だったタイヤから空気が抜けていくようだった。

「やっと自分をフェミニストだって呼べる気がする」とギャビーは、ドロシーが赤ちゃんを腕に抱えながら話したであろう声よりも大きな声で言った。

「私の写真撮ってよ」とギャビーは言っていた。「自分の中絶をインスタグラムに載せたい」

ドロシーは戸惑いの半笑いを浮かべて目をやった。

「冗談だよ」とギャビーは言い、シャーマンの眠りを妨げることなく彼を腕から腕へと移動させて、鼻を彼の髪の毛の中にこすりつけた。「でも中絶することの政治性が失われちゃうような気もするな、もし誰もあなたがやったって知らなかったら」

ドロシーは同意と受け取られるようなことを何かつぶやいた。もっとギャビーは質問をしてくるものだとばかり彼女は思っていた。尋問されないことに自分がほっとしているのか、自分の身に起きたことをギャビーがもっと知りたがらなくてがっかりしているのか彼女は決めかねた。彼女はこれが最近の自分の振る舞いと一貫性がないとわかった上で気にしなかった。もっと忙しく、何かをして、自分をこの状況にとって余分ではなく不可欠なものにする必要性を彼女は感じた。彼女は立ち上がってキッチンへと向かいプレッツェルの袋を持って戻ってきた。

「何か食べて」と彼女はギャビーにひとつ手渡しながら言った。

「素晴らしくない？」とギャビーは口を開けたままプレッツェルを噛みながら、目でドロシーに同意を迫りつつ言った、「私たちに選択する力があるのって」。もちろん、と彼女は言った、シャーマンを妊娠して、命と可能性で文字どおり巨大化したのはエキサイティングなことだったし、神からの授かりものといういくぶん陳腐な言葉でしか表現できない女性としての生殖能力を彼女は経験したわけだけれど、今、妊娠を終えるという決断によって彼女が感じるのは、力、ほんものの、揺るぎない力——選択する力なのだ。何かを始める選択というのは、彼女は言った、それを終わらせる選択ほど意味のあるものではない。何かの始まりについては何だって言える。何かの終わりについてはただそうだったとしか言えない。

「いつ何かが終わるのかはなかなかわからないよ」とドロシーは言った。

「今まさに終わりつつあるんだよ」とギャビーは言った。「明日起きたら家族計画連盟にたくさん募金するんだ」

その日の夜にドロシーが帰る前に出血はかなり弱まって、シャーマンはベビーベッドに落ち着き、チリンチリンという子守唄がホラー映画の第一幕でかかる穏やかな音楽のように彼の部屋から漏れていた。玄関口で彼女はギャビーに出血は思ったよりも長引くかもしれないよと警告した。「十日かかるって言うけどね」と彼女は最高に専門家っぽく言った。「でもそれはただの平均値だからね」

その夜家に帰ってからドロシーには成績づけしなければならない期末レポートがもう一山あった。いつも彼女が授業で学生にしていた学期末スピーチの後では、期末レポートを評価するのはパーティに長居し過ぎたような感じがした——さよならを言った後でもう一度ぎこちなくさよならを言うみたいな。過去数年間、期末レポートをわざわざ取りにくる学生は非常に少なかったので、宛名が書かれて切手の貼られた封筒を彼女の研究室に届けた場合にのみコメントを書くというポリシーを彼女は打ち出したが、「どこで」と学生は文句を言うのだった、「切手を買ったらいいんですか?」。今年度彼女はポリシーを微調整した。宛名の書かれた封筒を届けさえすれば、切手は彼女がどうにかすると。郵便局に行くのは苦にならなかった。人生の初期の段階と彼女を触れ合わせてくれたから。文通相手、人の列、呼び鈴、そして窓。それは土曜日の朝に母親としたお使いだった。郵便局は誰かと、誰とでも連絡が取れるという可能性をあなたが信じていることの証しだった。手紙は必ず届くということの。

先週中に彼女はこのアポカリプス授業のレポート以外は全部成績をつけ終えていた。最後は最後に取っておけ、と彼女は積み上げられたレポートの一番上にある紙束を手に取りながらひとり冗談を言った。それはサミュエル・ベケットについてのレポートで、「続けられない、続けねばならない」とタイトルがつけられていた。あまり独創的ではないな、とドロシーは思った。著者は返信用封筒をつけていなかった。彼女はレポートをすばやくざっと読んでＡマイナスをつけ、リサイクル用ゴミ箱として使用している小さなプラスチック製のゴミ入れのなかにそっとそれを置いた。ニュースの見出し、銀行の預金残高、天気予報、ｅメール、そしてまたニュースの見出しをチェックした。国境についての記事をクリックして半分読んだ。

次のレポートはユリシーズと求婚者についてだった。それもまた、彼女はざっと読み、Ａマイナスをつけた。成績の上がり過ぎをぐちる教授もいたが、ドロシーは問題ないと思っていた。誰も完璧ではないが、ほぼ完璧というのは人間の自然な状態だ。神の似姿で作られているのだから、少しは改善の余地があるのだ。

以前授業で教えていたときには、レポートは厳密に黙示録的な文化的事象について――文字どおり地球の滅亡について――書かれねばならないとドロシーは主張していた。しかし今学期ドロシーはより広い視野を取り入れていた。

「あらゆる終わりは黙示録なんです」と彼女は授業最終日に言い、それから前言撤回した。「そんなことはありません」。でもやっぱりどんな終わりについてでもいいから好きに書いてと彼女は学生に伝えた。たぶん「アポカリプス・ライティング」授業の趣旨は黙示録的なるものの枠組みを越えることなのだと。ただ、彼女は言った、どんな終わりを選んだのであれ、その終わりがどのようにそれ以前のすべてのことに意味を与えるのかはちゃんと説明してね、と。

「まあでも」と彼女は、時計から学生の混乱した心もとない顔に目をやりながら言った、「今のは忘れて」。終わりがそれに先行するものに意味を与えるというのは古い考えだ。時間はもはやそのようには動いていないのだから。「好きなこと書いて」と彼女は学生に伝えた。「終わりと何かしら関係があることなら何でも」

「何の終わりですか？」と一人のかわいらしい、馬鹿な男子学生がたずねた。

「あなたが教えて」と彼女は答えた。

その学生はパリ協定について書くことを選び、返信用封筒を添えていた。ドロシーは彼のレポートを明日のためにとっておいた。今はコメントを書くときではない。今は成績評価の迅速な汚れ仕事をする時間だ。どんどん成績をつけて、前へ進むのだ。判決を下せ。火事と洪水と虹を与えよ。

次のレポートはフロイトの「終わりある分析と終わりなき分析」を取り上げていた。これは良かった。Ａマイナス。次のはピューリタンについてだった。本当はＢ＋に値する内容だったが、ドロシーは気分が乗っていた。Ａマイナス。その下のレポートはシヴァについてだった。やる気があってＡマイナス！　その下のレポートはバンクオーの幽霊についてだった。それも、封筒付きだった。それも、彼女は明日のためにとっておいた。それから大量殺戮、珊瑚礁、恐竜の絶滅、そしてローマ帝国についてのレポートが続いた。疫病についてのレポートが三つ、神の死についてが二つ、小説の死についてが一つあった。これまでに起きたありとあらゆる終わりが目の前に山と積まれていくにつれて戦慄が熱いミルクのように身体中に広がるのを彼女は感じ、それらすべてに彼女は同じ点数、ほぼ完璧をつけた。一つ一つをそっと、敬意を込めて、ゴミ箱に捨てる前に。

書誌情報

「三月の終わり」

『新共同訳聖書』日本聖書協会．一九九八年．（新）四七七頁．

Jonathan Edwards. *The Sermons of Jonathan Edwards: A Reader.* edited by Wilson H. Kimnach, et al. Yale University Press, 1999, p. 49.

Frank Kermode. *The Sense of an Ending.* Oxford University Press, 2000, p. 47.

フランツ・カフカ『ある流刑地の話』所収「ある犬の探求」本野亨一訳．角川文庫．二〇一九年．二四七−九頁、二五六頁．

オスカー・ワイルド『ドリアン・グレイの肖像』福田恆存訳．新潮文庫．二〇〇七年．一〇頁．

「その翌日」

サミュエル・テイラー・コウルリッジ『コウルリッジ全詩集』野村孝司訳．晃学出版．二〇一二年．三四五頁、三四八頁．

「五日後」

トーマス・マン『魔の山（上）』関泰祐　望月市恵訳．岩波文庫．二〇〇〇年．三七八−九頁．

「数週間後」

フランツ・カフカ『ある流刑地の話』所収「ある犬の探求」本野亨一訳．角川文庫．二〇一九年．二七〇頁．

謝辞

クリス・パリス＝ラム、アレクシス・ワシャム、サラ・ボーリング、ジリアン・バックリー、そしてアリシア・タトーンに感謝します。マーク・ロットとアビー・クルチンに感謝します。ベンジャミン・ニュージェント、ダナ・ハマー、デヴィッド・レヴィーン、ローズ・リクター＝マーク、そしてクレア・リーマンに感謝します。短編小説“The Keeper”が最初に掲載されたn+1のチャールズ・ピーターセンと編集部の皆様に感謝します。

いろいろとお世話になった母と父に感謝します。特に子守りをしてくれてありがとう。

その他すべてのこと、何から何にいたるまで、ゲイブ、ありがとう。

日本の読者への手紙

あなたに向けてこのようなお手紙を書くのは不思議な感じがします。『精神の生活』を書いていたとき、私はこの本は友人たちによってのみ読まれるのだろうと思っていました。いつの日か海を越えて日本で読まれるとは想像もしていませんでした。ドロシーの物語をあなたに届けてくれた出版社の書肆侃侃房と翻訳者の佐藤直子にとても感謝しています。

ドロシーは英文学の非常勤講師で、ニューヨークで暮らしながら働いています。小説の冒頭で、ドロシーは予定していなかった妊娠からの流産をしたばかりです。この流産は枯死卵と呼ばれるもので、それは彼女が突然の大量出血は経験しなかったことを意味します。その代わりに、医師はミソプロストール――今アメリカで中絶をめぐる論争の中心となっている薬――を処方して流産の処置をしました。その後数週間にわたり、出血が断続的に続くなか、ドロシーはこの特定の終わりにどうにか対処しようとし、それは、彼女のキャリアと同様に、進展がないにもかかわらずほそぼそと続いていきます。

ドロシーが最初に学問の世界に入ったとき、彼女は勉学に費やされる年月はすべて良い仕事と快適な生活へつながるのだと期待していました。しかし市場における変化はそれを不可能にしました。日本と同様に、アメリカの非常勤講師は将来的な雇用の保障がないままパートで働いています。ドロシーは貧窮してはいませんが、彼女の未来への展望は決して明るくはありません。彼女はアパートを購入したり将来のために貯蓄することができません。彼女は一生懸命働いていてどこにも行きつかないのです。彼女の置かれた状況は、英文学の教授としての職を見つけることが比較的容易だった時代に成人した彼女の博論指導教員、ジュディスとは非常に異なるものです。彼女と同じ世代の多くの人々と同様に、ドロシーは経済的不安定さと、彼女と地球の未来に待ち受けるものへの懸念という重荷を負っています。彼女は学問の世界と大学での教職には心底幻滅していますが、本には変わらぬ情熱を捧げています。

小説の大半において、ドロシーの視線は内向きです。彼女は自分の身体とその中に住まう感覚に魅了されています（彼女の出血は時を刻み、小説のプロットを構築する時計のようなものです）。彼女はプライバシーと、何を明かし、何を内に秘めたいかという問題に悩んでいます。流産について彼女は誰にも言いません——母親にも、親友にも、セラピストにも。なぜセラピストに話したくないのかについて話すために彼女は別のセラピストにさえ会っています。彼女は気づかいを示し示されること、他者に自らをさらけ出すことに苦心しています。

それでも私の意図は独我論に陥ることではありませんでした。『精神の生活』は我々が住む世界と、今この瞬間に生きている感覚についての小説です（私はこの本を新型コロナウィルスの感染拡大が始まる前に書いたのですが、不気味にも本書はパンデミックの時間性について言及しています。ずっと続く終わりの感覚、全てが終わりつつあるのに何も終わらないというあの感覚に）。これはトイレで始まりゴミ箱で終わり、望みのない場所でユーモアを見つけ出そうとする小説です。これはゴミ、時間、気づかい、お金、プライバシー、教えること、そしてカラオケについての本です。私の目指した目標の一つは恥ずかしくて私的に感じられることを公の目にさらすことでした。そういう意味では、本書は書くことそのものについてでもあるでしょう。

『精神の生活』を手にとってくださりありがとう。ドロシーの頭の中をどうぞお楽しみください。

クリスティン・スモールウッド

訳者解説

二〇二一年に出版されたクリスティン・スモールウッド（Christine Smallwood）のデビュー長編小説である本書は、終わりをめぐる物語である。妊娠の終わり、キャリアの終わり、若さの終わり、世界の終わり、何かを求めることの終わり。より正確に言うならば、それは決定的な結末を迎えられずに物事がだらだらと終わり続ける、終わりのない終わりのプロセスについての物語である。小説の冒頭、ニューヨークの大学で英文科の非常勤講師として働く主人公のドロシーは、大学のトイレに閉じこもり流産から六日目で出血し続けるのを心配しているが、小説の終盤でも彼女は「非常勤地獄」から抜け出せないまま、大学のトイレで不正出血に驚いている。

　ドロシーの人生を決定的に変える出来事がほとんど何も起きないにもかかわらず、三月の終わりから五月の始まりまでの一ヶ月半、「大学のトイレ」に象徴されるドロシーの知的生活と身体的生活を描く本書は、驚くほどドラマに満ちており、かつユーモラスなのだ。産婦人科で超音波検査を受ける際、『魔の山』でハンス・カストルプがレントゲン検査を受けるシーンを連想するなど、自分の身体に起きる出来事をついつい文学作品を参照して分析してしまうドロシーは根っからの文学研究者だが、その分析能力が例えば、「なぜセラピストの部屋にあるティッシュ箱はいつも満タンなのか」という問題に向かうとき、読者は彼女の思考の展開に思わず笑わずにはいられない。

　ドロシーの分析能力が流産に対して向かうとき、彼女の放つ問いはより切実だ。流産による激痛を陣痛とは言いたくないものの、ではこの痛みを何と呼んだらいいのか、そもそもそれはいつ起きたのか、それに対してどのような感情を持つことが適切なのか、と自問するドロシーは、明確な答えが見つけ出せないまま、パートナーのログ以外、親友のギャビーにも、母親にも、セラピストにも流産したことはおろか、そもそも妊娠していたことさえ打ち明けることができない。誰にも相談できないまま己の身体が引き起こす不安と対峙しながら、流産したことをなんとか自分の中で物語に組み込んで了解しようとするドロシーの姿を描くこの小説は、未だ十分に言語化されていない流産という生理現象に新たな言葉を与えている。

その一方で、この小説を読むうえで流産、生理、妊娠、中絶の経験があるか否かは関係ない。ドロシーが流産した原因を科学的に説明することはせず、あくまで流産を彼女の身に起きた偶然の出来事として描く本書は、時に我々のコントロールを超えて予想外の動きをする身体と知性はいかに向き合い、折り合いをつけていくか、という普遍的な問題に取り組んでいる。医師が告げたよりも流産後の出血が長く続くことに不安を抱いたり、画面上に映し出される超音波映像が自分の内部だとは到底思えなかったり、生理周期の合間の不正出血に驚いたりと、ドロシーはたびたび自らの身体的経験と医療的言説とのあいだにギャップを感じている。この自分の身体の「わからなさ」という感覚は、老若男女問わず誰しも身に覚えがあるものだろう。

ドロシーの身体と同じくらい予測不可能なのは彼女のキャリアである。大学での専任職につけず非常勤講師として彼女が言うところの「偶然性の宙ぶらりん状態」を生きるドロシーは、アルバイト、契約社員、派遣社員、フリーランサーなどと同様に、近年ギグ・ワーカーと呼ばれる不安定な雇用形態に従事する非正規労働者だ。ドロシーのおかれた境遇はある程度彼女の主体的な選択の結果だと言えるのと同時に、現代という歴史的に特異な時代の産物でもある。特定の大学に所属していないドロシーの感じる寄る辺なさや、いつ首を切られるかわからない将来への不安は、職種を越えて現代社会を生きる我々の多くが日々経験していることである。

妊娠してもいなければ選択して子供を持たないわけでもない、正規の教員でもなければ学生でもない、経済的に安定してもいなければ破綻してもいないドロシーは、明確なアイデンティティを持って政治的にプロテストすることもなく、現状に不満はあるものの現状を維持し続けている。希望に満ちた始まりでも達成感のある終わりでもないどっちつかずな宙ぶらりん状態にあって、彼女は外的世界から距離を置く。彼女は大学で授業をし、セラピーに通い、産婦人科に行き、学会発表をし、ホームパーティに行くが、どこにいても何をしていても外の世界から一歩退いている。彼女の生が活発に営まれているのはむしろ内的な精神の場においてである。ティッシュ箱から環境問題、自分の身体からカラオケに至るまでありとあらゆることについて疑問を抱き、吟味するドロシーの内なる思考の軌跡を本書は描き出す。

本書の原題 *The Life of the Mind* がハンナ・アーレントの未完の遺作『精神の生活』（一九七八年）と同名であることはたまたまとは思えない（著者本人はタイトルをつける際、アーレントの著作は念頭になかったと述べているのだが）。というのも、『精神の生活』の特に第一部「思考」は、まさに人間の内的な精神活動である思考することとはどのようなものであるかを探求しているからである。アーレントによれば、思考するとき我々は現象の世界から引き籠もり、自分自身との声なき対話をしている。この自分が問うものであると同時に答えるものであるという、「一者のなかの二者」による対話こそが、思考という精神活動だとアーレントは考察する。この活動は外からは見えない。思考するとき我々は時間のど真ん中の非時間という、どこでもない場所にいるからである。

では、どこでもない場所で現れては消えていく思考の絶え間ない活動を、我々はどうやって認識するのだろうか。アーレントは次のように述べる。

> 我々がこの内面状態に気づくのは、我々が現象から退きこもって、精神活動が、それ特有のあり方で、〝私が思考するのを思考する〟（*cogito me cogitare*）とか、〝私が意志するのを意志する〟（*volo me velle*）とかいった具合に自分自身へと引き戻る時である。内的な時間感覚が生まれてくるのは、我々が現前していない不可視なものについて思考しているときに、それにまるごと没頭しているのではなくて、注意を活動そのものに向けはじめた時である。（一二三－四頁）

ドロシーの彼女自身との内的な対話は、外的世界によって絶えず中断され、本人にとっても忘れ去られてしまう。この小説において思考に没頭する彼女の精神活動を可視化するのは、ドロシーに備わる内蔵カメラのごとき三人称視点の語りである。このドロシーに非常に近接した三人称の語りは、ドロシーの思考を決してジャッジしたり分析したりすることなく、彼女に寄り添って生き生きと映し出す。そしてそれを読む行為は、ふだん我々が無意識的に内面で行なっている精神活動に注意を向けさせる。すると、自分の内部でもまたドロシーと同じくらい、時に滑稽で時に深淵なる思考が繰り広げられていることに我々は気づかされるのだ。

さまざまな問題に関してあれこれ思いめぐらしてばかりのドロシーは、単純な意見表明を求める人にとっては一見政治的に無力に思えるかもしれない。しかしアーレントが「悪は思考の欠如によって引き起こされる」（十七頁）という問題意識のもと『精神の生活』を書いたことを踏まえれば、固定観念にとらわれずに自分の頭でひたすら考え、決まり文句に頼ることなく物事を客観的に吟味するドロシーの態度は政治的な潜勢力を含んでいる。思考のどこでもない場において内的に対話し続けるドロシーの姿勢は、賛成か反対かを脊髄反射的に表明することが求められる（ように感じられる）ＳＮＳ時代において、とりわけ重要なことのように思われる。

二〇二一年三月の終わり、私は本書にアメリカで出会った。その年の二月にボストンに降り立ったものの、新型コロナウィルスの影響と凍てつく寒さから街に人気はなく、私はアパートにこもってひたすら小説を読む日々を送っていた。そんなある日、「ニューヨークの大学で非常勤講師をするドロシーは、最近流産を経験し……」という新刊案内を目にした私は、あまりの読みたさに居ても立ってもいられなくなり、夫を誘って隣町ケンブリッジにある書店まではるばる歩いて行ったのだった。それはまだ外出するのに言い訳が必要なような、地下鉄に乗ることがややためらわれるような時期で、だが同時に大規模ワクチン接種がスタートして店もリオープンし始め、ノーマル・ライフへの兆しが見え始めた頃でもあった。人数制限された書店の前には、春の訪れをかすかに感じたか雪解けを願う人々が長蛇の列をなしており、私はお目当ての本を見つけるといそいそとレジへ向かった。アパートに帰って本書を読み始めた私は、自分の予想が外れていなかったことを知った。人との出会いが制限されていたコロナ禍にあって、私はやっとドロシーという新しい友人が得られた気がした。積もり積もっていた雪もいつしか跡形もなく溶けて気がつけば桜が満開になった四月のボストンで、私は本書を訳し始めた。

二〇二一年三月の出版以来、本書は The New York Times、The New Yorker、The New York Review of Books など

数多くの主要な新聞や文芸誌で高い評価を得ており、Time の二〇二一年トップテン・フィクションにも選ばれている。著者のクリスティン・スモールウッドは二〇〇五年から二〇〇八年まで The Nation の編集者を務め、二〇一四年にコロンビア大学で英文学の博士号を取得し、これまで五本の短編小説を発表する新進気鋭の作家である。そのうち二〇一八年に n+1 に発表された短編 “The Keeper” が本書の下敷きとなっている。また彼女はこれまで六〇本以上の書評を The New York Times Magazine、Harper's Magazine、London Review of Books といった文芸誌に寄稿する批評家でもある。

「この本を翻訳出版できなければ必ずや後悔する」という半ば強迫観念に駆られていた私に、素晴らしい出版社を紹介してくださった加藤有佳織さん、心のこもった編集作業をしてくださった書肆侃侃房の皆様に感謝申し上げます。また、二〇二二年度の授業で本書を一緒に読んでくれた慶應義塾大学文学部の学生の皆さんもありがとう。昼下がりの教室で皆さんが活発に意見を述べてくれたあの光景は私の大切な宝物です。最後に、こちらの質問に丁寧にお返事くださった著者のスモールウッドさんに感謝申し上げます（スモールウッドさんとの心温まるやり取りに、未だeメールの時代は終わっていないと私は感じました）。読者の皆様にとってもドロシーが良き友となりますように。

阿佐ヶ谷にて　佐藤直子

＊ハンナ・アーレント『精神の生活（上）』佐藤和夫訳，岩波書店，一九九四年．

■著者プロフィール

クリスティン・スモールウッド（Christine Smallwood）

2014年にコロンビア大学で英文学の博士号を取得し、これまで5本の短編小説をThe Paris Review、n+1、Viceなどの文芸誌で発表している。また数多くの書評やエッセイをThe New Yorker、Bookforum、The New York Times Magazine、Harper's Magazine等に寄稿する批評家でもある。現在、ブルックリンに夫と二人の息子と住んでいる。

■訳者プロフィール

佐藤直子（さとう・なおこ）

東京都内の大学で非常勤講師として英語を教えている。現代アメリカ小説における「偶然性」のテーマに関心がある。

精神の生活

2023年8月2日　第1刷発行

著者　クリスティン・スモールウッド
訳者　佐藤直子
発行者　池田雪
発行所　株式会社 書肆侃侃房（しょしかんかんぼう）
〒810-0041 福岡市中央区大名2-8-18-501
TEL：092-735-2802　FAX：092-735-2792
http://www.kankanbou.com　info@kankanbou.com
編集　藤枝大・田島安江
DTP　黒木留実
印刷・製本　モリモト印刷株式会社

ISBN978-4-86385-587-8 C0097